Werner J. Egli • Das Geheimnis der Krötenechse

OMNIBUS

DER AUTOR

Foto: privat

Werner J. Egli wurde 1943 in Luzern geboren. Schon in jungen Jahren reiste er kreuz und quer durch die Welt, bevorzugt durch die USA, wo er dann auch lange Zeit lebte. Werner Egli übte verschiedene Berufe aus, bevor er zu schreiben begann. Für seine Bücher wurde er mehrfach ausgezeichnet, zuletzt 1999 mit der Steirischen Leseeule. Werner Egli lebt heute in Zürich.

Von Werner J. Egli ist bei C. Bertelsmann Jugendbuch erschienen:

Blues für Lilly

Bei OMNIBUS ist erschienen:

Heul doch den Mond an (20179)
San Antonio Blues (20348)
Jamaica Charlie Brown (20378)
Die Rückkehr des Kirby Halbmond (20450)
Der Ruf des Wolfs (20606)
Der Fremde im Sturm (20514)
Cheyenne Sommer (20543)
Rosys Liebe (20515)
Tunnelkids (25030)
Feuer im Eis (20643)

Mehr Informationen zu Werner J. Egli und seinen Büchern im Internet unter www.egli-online.com

Werner J. Egli

Das Geheimnis der Krötenechse

OMNIBUS

Band 27011

Der OMNIBUS
Taschenbuchverlag
gehört zu den Kinder- &
Jugendbuch-Verlagen
in der Verlagsgruppe
Random House
München Berlin
Frankfurt Wien Zürich

Umwelthinweis:
Dieses Buch wurde auf chlorfrei gebleichtem
Papier gedruckt.

Einmalige Sonderausgabe September 2001
Gesetzt nach den Regeln der Rechtschreibreform

Umschlagbild: Marlis Scharff-Kniemeyer
Umschlagkonzeption: Klaus Renner
bm · Herstellung: Peter Papenbrok
Satz: Uhl + Massopust, Aalen
Druck: Clausen & Bosse, Leck
ISBN 3-570-27011-4
Printed in Germany

www.omnibus-verlag.de

10 9 8 7 6 5 4 3 2 1

Inhalt

1. Kapitel

Gefährliche Vorzeichen

Brians Vater hatte den Flugschein gemacht, als Brian noch in den Windeln lag. Wenn man bedenkt, dass seitdem fast sechzehn Jahre vergangen waren, konnte man Brians Vater guten Gewissens als einen erfahrenen und äußerst verantwortungsbewussten Piloten bezeichnen, dem es zuzutrauen war, seine einmotorige Cessna ohne Schwierigkeiten von Baltimore nach San Diego zu fliegen.

In den sechzehn Jahren, seit Brians Vater den Flugschein gemacht hatte, war einiges geschehen. Zum Beispiel war Pamela auf die Welt gekommen. Außerdem war das Haus an der Craycroft Street zweimal neu gestrichen worden, das erste Mal rosa-rot, das zweite Mal schneeweiß. Aber das wichtigste Ereignis war der große Abschied gewesen, als Brians Mutter furchtbar geweint hatte, während Brian mit einem zitroneneis-verschmierten Gesicht zu seinem Vater aufblickte und keine Ahnung hatte, was überhaupt vorging.

Brians Vater wurde an jenem Tag als Army Captain mit einigen tausend Soldaten nach Vietnam transportiert und so war Brians Mutter nicht die einzige Frau, die weinend auf dem Militärflugplatz stand und ihren Sohn an sich drückte.

Brians Vater hatte in Vietnam genau 37 Helikopter-Einsätze als Militärberichterstatter geflogen. Beim achtunddreißigsten erwischte es ihn übel. Absturz im Dschungel. Gesichtsverletzung, Gefangennahme durch eine Vietcong-Patrouille. Flucht. Schließlich wurde er in die Heimat zurückgeflogen.

Er sprach selten über Vietnam und nie über das, was ihm dort widerfahren war. Wahrscheinlich glaubte er, wenn er nicht darüber redete, würden die Erinnerungen schneller verblassen und eines Tages plötzlich für immer verschwunden sein.

So einfach war das jedoch nicht. Brian wusste zum Beispiel, dass sein Vater ab und zu nachts immer noch von schlimmen Alpträumen gepeinigt wurde, aus denen er jeweils völlig durcheinander und in Schweiß gebadet aufwachte.

Am Anfang, gleich nachdem man ihn aus dem Hospital entlassen und nach Hause zurückgebracht hatte, war es häufiger geschehen als in den letzten Monaten. Am Anfang hatte die ganze Familie sehr gelitten, weil er plötzlich mitten in der Nacht zu schreien anfing. Brians kleine Schwester Pamela – sie war damals auf einem ganz reinrassigen Barry-Gibb-Trip gewesen – geriet jedes Mal in Panik und verkroch sich unter Brians Bett, weil sie felsenfest davon überzeugt war, dass ihr großer Bruder die Macht hatte, sie im Notfall vor irgendwelchem unerklärlichen Unheil zu beschützen.

Es war eine schlimme Zeit gewesen. Eine Zeit voller Terror und Angst.

Brians Vater besuchte für eine Weile mehrere Psychiater, Psychologen und Geistliche. Er nahm an Gruppentherapien mit anderen Vietnam-Veteranen teil, die ebenfalls völlig ausgeflippt waren und sich auf der Straße jedes Mal flach auf den Bauch warfen, wenn etwa ein Auto mit Fehlzündung vorbeifuhr und der Auspuff knallte. Gruppentherapie half. Irgendwann schrie er nur noch, wenn ein Rettungshubschrauber auf dem Weg zum St.-Thomas-Krankenhaus nachts übers Haus flog. Und später schrie er auch dann nicht mehr, und die ganze Familie atmete auf, denn alle konnten jetzt die Nächte wieder durchschlafen. Und Pamela brauchte nicht mehr unter Brians Bett zu kriechen, wo Brian inzwischen seine Baseballschläger und anderen Kram aufbewahrte. Pamela wurde älter und zickiger und sie vergaß Barry Gibb und fuhr dafür vorübergehend auf Michael Jackson ab und dann auf Madonna, und manchmal hörte man sie im ganzen Haus »Papa don't preach« singen, was natürlich fast genauso ein Terror war, wie wenn Brians Vater nachts schrie.

Brians Vater macht Tierfilme. Er ist einer der bekanntesten Tierfilmer Amerikas und vielleicht sogar der übrigen Welt. Auf jeden Fall wurden seine Filme schon in Japan gezeigt und in europäischen Ländern, und eine Vitrine steht voller Auszeichnungen. Er hat zum Beispiel die weltberühmte Sache mit den Cariboos im hohen Norden des Nord-West-Territoriums von Kanada gemacht. Und einen Film für »Disney Productions« über die letzten Grislibären in den Rocky Mountains.

Brians Vater heißt Hill. Mark Hill. Das steht im Vorspann seiner Filme, die er selbst produziert: »Mark Hill Productions«. Und sein Firmenzeichen ist ein Hügel, auf dem ein mächtiger Bison steht, sozusagen als stolzes Wahrzeichen der Wildnis, die sich mit letzter Kraft gegen die Zerstörungswut der Zivilisation aufbäumt.

Irgendwann im letzten Sommer erhielt Mark Hill die erfreuliche Nachricht, dass er den Filmpreis der Stadt San Diego gewonnen hatte. Das ist ein Preis, der jedes Jahr an einen Filmer vergeben wird, der den absolut besten Kurzfilm über ein Tier macht, das in einem Zoo gehalten wird. Brians Vater machte diesen Zwanzigminutenstreifen über das merkwürdige Leben einer Krötenechse namens Eleanor, die in einem Terrarium des Zoos von Baltimore gehalten wird. Er nannte den Film »Das Geheimnis der Krötenechse«.

Der Film war so gut, dass er eine Auszeichnung in Japan erhielt und eine in Schottland. In San Diego wollte man ihm nun den »Goldenen Adler« überreichen, und das war eine Ehre, über die sich Brians Vater besonders freute, denn sein Film war wirklich ein kleines Kunstwerk und keine Dutzendware.

Wer weiß schon, was eine Krötenechse ist? Und wer kennt schon ihre Geheimnisse?

Brian glaubte, sein Vater hätte sie erfahren. Deshalb war ihm sein Werk so gut gelungen. Brian hatte keine Ahnung, dass es ein anderes Geheimnis gab, von dem sein Vater genauso wenig wusste wie er selbst.

Eigentlich hätte Brian seinen Vater gar nicht nach San Diego begleiten sollen. Erstens hatte er Schule und zweitens war geplant, dass sein Vater zusammen mit Brians Mutter zum 17. Hochzeitstag nach San Diego zur Preisverleihung fliegen und dann eine Woche auf Hawaii verbringen würde. So war es abgesprochen und noch Anfang Januar dachte die ganze Familie, dass alles klappen würde.

Aber dann wurde Pamela krank. Angina zuerst, da sie den ganzen Winter hindurch bei bissigster Kälte nur irgendwelche hauchdünnen »Madonna-Fähnchen« getragen hatte. Eine Mittelohrentzündung folgte, dann brach Mumps aus, und Mark Hill telefonierte mit dem Reisebüro und sagte den Hawaii-Trip für zwei Personen ab.

Geistesgegenwärtig fasste Brian die Möglichkeit ins Auge, ein paar Tage von der Schule wegzubleiben. Entschuldigt natürlich. Es war immerhin eine einmalige Gelegenheit, wenn ein Sohn bei der Vergabe des »Goldenen Adlers« an seinen Vater dabei sein konnte. Das würde vielleicht sogar der alte Hick begreifen. Brian sprach mit seinem Vater, kurz nachdem er, unaufgefordert, den Chrysler Cordoba, die Familienkutsche, gewaschen hatte. Und mit gewaschen ist echt handgewaschen gemeint; die Fenster auch innen und sämtliche Chromteile auf Hochglanz poliert. Am selben Tag schaffte Brian wie durch ein Wunder in Mathe als Einziger seiner Klasse auch noch ein A+, was ungefähr bedeutete, dass ein gewisser Einstein auch nicht besser abgeschnitten hätte.

Brian suchte seinen Vater im Arbeitszimmer auf, während Pamela mit dicken Backen im Bett lag und sich mit einer dämlichen Fernsehserie beglückte. Seine Mutter war außer Haus; Aerobic und anschließend Sonnenstudio.

Wie gesagt, es war Januar. Seit Tagen schneite und regnete es. Baltimore im Schneeregen ist niederschmetternd. Schwermütige Leute springen aus dem siebten Stockwerk oder von irgendwelchen Brücken. Mutlose verbringen die Tage im Bett unter der Decke und weinen sich ins Nachthemd. Selbst Brian träumte von der Südsee.

Mark Hill hockte stundenlang am Schreibtisch, die Kopfhörer über den Ohren. Er machte Notizen. Den ganzen Tag machte er Notizen und die Schreibtischlampe brannte ihm ins Genick. In seinem Kopf entstand ein neuer Film. Er ließ sich ungern stören. Außer von Brian. Er hoffte insgeheim, dass Brian einmal in seine Fußstapfen treten würde. Hill & Sohn, sozusagen.

Brian klopfte nicht an, weil es sein Vater ohnehin nicht gehört hätte. Es war neun Uhr am Abend. Irgendwo fuhr ein Streifenwagen durch das Schneegestöber. Das Sirenengeheul weckte Murray, den Familienhund. Er hob den Kopf, drehte ihn nach allen Richtungen und begann zu heulen. Es war schwer zu sagen, was mit Murray los war. Er konnte heulen wie eine Sirene. Man hätte ihm nur ein rotes Kreuz aufs Fell zu malen brauchen und er wäre im Feierabendverkehr, ohne einmal anzuhalten, durch die ganze Stadt gekommen.

»Murray, halt die Klappe«, sagte Brian.

Murray verstummte. Für einen tibetanischen Schoßhund war er ziemlich gescheit.

Brians Vater blickte auf, als der Schatten seines Sohnes über seinen großen gelben Notizblock fiel, den er fast voll geschrieben hatte. Seinen Augen nach kehrte er aus weiter Ferne zurück. Für einen Moment starrte er Brian an, als wäre er ein Fremder, dann lächelte er und hob die linke Muschel des Kopfhörers etwas an.

»Heh, Champ«, sagte er. »Was gibt's?«

Er nannte Brian Champ, weil Brian in der Schule der beste Baseballspieler war, und »Champ« ist die Abkürzung für Champion, was wiederum nichts mit irgendwelchen Pilzen zu tun hat, die in finsteren Kellergewölben wachsen.

»Ich dachte, Murray muss mal raus«, sagte Brian.

Sein Vater war noch ziemlich abwesend.

»Murray, huh, ach so, das stimmt. Wie spät ist es eigentlich?«

»Nach neun.«

»Nach neun?« Er warf einen Blick auf seine Armbanduhr. »Bald halb zehn. Ist deine Mutter schon zurück?«

»Sie sollte jeden Augenblick kommen«, sagte Brian. »Frisch gebräunt.«

Brians Vater nahm den Kopfhörer ab und schaltete das Tonbandgerät aus. Dann lehnte er sich in seinen Stuhl zurück und streckte seine Arme. Murray hatte sich von der

Decke erhoben, die neben dem Schreibtisch am Boden lag. Sein Schwanz raste hin und her, brachte den ganzen Hund ins Schwanken und knallte in einem schnellen Rhythmus gegen einen Papierkorb, der mit zerknüllten gelben Seiten aus dem Notizblock überquoll.

»Komm, wir gehen zusammen mit Murray«, sagte Brians Vater und stand auf und nahm seine Jacke von der Lehne. »Wie sieht es draußen aus?«

»Übel«, sagte Brian. »Aber in San Diego scheint bestimmt die Sonne.«

»Wenn wir uns beeilen, können wir uns die Zehn-Uhr-Nachrichten ansehen.«

Sie verließen das Arbeitszimmer und Mark Hill machte das Licht aus. In Pamelas Zimmer sagte eine Fernsehstimme eben:

». . . oh Gott, der Herr Baron ist tatsächlich bereit, mir sein Herz zu schenken?« Und eine Baronenstimme antwortete: »Ein loderndes Herz, mein Kind.«

Brians Vater streckte den Kopf ins Zimmer.

»Pamela, wir gehen mal mit Murray raus.«

»Dad, du musst dir den Baron ansehen. Das ist der schönste Mann der Welt.«

Brians Vater trat schnell ins Zimmer.

»Huh, der sieht besser aus, als Clark Gable je ausgesehen hat«, hörte Brian ihn sagen. »Verlieb dich nur nicht in ihn, mein Schatz. Er ist ein ganz schlimmer Herzensbrecher.«

Als er wieder herauskam, verdrehte er die Augen.

»Wetten, dass jede Warnung zu spät kommt. Heute Nacht träumt sie von ihm und seinem roten Ferrari. Und er schenkt ihr sein Schloss in Südfrankreich.«

»Und was kriegt er dafür? Mumps?«

Sie lachten, als sie das Haus verließen. Murray pinkelte erst einmal gegen die Schneeschippe, die am Briefkasten lehnte. Dann trottete er hinüber in den Garten des Nachbarhauses und verrichtete hinter einer kleinen, verschneiten Ziertanne ein weiteres Geschäft.

Mark Hill und Brian gingen langsam nebeneinander die Straße hinunter. Brian trug seine Baseballmütze mit dem Abzeichen der Baltimore Orioles, der Profimannschaft von Baltimore. Obgleich die Mütze ein großes Schild hatte, regnete Brian nasser Schnee ins Gesicht.

Brians Mutter fuhr mit dem Chrysler Cordoba vorbei, bemerkte die beiden jedoch nicht, obwohl sie winkten. Der Chrysler war wieder völlig verdreckt. Brian tat das Herz weh. Über ihnen im Schneeregen flog eine DC-10 vorbei. Das Hill-Haus steht eigentlich nicht in einer Flugschneise, aber manchmal, je nach den Wetterverhältnissen, fliegen die Verkehrsmaschinen den Flughafen über einen nahe gelegenen Golfplatz hinweg an.

»Schade, dass das mit Hawaii nicht klappt«, begann Brian vorsichtig.

»Jammerschade ist das«, erwiderte sein Vater. »Hawaii ist ein Paradies.«

»Ich könnte zu Hause bleiben und auf Pamela aufpassen«, schlug Brian vor.

»Das ist sehr zuvorkommend von dir, Champ, aber du weißt, dass Pamela durchdrehen würde, wenn wir euch beide allein lassen.«

»Ich könnte ihr jeden Tag drei Mal 20 Baldriantropfen in ihr Cherry-Cola tun«, sagte Brian.

Sie blieben stehen. Das Licht einer Straßenlaterne schien in Mark Hills Gesicht, das von der schlecht verheilten Vietnam-Narbe etwas entstellt war. Er grinste breit.

»Was willst du, Brian?«, fragte er. »Ich denke, du hast doch den Cordoba nicht umsonst gewaschen.«

»Ich habe ein A+ in Mathe«, sagte Brian. »Wann hat es so was schon einmal gegeben?«

»Hattest du überhaupt schon einmal ein A+ in Mathe?«

»Einmal. Letztes Jahr. Dafür durfte ich zum Iron-Maiden-Konzert gehen.«

»Du warst enttäuscht, wenn ich mich recht erinnere.«

»Weil ich der Einzige war, der seine kleine dämliche Schwester dabeihatte.«

Brians Vater lächelte. »Was willst du dieses Mal, Champ?«

»Hm, ich hab mir gedacht, dass es von Vorteil für mich und meine Zukunft wäre, wenn ich dich nach San Diego begleiten würde.«

Mark Hill kniff die Augen etwas zusammen. Abschätzend blickte er Brian an.

»Hast du mit deiner Mutter darüber geredet?«, fragte er.

»Nein. Ich dachte, ich frage dich erst. Von Mann zu Mann. Mom hat gesagt, dass du selbst fliegst. Mit der Cessna.«

»Ja, hab ich vor, Brian. Die Wettervorhersagen sind günstig für einen Flug. Ich könnte einen Abstecher nach Tucson machen und meinen alten Freund Frank Finkeltraub besuchen. Er hat mich schließlich auf die Idee gebracht, die Geschichte mit der Krötenechse zu machen.«

»Toll, Daddy. Wir könnten zusammen das Desert-Museum besuchen. Außerdem könnte ich für meine Schule einen Filmbericht über die Preisverleihung machen und dabei den neuen Camcorder ausprobieren, den ich von euch zu Weihnachten geschenkt bekommen habe.«

»Wir könnten nach Los Angeles fliegen und ich könnte dir anstatt Disneyland die Studios zeigen.« Mark Hill legte einen Arm um Brians Schulter. »Komm, wir gehen nach Hause und besprechen die Sache mit deiner Mutter.

Sie drehten um, obwohl Brian seinen Vater warnte, dass Murray vor dem Schlafengehen mindestens zwei Haufen legen sollte. Vor der Haustür redete Mark Hill dem Hund ins Gewissen. »Wir haben einen neuen Teppich im Wohnzimmer, Murray. Denk dran und blamier mich nicht.«

Murray wedelte mit dem Schwanz, als hätte er verstanden. Aber Brian kannte ihn. Murray war in dieser Beziehung ein ganz durchtriebener Bastard, obwohl er als »Lhasa Apso« einen einwandfreien Stammbaum hatte, der bis nach Tibet zurückzuverfolgen war.

Brians Mutter sagte, dass sie sich durch die äußerst sporadischen Glanzleistungen ihres Sohnes in Mathe nicht davon überzeugen lassen könne, Brian damit zu belohnen, dem Unterricht für eine Woche fernzubleiben. Außerdem, so fürchte sie, würde Dr. Hickling Miller, Brians Rektor, niemals zustimmen, weil Brian zu jenen Schülern gehörte, die auf Dr. Hickling Millers schwarzer Liste standen.

»Die halbe Schule steht auf Hicks schwarzer Liste«, brummte Brian, während er eine Dose Hundefutter aufmachte. Murray hockte zu seinen Füßen und geiferte ihm schwanzwedelnd auf die Turnschuhe. Brians Vater saß im Wohnzimmer auf dem Sofa und nippte an seinem Schlummertrunk, einem doppelten Scotch.

Brians Mutter war im Schlafzimmer oder im Badezimmer oder sonstwo, sie war jedenfalls nicht zu sehen. Sie rief, dass Brians Name zuoberst auf Dr. Hickling Millers Liste stünde und sie es mit eigenen Augen gesehen hätte.

»Das war im Sommer, Mom!«, rief Brian. »Kurz nach Schulanfang. Da herrschte in unserer Schule noch das wahre Chaos und Hick nahm mich besonders aufs Korn. Frag doch Billy Smith, wenn du es mir nicht glaubst. Außerdem ist Hick ein völlig verkalkter Greis.«

»Billy Smith steht auch auf der Liste.«

»Weil wir Freunde sind. Hick hatte es von Anfang an auf uns abgesehen. Er gab uns keine Chance. Einmal, als er auf den Schulhof fuhr, sah er am Fenster unseres Klassenzimmers einen nackten Hintern. Er drehte völlig durch und behauptete, es wäre Billy gewesen. Es war aber Kevin Pratt und nicht Billy.«

»Der eine ist so unverschämt wie der andere«, rief Brians Mutter aus dem Schlafzimmer oder aus dem Bad.

»Mom, kannst du mir vielleicht erklären, wie es kommt, dass Hick glaubt, er könne Billy und Kevin auseinander halten, wenn er beim Vorbeifahren für eine Sekunde einen nackten Hintern am Fenster sieht. Und nicht etwa im ersten Stock, sondern im dritten.«

Brians Mutter schwieg. Dafür tauchte jetzt Pamela auf. Sie wandelte lautlos, aber mit Lauerblick, auf ihren nackten Füßen durchs Wohnzimmer. Brian füllte Murrays roten Plastiknapf mit einem aufdringlich riechenden Brei. Murray drehte schier durch. Er war der absolut gefräßigste Köter, den Brian kannte. Deswegen musste er vor dem Schlafengehen mindestens zweimal. Kein Hund fraß mehr als Murray. Und keiner machte so unverschämt große Haufen.

Pamela lehnte sich im Durchgang zur Küche gegen die weiß getünchte Backsteinmauer und blickte Brian von unten herauf an. Ihr Gesicht war ziemlich verschwollen und rot gefleckt.

»Du siehst aus wie eine zu heiß gebadete Kaulquappe«, zischte Brian. Das war natürlich nicht sehr brüderlich und Pamela rannte ins Schlafzimmer zu Brians Mutter und schrie irgendetwas von seelischer Grausamkeit.

Brian machte das Licht in der Küche aus und ging auf sein Zimmer. Über seinem Schreibtisch hing eine Landkarte der

USA. Er folgte mit den Augen der ungefähren Flugroute Baltimore – San Diego. Zwischenlandung in Knoxville, Tennessee; Oklahoma City, Oklahoma; Albuquerque, New Mexico und Tucson, Arizona. Der Flug würde fast drei Tage in Anspruch nehmen, auch bei günstigen Wetterverhältnissen. Von Oklahoma City bis San Diego sah die Landkarte ziemlich leer aus. Bis auf Phoenix und Tucson waren keine Städte eingezeichnet. Richtige Städte, meinte Brian. Natürlich gab es noch Silver City und Yuma und ähnliche Nester. Sein Blick blieb an Silver City hängen. Ziemlich abgelegenes Nest musste das sein. Mindestens sechzig Meilen vom nächsten Freeway entfernt. Die Karte war ziemlich leer dort und es waren einige Bergzüge und Täler eingezeichnet.

Brian hatte keine Ahnung, was ihn dazu trieb, den Atlas hervorzuholen und sich das Gebiet nördlich von Silver City auf der New-Mexico-Karte genauer anzusehen. Landkarten übten auf ihn schon immer eine beinahe magische Anziehungskraft aus. Es gibt Gebiete auf dieser Welt, die er so gut kannte, als wäre er schon dort gewesen. Brian glaubte, dass er sich zum Beispiel in Alaska kaum mehr hätte verirren können. Es gab dort unter anderem ein Nest, das Takotna hieß. Das Nest lag in einem Tal der Kuskokwim Berge, und man konnte es über eine Dreckstraße erreichen, die am Nordufer des Kuskokwim River begann und hinter Takotna auf einem Bergpass endete. Wer außer Brian wusste das schon?

Während er auf den Atlas starrte, verwandelte sich das Gebiet nördlich von Silver City vor seinem geistigen Auge in ein kleines echtes Stück dieser Welt, das ihn völlig in seinen Bann schlug. Es war fast, als schaute er durch den Sucher seines neuen Camcorders, und die blauen Linien auf der Karte wurden zu Flüssen und Bächen, an deren

Rändern Eis glitzerte. Es schneite. Die Wipfel mächtiger Kiefern bogen sich im bretterharten Wind, der durch die engen, finsteren Täler heulte. Dunkle Wolken ballten sich an den zerklüfteten Felsgipfeln der Berge, von denen einige über 10 000 Fuß hoch waren. Ein hungriges Pumaweibchen schlich durch den Schnee und schreckte ein Kaninchen auf, das frierend im Gestrüpp gehockt hatte, um sich vor dem eisigen Wind zu schützen. Das Kaninchen gab Fersengeld. Es rannte so schnell es konnte durch eine tief verschneite Senke zum Ufer eines kleinen zugefrorenen Teiches. Der Puma erspähte das Kaninchen. Er jagte in langen Sätzen hinter ihm her. Das Kaninchen schlug einige Haken, aber es entkam dem Puma nicht. Der Puma erwischte es am Ufer des Teiches im kahlen Weidengestrüpp. Der Todesschrei des Kaninchens klang fast wie der Schrei eines Menschen.

Etwas weiter vom Teich entfernt, in einem lichten Wäldchen, saß eine alte Eule auf dem Ast eines toten Baumes. Der Wind blähte das prächtige Federkleid auf. Die Eule äugte zu einigen blauen Blechstücken hinunter, die in einem lichten Unterholz herumlagen.

Blaue Blechstücke!

Der Wind trieb Schneestaub durch das Unterholz. Brian konnte nicht mehr genau erkennen, was alles im Schnee herumlag. Es sah beinahe aus, als hätte jemand einen Haufen Schrott ausgeschüttet. Ein Lastwagen voll Sperrgut. Verbogene Blechteile, Glasscherben. Der Wind ließ etwas nach. Die Sicht wurde besser. Bei einem der Blechstücke handelte es sich ohne Zweifel um ein Stück vom Seitenruder eines Flugzeuges. Ein geknickter Flügel ragte aus einer Schneewehe. Jetzt konnte Brian die Nase des Flugzeuges sehen. Sie war aufgerissen, der Propeller völlig verbogen.

»Jesus, das ist ›Blue Jay‹«, stieß er leise hervor.

»Blue Jay«, das war die Cessna seines Vaters. Brian traute

seinen Augen nicht, als er sich selbst durch den Schnee stapfen sah. Er ging im Unterholz auf das Flugzeugwrack zu. Einen Teil der Kabine konnte er nun ausmachen. Das Gesicht seines Vaters am Fenster. Mark Hill hatte den Mund geöffnet und es schien, als wollte er um Hilfe schreien, aber dann sagte er mit ruhiger Stimme:

»Champ, warum legst du dich nicht aufs Ohr. Ich werde mit deiner Mutter reden.«

Brian schrak hoch.

Sein Vater stand hinter ihm und legte ihm die Hand auf die Schulter. »Hast du ausgerechnet, wie viele Meilen es von hier nach San Diego sind?«, fragte er.

Brian schüttelte den Kopf. Jetzt merkte er, dass seine Hände feucht waren. Er wischte sie am Hemd ab und blickte zu seinem Vater auf.

»Hast du den Wetterbericht gesehen?«, fragte er ihn.

»Sieht gut aus für nächste Woche«, sagte er. »Zur Zeit haben die dort unten ziemliches Sauwetter. Es schneit in den Bergen und es herrschen Rekord-Minus-Temperaturen. Aber nächste Woche soll sich ein starkes Hochdruckgebiet entwickeln.«

»Was weißt du über die Gegend zwischen Albuquerque und Tucson?«

»Hm, ziemlich dünn besiedeltes Gebiet.« Brians Vater beugte sich vor und warf einen Blick auf den Atlas. »Hier, das ist das Quellgebiet des Gila Rivers. Man hat es zu einem nationalen Wildnisgebiet erklärt, weil es so abgelegen und unzugänglich ist.«

Brians Mutter kam ins Zimmer.

»Brian, hast du deine Schwester wirklich eine Kaulquappe genannt?«, wollte sie wissen.

»Mom, du weißt doch, dass sie sich Zeug einbildet«, sagte Brian. »Warum sollte ich sie Kaulquappe nennen?« Er erhob sich und nahm die Baseballmütze vom Kopf. Sein blondes Haar war ziemlich zerzaust. Er warf die Baseballmütze aufs Bett und begann die Kleider, die er morgen tragen wollte, aus dem Schrank zu nehmen.

»Du siehst so blass aus, Brian«, stellte seine Mutter fest. »Wirst du mir etwa auch noch krank?«

»Ich bin okay, Mom«, entgegnete Brian. »Darf ich mich jetzt vielleicht ins Bett begeben oder soll hier zu dieser späten Stunde vielleicht eine Konferenz stattfinden?«

»Du bist in letzter Zeit schlecht gelaunt, Brian«, sagte seine Mutter. Sie sah wundervoll aus. So, als wäre ihr Leben eine einzige Fiesta. Dabei arbeitete sie als Rechtsanwältin bis zu 14 Stunden am Tag.

»Ich bin in letzter Zeit nicht schlecht gelaunt«, widersprach Brian. »Ich bin eben nur etwas durcheinander, weil du die dämliche schwarze Liste von Hick zum Maßstab nimmst, um über mich zu urteilen.«

»Das tue ich nicht, Brian. Das tu ich ganz bestimmt nicht. Aber Dr. Miller würde es dir kaum erlauben, eine Woche lang vom Unterricht fernzubleiben.«

»Schon gut, Mom«, sagte Brian. »Wenn ich mal einen Strafverteidiger brauche, suche ich mir einen anderen.« Brian grinste schief. »Gute Nacht.«

»Du tust, als hätte ich dich gekränkt, Brian.«

»Mom, es ist alles in Ordnung! Ich bleibe lieber zu Hause. Ich habe nämlich eben ›Blue Jay‹ gesehen. Oder das, was von ihm übrig geblieben ist.« Brian knöpfte sein Hemd auf. »Du bist abgestürzt, Dad«, sagte er. »In den Bergen, ungefähr 35 Meilen nördlich von Silver City.«

Brians Mutter starrte ihn an, als wäre er übergeschnappt.

»Mit solchen Sachen scherzt man nicht, Brian«, sagte sie ernst.

»Ich hab's gesehen«, beharrte Brian. »Tut mir Leid.«

Mark Hill lachte.

»Geh jetzt ins Bett, Champ«, sagte er. Er nahm Brians Mutter am Arm. »Komm, ich bin auch müde.«

»Gute Nacht, Brian«, sagte Brians Mutter. »Schlaf gut.«

»Gute Nacht, Mom«, sagte Brian. »Gute Nacht, Dad.«

Brians Vater drehte sich in der Tür noch einmal um und zwinkerte ihm mit einem Auge zu.

»Bin ich allein abgestürzt oder warst du dabei, Champ?«

Brian verzog sein Gesicht.

»Ich muss dabei gewesen sein«, sagte Brian. »Sonst hätte ich es nicht gesehen.«

»Ich glaube nicht, dass Dr. Miller zustimmen wird«, sagte Brians Mutter. »Aber ich kann es morgen früh versuchen.«

»Danke, Mom«, rief Brian hinter ihr her. Als sie draußen waren, stülpte er sich die Baseballmütze mit dem Schild nach hinten über seinen blonden Haarschopf und setzte sich an den Schreibtisch. Er stützte seinen Kopf mit beiden Händen und konzentrierte sich auf den Punkt im Atlas, etwa 35 Meilen nördlich von Silver City.

Das Pumaweibchen war dabei, das Kaninchen zu fressen. Blut troff von seinen Lefzen. Brian stapfte durch den Schnee, aber er wusste nicht, wohin. Es schneite so dicht, dass er nichts mehr sehen konnte. Brian irrte herum. Schließlich stand er auf und ging ins Badezimmer. Er putzte sich die Zähne und versuchte sein Haar zu kämmen. Als er zurück in sein Zimmer gehen wollte, stand Murray auf dem Teppich im Flur und wedelte. Normalerweise schlief er entweder auf dem Sofa oder vor der Tür zum Elternschlafzimmer. Manchmal nahm ihn Pamela mit ins Bett, aber jetzt hatte sie Mumps und man konnte nie wissen, wie ein tibetanischer Terrier darauf reagierte oder ob er überhaupt immun war.

»Leg dich lang«, flüsterte Brian.

Murray rührte sich nicht vom Fleck. Brian ging ins Bett und löschte das Licht aus. Draußen fuhr der Schneepflug vorbei. Irgendwann schlief Brian ein. Als er am Morgen erwachte, war Terror im Haus. Pamela hatte den Haufen entdeckt, der mitten im Wohnzimmer auf dem teuren Teppich still vor sich hin dampfte. Sie schlug Alarm und Murray tat, als wäre er nicht der einzige Hund im Haus.

2. Kapitel

Mayday ... Mayday ...

Der Himmel über ihnen war wolkenlos und von einem tiefen Blau. Sie befanden sich über dem »Pfannenstiel« von Texas. Schräg unten konnte Brian den Palo Duro Canyon erkennen. Aus einer Höhe von 6000 Fuß sah er aus wie eine kleine Scharte in einer zerfurchten Ebene mit ausgetrockneten Flussbetten und niedrigen Hügelzügen. Wie dünne Adern schlängelten sich ein halbes dutzend Flüsse durch die Prärie ostwärts. Einer davon, der Prärie Dog Town Fork, der südliche Quellfluss des Red Rivers, hatte in tausenden von Jahren sein Bett tiefer und tiefer in die Erdkruste gegraben und dadurch eine lange Steilwandschlucht gebildet, in der früher die Comanchen und die Kiowa-Indianer zum Schutz vor den eisigen Blizzards ihre Winterlager aufgeschlagen hatten. Irgendwann, wenn sich Brian recht entsann, im Winter 1874, schickte die Armee ihre Blauröcke aus, um die Indianer im Palo Duro Canyon zu überfallen und auszulöschen.

Laut Hicks Geschichtskenntnissen war es das letzte Mal gewesen, dass irgendwelche Indianer dort unten im Schutze des Canyons ihre Tipis aufgeschlagen hatten und in Frieden auf den nächsten Frühling warteten, um wieder auf die Büffeljagd zu gehen.

Es gab keine Büffel mehr dort unten.

Es gab auch keine Indianer mehr.

Irgendwie sah das Land trostlos aus. So ungastlich, dass es noch immer beinahe menschenleer war.

Brian hatte bei Hick amerikanische Geschichte. Er hatte der Klasse von den Indianern erzählt und von der Abschlachtung der Büffel. Brian erinnerte sich jetzt gut an seine Worte: »Das Land versorgt heute Millionen von Menschen. Früher, bevor wir es eroberten und urbar machten, lebte in dieser grenzenlosen Wildnis eine Hand voll Geschöpfe, die vom Reichtum dieses Landes keinen blassen Schimmer hatten. Ist es da ein Wunder, dass das Volk der Indianer dem Untergang geweiht war?«

Brian wünschte, Hick wäre mitgeflogen. Er hätte sich selbst davon überzeugen können, dass es hundert Jahre nach dem blutigen Massaker im Palo Duro Canyon noch genug Platz gab für einige tausend Menschen, die nicht anders als in Freiheit leben wollten.

Apropos Hick. Nach einem kurzen Telefonat mit Brians Mutter ließ er Brian zu sich in sein Büro kommen. Er saß hinter dem Schreibtisch im Schatten eines riesigen Sternenbanners. Hinter ihm an der Wand hing ein Porträt des Präsidenten der USA und der Spruch »In God We Trust«.

Er hatte einen Berg Papiere vor sich auf dem Schreibtisch. Als Brian eintrat, linste er kurz über die dicken Gläser seiner Brille hinweg zu Brian auf und murmelte etwas, was wahrscheinlich nur für seine eigenen Ohren bestimmt war.

Er ließ Brian dreieinhalb Minuten in absoluter Stille vor dem Schreibtisch stehen, während er die Papiere durchblätterte. Es waren Arbeiten von Brian und Berichte seiner Lehrer. Schließlich nahm er die Brille ab und blickte auf. Aus drei Metern Entfernung konnte er nicht schlecht sehen. Aber wenn einer im dritten Stock seinen nackten Hintern aus dem Fenster hielt, konnte er später unmöglich sagen, wer es gewesen war.

»Hill«, sagte er, als hätte er Brians Namen eben erst in den Papieren entdeckt.

»Ja, Sir.«

»Es ist dir wohl bekannt, dass mich deine verehrte Frau Mutter angerufen hat.«

»Jawohl, Sir.«

»Du hast gute Eltern, Hill, auf die du stolz sein kannst.«

»Ich weiß, Sir. Ich glaube, ich werde später nie meine Jugend verantwortlich machen können, falls irgendetwas schief geht.«

Hick runzelte die Stirn. Man konnte direkt sehen, wie es dahinter in seinem Gehirn rumorte. Er versuchte zu ergründen, ob Brian ihn eben verarscht hatte oder ob Brian tatsächlich über ein hoch entwickeltes Verantwortungsbewusstsein verfügte, das ihn sorgenvoll an seine spätere Zukunft denken ließ.

»Du bist intelligent«, sagte Hick plötzlich aus seinen Gedanken heraus. »Du kannst es zu etwas bringen.«

Brian gab ihm darauf keine Antwort. Er hatte das schon tausend Mal gehört. Von allen möglichen Leuten.

»Aus sämtlichen Berichten deiner Lehrer geht hervor, dass dir eine große persönliche Belastung zu schaffen macht, Hill: deine Faulheit!«

»Sir, im Sport . . .«

»Deine Faulheit, Hill, hängt wie ein stinkender Hemmklotz an dir. Sie behindert deine intellektuelle Entfaltung. Sie ist eine Sperre, die dich nicht in den fünften Gang schalten lässt, wenn du verstehst, was ich meine. Man müsste dir ein gelbes Schild anhängen mit vier schwarzen Punkten darauf, damit jeder gleich erkennen kann, dass du ein Behinderter bist.« Hick lehnte sich zurück. Er gefiel sich selbst, wenn er redete. »Wann, mein junger Freund, erhebst du dich und wirfst deinen Krückstock von dir?«

»Ich bin dabei, Sir. Bei der letzten Mathearbeit schaffte ich ein A+.«

Hick nickte in Gedanken versunken. Plötzlich beugte er sich vor und zeigte mit seinem dürren Finger auf ein Papier, randvoll mit einer nahezu unleserlichen Handschrift, die Brian als die seine erkennen konnte.

»Du hast geschrieben, dass du ein Mensch bist, der über ein geistiges Kameraauge verfügt. Was meinst du damit?«

»Dass ich manchmal Dinge wahrnehmen kann, die eigentlich für gewöhnliche Menschen unsichtbar sind«, erklärte Brian ohne zu zögern.

Hick hob seine buschigen Brauen.

»Zum Beispiel was?«, fragte er lauernd.

»Zum Beispiel die Mächte, die unser Leben steuern.«

»Geister etwa?«

»Wenn Sie es so bezeichnen wollen, ja.«

Hick holte Luft und gab einen lang gezogenen Seufzer von sich, als hätten sich in seinem Bauch Gase gebildet, die er nicht loswerden konnte.

»Natürlich ist das völliger Blödsinn, nicht wahr, mein Freund? Du wolltest dich wieder einmal wichtig machen, nehme ich an. Um deinen Freunden zu imponieren. Ich frage mich nur, warum du uns nicht durch Leistungen zeigst, wes Geistes Kind du bist und was in dir steckt.« Hick hob jetzt seinen dürren Zeigefinger und richtete ihn auf Brian. »Ich traue dir nicht, Hill. Ich traue dir nicht zu, dass du meine Erwartungen, die ich zum Schulanfang in dich gesetzt hatte, in nächster Zeit erfüllst. Du stehst zuoberst auf meiner berühmt-berüchtigten Liste! Du und deine Freunde Billy Smith und Kevin Pratt. Wenn ich dir jetzt erlaube, eine Woche dem Unterricht fernzubleiben, so tue ich das unter der Voraussetzung, dass du mir an dieser Stelle ein Versprechen ablegst!«

»Sir, ist das, was Sie vorhaben, vielleicht so etwas wie eine kleine Erpressung?«

Hick bleckte seine Zähnchen. Er hatte kleine spitze Zähne, die gelb waren vom Nikotin seiner Pfeife.

»Du kannst es nennen, wie du willst, Hill«, sagte er. »Ich fordere von dir an dieser Stelle ein Versprechen, dass du für den Rest dieses Schuljahres versuchst ohne deinen Krückstock zu gehen. Das heißt, ich will von dir Leistung, Hill! Ich will ein A+ bei der nächsten Mathearbeit! Und ich will ein A+ in Geschichte! Klar?«

»Ich werde mir Mühe geben, Sir.«

»Nein! Das genügt mir leider nicht. Ich will eine klare Antwort.«

»Jawohl, Sir! Ich werde tun, was ich kann!«

»Gut, Hill. Sehr gut.« Mit einem listigen Grinsen schob er einen Zettel über den Schreibtisch. »Dann unterzeichne gefälligst dieses Dokument, mein Freund.«

Brian nahm den Zettel auf und begann zu lesen. Dabei merkte er, wie ihm vom Nacken her heißer und heißer wurde.

Hick hatte seine eigenen sieben Gebote aufgeschrieben:

1. Ich mache täglich meine Hausaufgaben.
2. Ich komme pünktlich zur Schule.
3. Ich schwänze den Unterricht nicht mehr. (Auch nicht für fünf Minuten.)
4. Ich respektiere meine Lehrer.
5. Ich störe den Unterricht nicht mehr.
6. Ich beteilige mich konstruktiv am Unterricht.
7. Es ist mein Ziel, in allen Fächern immer mein Bestes zu geben.

Brian hob den Kopf. Auf seiner Stirn spürte er kalten Schweiß.

Hick starrte ihn an wie ein Geier seine Beute. Er hatte diesen Das-überlebst-du-nicht-Blick in seinen kleinen, kurzsichtigen Augen. Sein langer, faltiger Hals war gestreckt.

»Was ist, Hill?«, fragte er. »Keinen Mumm in den Knochen?«

»Sir, wenn ich das unterzeichne, kann ich meine Seele ebenso gut dem Teufel verkaufen.«

»Willst du deinen Vater nach San Diego begleiten oder nicht, mein Freund?«

Brian erstickte beinahe, weil er das Gefühl hatte, jemand würde ihm die Luft abdrücken. Er war in Hicks Falle geraten. Der Käse war der Flug nach San Diego.

Hick grinste. Er ergriff einen Füllfederhalter und hielt ihn Brian hin.

»Es ist nicht unbedingt meine Bestrebung, aus dir einen Musterschüler zu machen, Hill«, sagte er.

Brian nahm den Füllfederhalter. Einen Moment zögerte er noch, dann schrieb er seinen Namen unter die sieben Gebote.

Es war Brian, als hätte er in diesem Moment sein eigenes Todesurteil unterschrieben.

Fliegt man von Albuquerque nach Tucson, folgt man am besten dem Rio Grande südwärts, bis zu einem kleinen Nest, das Hatch heißt. Von dort führt ein Low Altitude Airway westwärts über ziemlich flaches Wüstengebiet hinweg. Brian hatte keine Ahnung, wieso sich sein Vater für die andere, eine direktere Flugstrecke entschied. Vielleicht, weil sie eben kürzer war. Vielleicht war es die abenteuerliche Versuchung, der er erlag. Vielleicht wollte er herausfinden, was noch in ihm steckte, nach all den Schwierigkeiten, die er nach Vietnam zu bewältigen hatte. Brian wusste es nicht und er war auch später nicht daran interessiert, es genau zu erfahren. Was immer es war, der Flug wurde ihnen zum Verhängnis.

Die direkte Strecke führte in südwestlicher Richtung über die kontinentale Wasserscheide und über ein wildes Bergland hinweg nach Tucson. Wenn man ein Lineal nimmt und die beiden Städte auf der Karte durch einen Bleistiftstrich miteinander verbindet, dann liegt ziemlich genau darunter jener Punkt, den Brian zu Hause auf dem Atlas gesehen hatte.

Der Punkt, wo der Puma das Wildkaninchen erwischte.

Der Punkt!

Der Bleistiftstrich auf der Landkarte führt von Albuquerque an den Galina Mountains vorbei durch einen nördlichen Ausläufer der San-Augustin-Hochebene. Schon hier sind die Berge alle an die 10 000 Fuß hoch. Der Bleistiftstrich kreuzt dann die kontinentale Wasserscheide, durchquert die Tularosa Mountains, die Mogollon Mountains und die Grenze zwischen New Mexico und Arizona. Etwa eine Daumenbreite südlich des Striches, dort, wo er die kontinentale Wasserscheide kreuzt, befindet sich der Punkt, ganz in der Nähe von zwei Bergspitzen, von denen die eine Mogollon Baldy heißt und die andere Whitewater Baldy. Die Höhe des Mogollon Baldy ist mit 10 778 Fuß angegeben, die des Whitewater Baldy mit 10 892 Fuß.

Brians Vater wollte wahrscheinlich südlich des Mogollon Baldy in das Tal des Gila River fliegen. Der Gila River sollte ihm zur Orientierung dienen und eigentlich war es eine Flugroute, die bei gutem Wetter im Sichtflug leicht zu bewältigen gewesen wäre. Aber das Wetter änderte sich, sobald sie die ersten Bergzüge überquert hatten. Der Himmel wurde grau. Die Sicht verschlechterte sich rasch und bald konnten sie nicht mehr viel sehen.

Brian fiel zum ersten Mal wieder der Puma und das

Wildkaninchen ein. Er dachte an die blauen Blechteile, die aus dem Schnee ragten. Und er sah im Geiste das Gesicht seines Vaters, der in der Pilotenkanzel eingeklemmt war und nach Hilfe schrie, ohne dass er ihn hören konnte.

Es war ein schrecklicher Gedanke. Ein sonderbares Gefühl machte sich in ihm breit. Ich hätte auf die Toilette gehen sollen, bevor wir in Albuquerque starteten, dachte er. Und er dachte auch daran, dass Pamela seine Schallplatten kriegen würde, wenn sie abstürzten. Wahrscheinlich würde sie einige verschenken. Sie hasste Billy Idol. Und seine Stereoanlage würde im Nu kaputt sein, weil sie völlig ungeschickt war.

Murray würde einige Tage unter dem Schreibtisch seines Vaters liegen und nicht fressen. Aber dann würde er sich daran gewöhnen, dass sein Herrchen nicht mehr da war. Er würde den Verlust am leichtesten ertragen können. Er und Pamela.

Billy Smith und Kevin Pratt würden sich wahrscheinlich zu Brians Andenken besaufen. Das war so abgemacht. Wenn einer von ihnen draufginge, dann würden sich die anderen besaufen und die Gläser wegwerfen.

Und Hick würde allen möglichen Leuten erzählen, dass Brian gerade dabei gewesen war, ein anständiger Schüler zu werden.

Ob man sie da unten in dieser Wildnis jemals finden würde? Vielleicht gab es hungrige Aasgeier dort unten.

»Hast du vielleicht schon einmal einen Film über Aasgeier gemacht?«, fragte Brian seinen Vater.

Mark Hill drehte den Kopf und blickte seinen Sohn kurz an. »Wir stürzen nicht ab«, sagte er. Er konnte ab und zu Brians Gedanken erraten. In diesem Fall war das kein Kunststück. Er fürchtete selbst, dass etwas schief gehen konnte, aber er ließ sich nichts anmerken.

Brian drückte sich die Baseballmütze fester auf den Kopf. Ohne sie wollte er nicht sterben, und wenn er im letzten Moment einen letzten Wunsch hätte äußern dürfen, so hätte er darum gebeten, ihm die Mütze mit in den Sarg zu legen.

Der Wind wurde stärker und es schneite nun dicht.

Mark Hill flog tiefer, bis der Höhenmesser 5700 Fuß angab und die Sicht etwas besser wurde. Brian konnte jetzt die Wälder sehen. Sie waren nicht mehr als Schatten ohne Konturen, von denen Brian wusste, dass es tiefe zerklüftete Täler und Schluchten waren. Die Nordhänge der Berge waren tief verschneit, der Rest des Landes grau-weiß gesprenkelt. Nebelschwaden und Wolken von aufgewirbeltem Schneestaub trieben unter der Cessna im Wind. Es war eine raue, eisklirrende Wildnis dort unten, so menschenfeindlich, dass die Zivilisation sie noch nicht hatte erobern können. Es gab keine Straßen und Häuser. Den Pfaden, die jetzt der Schnee verbarg, waren vor hundert Jahren die Apachen auf ihren Streifzügen gefolgt. Nichts hatte sich geändert. Die Berge waren ein letztes Bollwerk der großen amerikanischen Wildnis, unzugänglich und voller Gefahren für Menschen, die ihre Mahlzeiten aus Plastikpackungen aßen und ihre Abenteuer am Bildschirm erlebten.

»Habe ich dir eigentlich schon einmal erzählt, dass ich eine Freundin habe?«, fragte Brian plötzlich.

Sein Vater hielt die Augen starr geradeaus gerichtet.

»Wer ist es?«, fragte er.

»Sandra Williams.«

»Hm.«

»Sie ist sehr hübsch und talentiert. Sie will einmal Ethnologie studieren.«

Mark Hill sagte nichts darauf. Brian bemerkte, dass auf seiner Stirn plötzlich Schweißperlen glitzerten.

»Glaubst du, dass die Baltimore Orioles dieses Jahr die Meisterschaft gewinnen?«, fragte Brian.

»Kaum. Ich glaube, die Yankees schaffen es.«

»Die Yankees? Die haben keine Chance.«

Aus dem Radio kamen auf einmal krächzende Geräusche. Brians Vater versuchte das ATC (Air Traffic Control) reinzukriegen. Es klappte nicht. Gegen Norden hin war der Himmel beinahe bleigrau. Dunkle Wolken verhüllten die Berge und ballten sich an den steilen Hängen.

»Weißt du ungefähr, wo wir uns befinden?«, fragte Brian seinen Vater.

»Ungefähr«, antwortete dieser.

»Da unten ist nicht ein einziges Licht zu sehen«, sagte Brian.

»Wir befinden uns über der Gila-River-Wildnis, Brian. Links von uns müsste der höchste Punkt der Black Mountains sein. Auf meiner Karte ist da unten eine Straße eingezeichnet.«

»Ich kann nichts sehen, außer Schnee und Eis.«

Etwa zehn Minuten später konnten sie überhaupt nichts mehr erkennen. Sie flogen in einer dicken grauen Suppe. Der Höhenmesser gab 5100 Fuß an. An den Scheiben von »Blue Jay« bildete sich Eis. Das kleine Flugzeug flog in einem starken Gegenwind. Mark Hill entschloss sich, noch etwas tiefer zu fliegen. Der Motor begann sich zu quälen. Sein leises Gebrumm wurde mehr und mehr zu einem Dröhnen. Brian warf einen Blick auf die Armaturen. Alles schien in Ordnung. Außer der Öltemperatur. Sie stieg beträchtlich.

Brian blickte aus dem Seitenfenster. Unten tauchten die Spitzen mächtiger Bäume auf. Es mussten die Wipfel verschneiter Kiefern sein. Rechts war ein ziemlich kahler Berghang mit einem zerklüfteten, mit Eis behangenem Felsgrat, der mehrere Löcher hatte. Manche waren so groß wie Höhlen. Mark Hill machte Brian auf einen Bach aufmerksam, der durch ein enges Tal floss. Sie flogen kaum fünfzig Meter über dem Bach. Plötzlich erspähte Brian den Puma. Er kam aus dem Wald und glitt einen verschneiten Hang hinunter. Brian hatte das Gefühl, als würde das Blut in seinen Adern erstarren.

In dem Moment, als Brian seinen Vater auf den Puma aufmerksam machen wollte, tauchte »Blue Jay« in eine Nebelwand ein, die sich wie ein riesiger grauer Staudamm aus der Tiefe des Tales hob. Von einer Sekunde auf die andere konnten Mark Hill und Brian nichts mehr sehen.

Brian hörte seinen Vater leise fluchen. Er fluchte sonst äußerst selten, und wenn er fluchte, sagte er Dinge wie Himmel, Arsch und Zwirn. Aber dieses Mal kamen andere Worte aus seinem Mund, während er das Steuer zurückzog, um Höhe zu gewinnen. Der Motor heulte auf und »Blue Jays« Nase hob sich. Aber es war alles zu spät. Plötzlich gab es ein Geräusch, als ob eine Kreissäge in die Metallhülle der Cessna eindringen würde. Brian wusste sofort, dass sie irgendetwas gestreift hatten. Sein Vater schrie, dass er sich festhalten solle. Brian packte den Haltegriff und im selben Augenblick kippte »Blue Jay« plötzlich zur Seite ab. Der Notruf-Transponder begann zu blinken. Im Nebel tauchten plötzlich mehrere Baumwipfel auf. Der rechte Flügel mähte durch das kahle Geäst einiger Laubbäume. Brian beobachtete voller Entsetzen, wie sich Blechstücke vom Flügel lösten, als würde die Cessna mit riesigen Büchsenöffnern attackiert. Mark Hill versuchte vergeblich die Nase von »Blue Jay« hochzubringen. Das kleine Flugzeug schoss direkt in die Baumwipfel hinein. Der Propeller verbog sich, während er wie ein Küchenmixer die verschneiten Äste der

Kiefern zerstückelte. Der Motor drehte heulend durch. Die Zeiger der Armaturen tanzten nach allen Richtungen. Rote Alarmlichter blinkten auf. Der Transponder gab in gleichmäßigem Abstand einen durchdringenden Piepton von sich. Brian begann zu schreien, ohne dass er es wusste. Der Motor ging plötzlich mit einem berstenden Knall aus. Der Öldruckzeiger fiel auf Null. Der rechte Flügel mähte die Wipfel von einigen Kiefern und bog sich jäh nach oben durch und irgendwo in der Kabine barst ein Fenster.

»Jesus Christus, jetzt ist es aus!«, schrie Mark Hill, während er versuchte die Cessna waagerecht zu halten. Das kleine Flugzeug schoss unaufhaltsam durch ein Gewirr von Astwerk und verlor dadurch schnell an Fahrt.

»Mayday ... Mayday!«, rief Mark Hill in das kleine Radiomikrofon. »Mayday. Cessna one-eight-five. We are going to crash!«

»Blue Jay« raste mit berstendem Krachen durch einen Wald. Brian griff unwillkürlich zur Schnalle des Sicherheitsgurtes. Tausendmal hatte er sich schon überlegt, was er bei einem Absturz tun würde. Er hatte sich fest eingeredet, dass seine Überlebenschancen größer wären, wenn er seine Fassung bewahrte und im letzten Moment, sozusagen Sekunden vor dem Aufprall, kaltblütig raussprang. Nichts konnte schlimmer sein, als im Flugzeug zu bleiben und mit ungefähr 160 Stundenkilometern gegen die Erdoberfläche zu donnern. Der Unterschied war nur, dass alles schneller ging, als er sich ausgedacht hatte. Es ging sozusagen so schnell, dass sein Verstand überhaupt nicht mehr mitkam. Er tat nur völlig automatisch das Richtige. Er klickte den Sicherheitsgurt aus und langte nach der Türverriegelung, die gesichert war. In diesem Moment barst die Windschutzscheibe vor seinem Gesicht. Das Armaturenbrett hob sich plötzlich, krachte aus den Halterungen und schlug Brian hart gegen den Kopf. Für einen Augenblick hatte er das Gefühl, als drücke ihn jemand mit eisernem Griff die Luft ab, und er dachte: So ist es also, wenn man stirbt. Man kriegt irgendwelche Armaturen gegen den Schädel geknallt und dann bleibt einem die Luft weg und es wird dunkel und still. Er dachte, jetzt schwebst du auf Wolken. Dicke rosafleischige Engelchen bliesen aus Leibeskräften in ihre Posaunen. Himmlische Chöre begannen zu singen. Wolken wirbelten Brian durch einen Tunnel, in dem es aussah wie in der Space-Mountain-Achterbahn von Disneyland. Millionen Sterne glitzerten in der Finsternis. In rasender Fahrt schoss er auf ein gleißendes Licht zu. Die Schleuse in den Himmel, dachte er, und der Fahrtwind riss ihm die Kleider vom Leib, und er war plötzlich splitternackt wie die Engelchen mit den Posaunen und den dicken Backen. Brian versuchte zu fliegen, aber er hatte noch keine Flügel. Irgendwie war ihm das ziemlich peinlich und er war froh, als mit einem Donnerschlag alles aufhörte und ihn sein Bewusstsein verließ.

3. Kapitel

Spuren im Schnee

Als Brian aus seiner Ohnmacht erwachte, dachte er zuerst, alles sei in bester Ordnung und er hätte sämtliche Prüfungen mit A+ bestanden. Aber er war kein Engel. Er schwebte nicht auf einer Wolke. Die Posaunen waren verstummt und der Gesang der himmlischen Chöre hatte sich in das Geräusch einer Dampfwalze verwandelt, die in den Gehirnwindungen seines Schädels herumfuhr und seine Gedanken platt drückte.

Brian lag im Schnee. Sein Gesicht brannte. Links von ihm, etwa fünf, sechs Schritte entfernt, sah er im kahlen Gestrüpp etwas Blaues schimmern. Ein Stück verbogenes Blech. Rechts davon hing der Wipfel einer Kiefer im Gestrüpp, der Stamm gesplittert und die Äste zerfetzt.

Es dauerte eine Weile, bis Brian merkte, was los war. Der Schock fuhr ihm tief in die Glieder. Er setzte sich auf und blickte an sich hinunter. Er hatte nicht nur den Absturz überlebt, er war auch wie durch ein Wunder nahezu unversehrt geblieben. Nur die Hose war über dem Knie zerrissen. Außerdem verspürte er dumpfe Schmerzen im Oberkörper. Wenn er tief einatmen wollte, wurden sie so stark, dass ihm beinahe die Luft wegblieb. Brian berührte sein Gesicht mit den Fingerspitzen. Die Haut war mit einer rauen Eiskruste bedeckt. Er hatte eine Beule an der Stirn und den Geschmack von Blut im Mund.

Insgesamt, so schien es ihm, hatte er Glück gehabt. Er hatte ziemliche Mühe, sich zu erheben. Als er schwankend im Schnee stand, stellte er zu seinem grenzenlosen Unbehagen fest, dass ihm während der Bruchlandung die Baseballmütze abhanden gekommen war. Er blickte sich um und entdeckte sie im Gestrüpp, einige Schritte entfernt. Er begann auf unsicheren Beinen durch das verschneite Unterholz zu stapfen. Die Äste der Büsche waren mit Raureif verkrustet. Wenn er sie zur Seite schieben wollte, brachen sie ab, als wären sie aus Glas. Es musste mindestens 20 Grad unter Null sein. Brian hatte kein Gefühl in seinen Fingern und er spürte seine Füße nicht mehr. Schwankend stapfte er durch eine verharschte Schneewehe. Sie brach unter seinem Gewicht zusammen. Er versank im lockeren Schnee, obwohl er wie ein Ertrinkender zu strampeln begann. Es war furchtbar. Schneestaub geriet ihm beim Einatmen in die Nase und durch den Mund in die Luftröhre. Er erstickte beinahe. Mit letzter Kraft gelang es ihm, sich an einigen Ästen hochzuziehen. Nach Atem ringend blieb er auf dem Rücken liegen. Hoch über ihm rauschte der Wind durch die Bäume. Es schneite leicht. Und es war hundekalt.

Brian drehte sich vorsichtig auf den Bauch und rutschte auf der dünnen Eiskruste über die Schneewehe hinunter bis zum Rand eines Dickichts. Von hier aus hatte er einen freien Blick über eine verschneite Senke. Etwa 30 Schritte entfernt, in der Nähe eines kleinen zugefrorenen Teiches, lag »Blue Jay« im Schnee. Der rechte Flügel war geknickt. Benzin lief aus einem lecken Tank in den Schnee. Das Seitenruder am Heck fehlte. Die Schnauze ragte aus dem Schnee wie der Kopf eines gefangenen Fisches, dem der Angler das Genick gebrochen hat. Die Propellerblätter waren verbogen, die Scheibe des Cockpits zersplittert. Die Tür auf Brians Seite fehlte und der Rumpf war hinter der Türöffnung bis zum Heck aufgeschlitzt.

Die Cessna war im Eimer, das war Brian sofort klar. Seine Blicke hingen an der zersplitterten Scheibe des Cockpits. Er konnte die Lehne seines Sitzes sehen, der schief in der Kanzel verkeilt war. Dahinter war irgendetwas Dunkles zu erkennen. Es konnte der Kopf seines Vaters sein. Oder ein Stück des verbogenen Armaturenbrettes.

Brian versuchte aufzustehen, versank aber bis zu den Hüften im Schnee. Der Wind trieb Schneestaub über die Senke hinweg. Irgendwo schrie ein Tier. Er hatte den Schrei schon einmal gehört. Es war der Todesschrei eines Kaninchens.

Mark Hill saß zusammengesunken in seinem Sitz.

Er war nicht tot, er war nur ohne Besinnung. Blut lief ihm aus dem Mund und von einer Schramme an der Stirn.

Brian schüttelte ihn, aber er erwachte nicht aus seiner Ohnmacht. Sein Kopf fiel zur Seite. Ein bisschen Blut kam aus seinem Mundwinkel und lief ihm über das Kinn. Als Brian das sah, packte ihn panische Angst. Sein Vater war zwar nicht tot, aber es konnte gut sein, dass er schlimme innere Verletzungen hatte, die er ohne ärztliche Hilfe nicht lange überleben würde.

Mit zitternden Fingern machte Brian die Schnalle am Sicherheitsgurt seines Vaters auf. Der Oberkörper seines Vaters neigte sich zur Seite und Brian musste ihn festhalten, damit er nicht aus dem Cockpit fiel.

Es war furchtbar. Sein Vater schien plötzlich unheimlich schwer zu sein, er vermochte ihn kaum zu halten.

»Vater«, stieß er mit gepresster Stimme hervor. »Wach auf!«

Brian schüttelte ihn. Er redete auf ihn ein. Es nützte alles nichts. Langsam ließ seine Kraft nach. Er biss die Zähne zusammen. Er konnte seinen Vater nicht aus dem Sitz fallen lassen. Wenn er einmal im Schnee lag, war es unmöglich, ihn wieder hochzuheben und in die Kanzel zu ziehen, wo er vor dem eisigen Nordwind geschützt war.

Brian betete. Er flehte den Allmächtigen um Hilfe an. Sein ganzes Leben lang hatte er daran geglaubt, dass er im Notfall niemals allein sein würde. Das hatte man ihm oft genug gesagt. Jetzt war ein Notfall. Jetzt war der schlimmste Notfall, den er sich ausdenken konnte. Er betete rasend. Und es nützte. Vater erwachte aus der Ohnmacht.

Er öffnete die Augen und blickte seinen Sohn verwirrt an.

»Wir müssen deine Mutter anrufen, Champ«, flüsterte er.

Brian schluckte. Er hatte noch immer Blut im Mund.

»Wir sind abgestürzt, Vater. Ich vermute, dass es hier in der Nähe kein Telefon gibt.«

»Abgestürzt?« Die Augen weiteten sich ungläubig. Er hob den Kopf etwas an, und jetzt konnte er wahrscheinlich sehen, dass es rund herum nichts anderes gab als Schnee. Mark Hill seufzte. »Ich dachte, wir sind in Boston«, presste er hervor.

Es war Brian schleierhaft, wie sein Vater auf Boston kam. Er schien ziemlich durcheinander. Sie hatten nicht einmal Verwandte in Boston. Brian sagte ihm, dass sie sich nach seiner Berechnung ungefähr 35 Meilen nordwestlich von Silver City befanden und dass von »Blue Jay« nicht viel mehr als ein Schrotthaufen übrig geblieben war. Langsam wurde Mark Hill klar, dass die Situation, in der sie sich befanden, nicht gerade erfreulich sein konnte. Er hatte ein Bein gebrochen und wahrscheinlich eine zumindest mittelschwere Gehirnerschütterung. Außerdem blutete er ein bisschen aus dem Mund, was darauf schließen ließ, dass er innere Verletzungen hatte.

Als er sich bewegte, stöhnte er vor Schmerzen.

»Wahrscheinlich hast du einige Rippen gebrochen«, sagte Brian. »Wenn du versuchst dich gegen meinen Sitz zu lehnen, fällst du wenigstens nicht aus dem Flugzeug.«

Sein Vater drehte den Kopf und blickte sich um. Das Cockpit war verwüstet. Armaturen hingen lose an bunten Drähten. Das Dach war eingedrückt, sämtliche Scheiben zertrümmert. Ächzend und mit schmerzverzerrtem Gesicht richtete sich Mark Hill auf. Mit der linken Hand griff er nach dem Kopfhörer, der über dem Steuer hing.

»Silver City«, keuchte er. »Die müssen uns dort hören.« Umständlich legte er sich den Kopfhörer an und bog den Mikrofonhalter zurecht. Dann begann er an den Radioknöpfen zu drehen.

»Silver City Tower, Cessna one-eight-five, wir sind bruchgelandet und brauchen Hilfe . . .«

Mark Hill hörte auf. Das Radio funktionierte nicht mehr. Es kam nicht einmal ein leises Geräusch aus dem Kopfhörer. Mark Hill blickte seinen Sohn an. Er sah in diesem Moment ziemlich bedient aus. Richtig verzweifelt.

»Sie müssen uns auf dem Radar gehabt haben«, versuchte ihn Brian zu trösten. »Der Transponder funktionierte noch kurz vor dem Aufprall. Wahrscheinlich suchen sie jetzt schon nach uns.«

»Nicht bei diesem Sauwetter«, stöhnte Mark Hill. Er lehnte sich mit einem Seufzer im Sitz zurück.

Sein Atem ging schneller. Er hatte furchtbare Schmerzen und es war gut, dass er wieder in Ohnmacht fiel.

Brian holte seine Baseballmütze aus dem Gestrüpp und ging zurück zum Wrack.

Es schneite den ganzen Nachmittag hindurch.

Zum Glück fand Brian hinter dem Wrack Zeug, das ihnen jetzt zu Nutzen kam. Zuhinterst im Stauraum lag eine große blaue Plastikplane, mit der Brian fast das ganze Wrack abdecken konnte. Nur die Flügelenden, das Heck und der verbogene Propeller ragten darunter hervor. Die Bordapotheke war ganz geblieben. Brian nahm selbst zwei schmerzstillende Tabletten und gab seinem Vater vier davon, als dieser einmal aus der Ohnmacht erwachte. Sie hatten Daunenschlafsäcke dabei, einen Rucksack, Kochgeschirr und einen kleinen Gaskocher. Der einzige Proviant bestand aus einer angebrochenen Tüte Kartoffelchips, zwei Riegeln Schokolade und vier Dosen Coca-Cola. Außerdem fand Brian in einer Außentasche des Rucksacks eine Packung Kaugummi, Himbeergeschmack, die wahrscheinlich Pamela gehörte, und zwei völlig ausgetrocknete Zwetschgen. Sie besaßen noch eine Taschenlampe mit neuen Batterien, ein Messer, mit dem man Büffel abhäuten konnte, einen Armee-Spaten und eine kleine Signalpistole. Brian entdeckte unter den Rücksitzen ein Abschleppseil und mehrere Schnüre, einen Plastikeimer ohne Henkel, der Murray als Fressnapf gedient hatte, und ein Paar alte Gummistiefel, an denen Klumpen von rotem, eingetrocknetem Dreck klebten. Außerdem schien der neue Camcorder, den Brian zusammen mit mehreren Kassetten und anderem Zubehör in einem Leichtmetallkoffer transportierte, die Bruchlandung unbeschadet überstanden zu haben.

Mit einem Schraubenschlüssel aus dem Werkzeugkasten montierte Brian die hinteren Sitze ab. Er warf sie hinaus in den Schnee und dann half er seinem Vater, sich hinten auf den Boden hinzulegen.

Es ging Mark Hill etwas besser, da ihm die Tabletten über die schlimmsten Schmerzen hinweghalfen. Aber er sah trotzdem schlecht aus. Richtig krank. Immer wieder fielen ihm die Augen zu und Brian musste ihn rütteln, damit er nicht einschlief. Brian hatte Angst, er würde nicht mehr aufwachen.

Am Spätnachmittag konnte Brian nicht mehr verhindern, dass sein Vater erneut in Ohnmacht fiel. Brian schüttelte ihn und schrie ihn an, aber es nützte alles nichts. Leichenblass lag er in seinem Schlafsack, den Mund leicht geöffnet. Brian fühlte seinen Puls, obwohl er keine Ahnung hatte, wozu dies hätte gut sein sollen. Er zählte ungefähr 40 Schläge in der Minute. Ziemlich unregelmäßig. Nachdem er ungefähr eine halbe Stunde lang bei seinem Vater am Boden gehockt hatte, entschied er, das Flugzeug zu verlassen und sich draußen einmal genauer umzusehen.

Es war jetzt beinahe fünf Uhr am Nachmittag. Die Sicht war nicht die beste, denn es schneite noch immer leicht und mit dem Nebel kroch die Abenddämmerung von den bewaldeten Hängen in die Tiefe des Tales.

Brian lugte zuerst unter der blauen Plane hervor, ohne sich zu bewegen. Er starrte zum Rand der Senke hinüber, wo das Weidengestrüpp so dicht stand, dass man es nicht einmal mit den Blicken durchdringen konnte. Es rührte sich nichts dort drüben im Windschatten einer steilen Böschung, wo der Schnee zu hohen Wechten aufgeweht worden war.

Brian kroch unter der Plane hervor und stand auf. Er konnte jetzt über den Teich hinwegsehen, hinüber zum Eingang eines engen Tales, durch das offenbar ein Bach floss.

Es ist ein merkwürdiges Land, dachte Brian. Wer an New

Mexico oder an Arizona denkt, der hat keine Schwierigkeiten, sich ein Wüstengebiet vorzustellen, mit ausgetrockneten Flussbetten und bizarren Felsformationen, mit haushohen Kakteen und undurchdringlichem Dornengestrüpp. Man denkt an Schlangen, die im Schatten dösen, weil sogar für sie die Sonne zu heiß ist, und man denkt an Skelette von Menschen und Tieren, die auf der Suche nach einer Wasserstelle verdurstet waren.

Leuten, die den letzten Film von Mark Hill gesehen hatten, fiel vielleicht Eleanor, die Krötenechse, ein, wenn sie an dieses Land dachten.

Für Brian jedoch war die Senke, in der sie notgelandet waren, wie ein Stück von Alaska. Er fror wie noch nie zuvor im Leben. Es schien ihm, als wehte ihm der Wind unsichtbare Eisnadeln ins Gesicht. Rund um ihn herum war die Natur in Schnee und Eis erstarrt. Aus den Bergen, die er nicht sehen konnte, heulte der Sturm wie ein hungriger Wolf über die Talhänge herunter und durch die Wälder. Die mächtigen alten Bäume ächzten und knarrten, als trotzten sie mit letzter Kraft den vernichtenden Gewalten, mit denen ihnen der Winter noch einmal gnadenlos zu Leibe rückte.

Es war vielleicht der letzte Sturm eines langen und harten Winters. Wie lange konnte er anhalten? Tage? Oder sogar Wochen? Würde es noch kälter werden?

Ein Gefühl lähmender Hilflosigkeit ergriff Brian. Er schlug den Kragen seines daunengefütterten Parkas hoch und steckte die Hände in die Taschen. Langsam stapfte er durch den Schnee und um das Flugzeugwrack herum. Er überlegte sich, was er als Nächstes tun könnte, aber es fiel ihm nichts ein. Er wusste nicht einmal genau, wo sie sich befanden. Silver City mochte zwar nur etwa 35 Meilen weit entfernt sein, aber für einen, der sich in diesem menschenleeren und zerklüfteten Gebiet nicht auskannte, waren 35 Meilen eine endlose Strecke. Außerdem hätte er seinen Vater niemals allein lassen können.

Brian dachte daran, dass das gebrochene Bein seines Vaters geschient werden musste. Er ging zum Ufer des Teiches hinunter. Hier stieß er auf Spuren von Tieren, die vom Wind noch nicht ganz verwischt worden waren. Der Puma und das Kaninchen fielen ihm ein. Er folgte einer Spur ein Stück weit. Sie führte auf die verschneite Eisdecke hinaus. Es war die Fährte eines größeren Tieres. Vielleicht ein Kojote. Die Fährte machte einen Bogen und verschwand am anderen Ufer im Gestrüpp.

Es wurde jetzt schnell dunkel. Brian machte sich auf den Weg zurück zum Wrack. Die alte Eule erschreckte ihn. Sie flog aus dem Wald heraus und über die Senke hinweg.

Es war beinahe dunkel, als er in das Flugzeug kroch. Sein Vater war wach.

»Wenn das Wetter besser wird, finden sie uns ganz bestimmt«, sagte er.

Brian setzte sich neben ihn hin. Auf seinem blassen Gesicht glitzerte Schweiß.

»Morgen früh werde ich in den Wald gehen und Stöcke schneiden, damit dein Bein geschient werden kann.«

Sein Vater verzog das Gesicht zu einem schwachen Lächeln.

»Jawohl, Herr Doktor«, sagte er. »Wie sieht es draußen aus?«

»Einsam«, sagte Brian. »Aber es gibt Wildkaninchen hier und andere Tiere. Vielleicht gelingt es mir morgen, ein Kaninchen zu fangen.«

Mark Hill nahm die Hand seines Sohnes und drückte sie. Brian wusste in diesem Moment, dass er nicht aufgeben und ihn nicht im Stich lassen würde. Und solange sein Vater lebte, war er wenigstens nicht allein.

In der Nacht hörte es auf zu schneien. Der Wind ließ nach und es wurde still draußen.

Brian vermochte trotzdem nicht einzuschlafen. Er saß vorn im Pilotensitz und manchmal übermannte ihn die Müdigkeit und er döste unruhig einige Minuten lang, nur um jedes Mal aufzuschrecken, wenn sein Vater stöhnte.

Einmal in der Nacht verlangte sein Vater die schmerzstillenden Tabletten. Brian gab ihm Coca-Cola zu trinken und sagte ihm, dass der Sturm nachgelassen hatte. Das schien ihn aufzumuntern. Er machte sogar einen Scherz. Man hätte besser den »Goldenen Adler« von San Diego nach Baltimore fliegen lassen sollen, meinte er. Bestimmt wäre dieser zur rechten Zeit dort angekommen.

Sie redeten eine Weile. Dann wurde Mark Hill müde und er schlief ein. Brian kletterte zurück in den Pilotensitz und versuchte es sich im Mumienschlafsack bequem zu machen. Er hatte selbst ziemliche Schmerzen. Außerdem nagte der Hunger in seinem Bauch. Es war ein Gefühl, als hätte sein Magen plötzlich kleine spitze Zähne. Er aß ein paar Kartoffelchips und trank ein bisschen Cola. Immer wieder warf Brian einen Blick auf seine Armbanduhr, die den Absturz unbeschadet überstanden hatte. Die Zeit verrann wie zäher Brei. Es war drei Uhr, als Brian aus dem Flugzeug kroch. Er musste pinkeln. Es war nahezu windstill draußen. Der Mond schien durch ein Loch in den Wolken, sein Licht lag blass über dem zugefrorenen Teich, auf dem die glatte Schneedecke glitzerte, als wäre sie mit Glimmerstaub bestreut.

Brian entfernte sich ein Stück vom Wrack, öffnete mit steifen Fingern den Hosenladen seiner Jeans und starrte dabei zum Wald hinüber. Und das war das erste Mal, dass er plötzlich das vage Gefühl verspürte, beobachtet zu werden.

Beim Pinkeln beobachtet zu werden, das war für Brian eine ziemlich unangenehme Angelegenheit. Es war ihm so unangenehm, dass er vor lauter Peinlichkeit gleich wieder einpacken wollte, aber das ging nicht, weil er sich dabei die Schuhe und die Hosen verpinkelt hätte. Also beeilte er sich, und das machte die Sache noch schlimmer, weil er glaubte, wahrscheinlich vor lauter Anstrengung einen roten Nacken zu kriegen und einen dicken Hals.

Er schaute sich gehetzt nach allen Seiten um. Nichts rührte sich. Nirgendwo im Gestrüpp oder in der Senke konnte er irgendetwas erkennen, was darauf hätte schließen lassen können, dass sich irgendjemand in der Senke herumtrieb. Selbst die Tiere wagten sich scheinbar noch nicht in die nähere Umgebung des Wracks, das ihnen unheimlich vorkommen musste.

Brian versuchte sich einzureden, dass ihm seine Phantasie einen Streich spielte. Wer sollte sich außer ihnen schon in dieser gottverlassenen Gegend aufhalten? Er begann leise zu pfeifen. Er pfiff die Melodie von »Strawberry Fields Forever«, dem alten Beatles-Song. Er mochte die Beatles. Zumindest konnte man ihre Lieder pfeifen. Für Pamela war das vorsintflutliche Musik. Aber sie konnte auch mit Twisted Sister nichts anfangen oder mit U2. Das Leben wird für jeden zur Mühsal, der eine Schwester wie Pamela hat, dachte Brian.

Brian knöpfte den Hosenladen zu und ging leise pfeifend zum Wrack zurück. Plötzlich hörte er zu pfeifen auf und blieb stehen. Er lauschte. Stille. Nicht das geringste Geräusch war zu hören. Er drehte sich um die eigene Achse und spähte zur Böschung hinüber, wo sich das Dickicht befand. Kauerte dort drüben nicht eine Gestalt im kahlen Gestrüpp? Oder war es nur ein dunkler Fleck, vielleicht ein Stück der Böschung, von der der Schnee weggerutscht war.

Unverwandt starrte er den dunklen Fleck an, und je länger er ihn im Auge behielt, desto sicherer war er, dass es sich um ein Lebewesen handelte. Der Fleck begann sich nämlich zu bewegen. Seine Form veränderte sich. Er wurde etwas kleiner. Dann wieder größer.

Oder täuschte sich Brian? Er machte eine Sekunde die Augen zu. Als er sie wieder aufmachte, war der Fleck noch immer dort. Jetzt bewegte er sich nicht mehr. Es musste ein Stück der Böschung sein und nicht ein Lebewesen. Wahrscheinlich hatten sich Äste bewegt oder eines der dürren Blätter, die noch vereinzelt im Gestrüpp hingen.

Wenn nur Murray dabei gewesen wäre, dachte Brian. Murray war zwar kein Wachhund, aber er hätte sofort gemerkt, wenn sich jemand in der Nähe herumtrieb.

Brian bückte sich, nahm Schnee auf und drückte ihn in seinen Händen zu einem Ball. Er holte weit aus und warf ihn in die Richtung des Dickichts. Der Ball fiel einige Schritte von den ersten Büschen entfernt in den Schnee.

Nichts geschah.

Brian ging zum Wrack. Noch einmal warf er einen Blick zurück. Der Fleck war noch immer dort.

Der Tag graute.

Brian kauerte außerhalb des Wracks unter der blauen Plane und verhielt sich mucksmäuschenstill. Drüben, dort wo sich das Dickicht befand, stand ein magerer Kojote im Schnee. Er verhielt sich, genau wie Brian, absolut regungslos und blickte lauernd herüber. Vielleicht sah er Brian, vielleicht auch nicht. Wahrscheinlich war ihm alles ziemlich unheimlich; das Wrack unter der Plane, die Blechstücke, die überall verstreut im Schnee herumlagen, die abgebrochenen Baumwipfel und die zerfetzten Äste. Außerdem stank es nach Benzin.

Plötzlich drehte er sich um und schlich das Dickicht entlang davon. Brian folgte ihm mit seinen Blicken, bis er im Nebel verschwunden war, der sich in der Senke ausgebreitet hatte.

»Brian.«

Die Stimme seines Vaters schreckte ihn auf. Er kletterte sofort in das Flugzeug. Mark Hill hatte den Oberkörper etwas aufgerichtet. Er sah blass aus und verschwollen. An der rechten Schläfe hatte er einen Bluterguss. Er blickte Brian aus fiebrig glänzenden Augen an.

»Brian, wir können nicht hier bleiben und darauf hoffen, dass uns jemand findet«, sagte er und seine Stimme war nicht mehr so kräftig wie sonst. »Wir haben nicht genug Proviant, um länger als zwei, drei Tage zu überleben. Und bei diesem Wetter sind die Chancen, dass uns ein Suchflugzeug entdeckt, nicht groß.«

»Es hat aufgehört zu schneien«, sagte Brian. »Vielleicht wird es bald klar.«

»Es wäre töricht, wenn wir uns darauf verließen, Brian. Es muss einen Weg geben, der aus dieser Senke hinausführt und der natürlich unter der Schneedecke nicht zu sehen ist. Ich würde südwärts gehen, talabwärts zum Gila River. Wenn es irgendwo Menschen gibt, dann am Fluss.«

»Wir wissen nicht einmal, wo wir sind, Vater«, entgegnete Brian. »Wir wissen nicht, wie weit der Fluss entfernt ist und ob es dort Menschen gibt. Außerdem glaube ich, dass ich dich nicht allein lassen sollte.«

»Wir müssen irgendetwas tun, Brian!«

»Ich werde die Plane so aufspannen, dass sie ein Zelt bildet«, sagte Brian. »Dann werde ich Holz holen und ein Feuer machen, an dem wir uns warm halten können. Im Unterholz gibt es Wildkaninchen. Ich hoffe, dass es mir gelingt, eines davon zu erlegen.« Brian hielt seinem Vater die Tüte mit den Kartoffelchips hin. »Du musst etwas essen«, sagte er. »Du hast seit dem Frühstück in Oklahoma City nichts mehr . . .«

»Ich habe keinen Hunger.« Mark Hill holte leise ächzend Luft. »Tu mir einen Gefallen und geh ein Stück weit das Tal hinunter, Brian. Es könnte sein, dass du auf eine Straße stößt oder auf eine entlegene Hütte. Dieses Land kann doch nicht so gottverlassen sein, dass es hier nichts gibt außer wilden Tieren.«

»Ein Kojote hat uns heute Morgen beobachtet«, sagte Brian. »Er stand eine ganze Weile regungslos im Schnee und spähte herüber. Ich hoffe, dass er uns nicht alle Kaninchen wegfrisst.«

Brian legte die Tüte neben seinen Vater und erhob sich.

»Gut, ich gehe das Tal hinunter. Aber ich bin bis zum Mittag zurück, Vater, verlass dich darauf!«

»Nimm den Handspaten mit und markier deinen Weg, Brian. Der Wind könnte deine Spur verwehen.«

Brian tat den Handspaten und die kleine Leuchtpistole in den kleinen Rucksack. Er nahm auch eine Dose Cola mit und einen Riegel Schokolade.

Es war kurz nach acht Uhr, als er durch den Schnee zum Rand der Senke stapfte. Der Nebel hatte sich etwas gelichtet, aber noch immer herrschte ein trübes, graues Zwielicht. Am Rande der Senke, dort, wo sich der Bach eine tiefe Rinne durch die Böschung gegraben hatte, begann ein schmaler Taleinschnitt. Brian folgte einer Tierspur über einen steilen Hang hinunter, an dessen Fuß er den vereisten Bach überqueren musste, um weiterzukommen. Die wilden Wasser des Baches rauschten unter dem Schnee und Eis talwärts. Irgendwo mündete der Bach in den Gila River, und dieser floß hunderte von Meilen weiter westlich in den mächtigen Colorado.

Brian folgte dem rechten Ufer des Baches. Es war ein beschwerlicher Fußmarsch. An einigen Stellen lag der Schnee hüfthoch. An anderen hatte ihn der Wind weggeblasen. Mehrere Male musste er über vereiste Felsbrocken steigen, die von den steilen Hängen heruntergestürzt waren und den Bach im Laufe der Zeit immer wieder gezwungen hatten sich einen neuen Weg zu suchen. Er kletterte über quer liegende Bäume hinweg, die von Blitzschlägen getroffen und von heftigen Sturmwinden entwurzelt worden waren. Überall kreuzte er Spuren von Tieren. Vögel hopsten im Schnee herum. Kaninchen suchten nach Büschen, an denen sie knabbern konnten. Ein Reh hatte auf staksigen Beinen den Bach überquert und am gegenüberliegenden Hang die Schneekruste aufgekratzt. Eine Pumafährte zog sich den Wald entlang zum Bach hinunter, bis zu einer Stelle, wo sich im Windschatten einer überhängenden Uferböschung kein Eis gebildet hatte. Auch Brian hielt dort an. Er rutschte die Böschung hinunter und kauerte auf einer kleinen Geröllbank nieder. Mit den Händen schöpfte er eiskaltes Wasser aus dem schwarzen Loch und trank es.

Bevor er weiterging, tat er einige faustgroße Flusssteine in die beiden Außentaschen des Rucksacks.

Er mochte etwa eine Stunde gegangen sein, als er an einer Stelle, wo sich das Tal erweiterte, ein Kaninchen erspähte. Das Kaninchen bemerkte ihn nicht. Brian duckte sich. Langsam ließ er den Rucksack von seinem Rücken gleiten. Er öffnete eine Außentasche und nahm einen Stein heraus. Das Geräusch des Reißverschlusses ließ das Kaninchen aufmerksam werden. Es machte sich klein und rührte sich nicht mehr. Sein Fell war weiß und es hob sich kaum vom Schnee ab. Nur sein großes, dunkles Auge konnte Brian deutlich sehen. Das Kaninchen verharrte mehrere Minuten lang regungslos. Dann hoppelte es auf einige grüne Stauden zu, die aus dem Schnee ragten. Die Stauden hatten keine Blätter, aber das Kaninchen begann an der grünen Rinde zu knabbern.

Brian schlich sich an das Kaninchen heran. Dabei machte er einen Bogen und versuchte die Deckung einiger verschneiter Büsche auszunützen. Fast eine Viertelstunde brauchte er, bis er ungefähr auf zehn Meter an das Kaninchen herangekommen war. Behutsam richtete er sich auf und holte mit dem Stein zum Wurf aus. Plötzlich hörte das Kaninchen mit seinem Mahl auf. Jetzt warf Brian den Stein mit voller Kraft. Er sauste haarscharf am Kopf des Kaninchens vorbei. Das Kaninchen duckte sich, machte aber keine Anstalten davonzulaufen. Da sprang Brian auf und rannte auf das Kaninchen zu. Der Schreck hatte das Kaninchen gelähmt. Als es jedoch den Menschen sah, der da plötzlich wie ein riesiges Ungeheuer durch den Schnee sprang, beide Hände nach ihm ausgestreckt, ergriff es die Flucht. Brian warf sich mit einem Hechtsprung hinterher, aber seine Hände fuhren ins Leere und er plumpste der Länge nach in den Schnee.

Für einige Sekunden blieb er ziemlich enttäuscht auf dem Bauch liegen. Immerhin war er der beste Werfer im Baseball-Team seiner Schule, mit einem stadtbekannten Schnellball, der an die siebzig Meilen drauf hatte. Langsam erhob er sich. Er nahm seine blaue Baseballmütze und klopfte sich mit ihr den Schnee von Hose und Parka. Dabei sah er sich verstohlen um. Zum Glück hatte ihn niemand bei seinem missglückten Wurf beobachtet. Billy Smith und Kevin Pratt hätten sich halb tot gelacht. Und Sandra hätte ihn bestimmt wieder einmal mit diesem Blick angesehen, mit dem sie ihn schon ein paar Mal dazu gebracht hatte, nachts wach zu liegen und über die Geheimnisse der Liebe nachzudenken. Der Gedanke an Sandra machte ihn munter. Was tat sie in diesem Augenblick daheim in Baltimore? Es war dort zwei Stunden später. Schon bald Mittag. Zum Lunch würde sie wahrscheinlich mit Tina und Christi und dieser blöden Ziege Ramona auf einem Fensterbrett im Speisesaal sitzen und über Volleyball reden und diesen neuen Streifen, der »Weniger als Null« hieß. Vielleicht würde Sandra kurz an ihn denken und daran, dass er in San Diego unter Palmen am Strand lag, die Sonnenbrille cool über der Stirn und ein Glas Piña Colada in der Hand.

Vermutlich weiß noch überhaupt niemand, dass wir nicht in San Diego angekommen sind, dachte Brian. Außer Mom und Pamela und die nächsten Verwandten wie Moms Vater, der alte Max Luchsinger, der auf Deutsch fluchen konnte wie ein Matrose, weil er vor tausend Jahren oder so in der alten Welt im Hafenbezirk von Hamburg aufgewachsen war.

Und vielleicht kam es in den Abendnachrichten: Flugzeug mit dem bekannten Tierfilmer Mark Hill und seinem Sohn Brian spurlos verschwunden.

Brian ging weiter das Tal hinunter, aber das Gelände wurde immer steiler, und schließlich blieb er entmutigt stehen. Vor ihm öffnete sich ein Canyon mit zerklüfteten, senkrecht aufsteigenden Felswänden. Der kleine Bach, dem er gefolgt war, floss durch einen Eistunnel und stürzte mindestens zweihundert Fuß über die mächtige, mit Eisgebilden behangene Felswand hinunter in die Schlucht. Der Wind wehte die hoch steigende Gischt gegen die Bäume, an deren Ästen sie zu Eis gefror. Die Bäume sahen aus wie Figuren, über denen jemand weißes Wachs ausgegossen hatte.

Brian nahm den Rucksack vom Rücken und holte einen der Steine aus der Seitentasche. Er warf ihn, so weit er konnte, in die Schlucht hinaus. Der Stein flog im Bogen in die Tiefe, aber er vermochte ihn nicht im Auge zu behalten, bis er unten im dunklen Grund der Schlucht aufprallte und zerplatzte.

Brian sah ein, dass es keinen Sinn hatte, nach einem Abstieg zu suchen und die Schlucht zu durchqueren. Er hätte dazu ein oder sogar zwei Tage gebraucht. So entschloss er sich, seiner eigenen Fährte entlang zurückzugehen. Er aß die Schokolade und machte sich dann auf den Rückweg.

Es begann leicht zu schneien.

Dort, wo Brian versucht hatte, das Kaninchen mit einem Steinwurf zu erlegen, stieß er auf die Fährte eines Tieres, dessen Abdrücke er nicht einordnen konnte. Es schien, als ginge das Tier auf zwei Beinen. Bestimmt gab es in dieser Gegend Bären. Schwarzbären oder vielleicht einen letzten einsamen Grisli. Aber Bären, das wusste Brian, hielten um diese Jahreszeit und bei solchen Temperaturen ihren Winterschlaf.

Die Abdrücke waren ziemlich groß und länglich. Es schien, als hätte das Tier keine richtigen Zehen oder sogar Krallen oder Klauen.

Brian folgte der Fährte ein Stück. Sie führte genau dorthin, wo er zuvor hingefallen war. Die Fährte umrundete die Mulde im Schnee, die sein eigener Körper hinterlassen hatte. An seiner Stelle gab es zwei tiefe Abdrücke. Hier schien sich das Tier auf alle Viere niedergelassen zu haben. Und zwei Abdrücke am Rand der Vertiefung sahen aus wie die Abdrücke von Händen.

Menschenhände!

Er ließ sich auf die Knie nieder und hielt seine rechte Hand über den einen Abdruck. Er war größer als seine Hand. Vielleicht war er so groß wie die Hand seines Vaters.

Verblüfft starrte Brian auf die beiden Abdrücke nieder und er versuchte sich zu überlegen, ob es ein Tier gab, das mit Händen ausgestattet war. Es fiel ihm absolut keines ein. Nicht einmal Menschenaffen hatten solche Hände. Außerdem gab es hier ganz bestimmt keine Affen.

Brian verharrte in gebeugter Haltung im Schnee. Er spürte, wie das Gefühl zurückkehrte, das ihn in der Nacht beim Pinkeln heimgesucht hatte. Es war ein bedrohliches Gefühl. Und es erschreckte ihn. Lauernd spähte er um sich. Es war niemand zu sehen. Und trotzdem wusste er, dass er nicht mehr allein war.

Langsam stand er auf und begann weiterzugehen. Seine Sinne waren aufs Höchste alarmiert. Wachsam stapfte er durch den Schnee und mied es, in die Nähe der Büsche zu geraten. Plötzlich fuhr er zusammen. Links von ihm, etwa 30 Schritte entfernt, bewegte sich etwas im Gestrüpp. Lautlos wie ein Schatten huschte es durch das kahle Geäst und für einen Augenblick konnte Brian einen zottigen braunen Pelz erkennen. Schon im nächsten Moment jedoch war nichts mehr zu sehen.

Brian wagte es nicht, zu den Bäumen hinüberzugehen und sich die Spuren anzusehen. Er ging schnell weiter und redete sich ein, dass es doch ein Tier war, das in seiner Nähe herumschlich. Vielleicht war ein Bär aus dem Winterschlaf aufgewacht. Vielleicht war es ein Vielfraß.

Ein Vielfraß, der aufrecht ging und Hände hatte wie ein Mensch?

»Bigfoot« fiel ihm ein. Die Rocky-Mountain-Schneemonster aus dem Norden. Die Zeitungen berichteten jeden Winter davon. Brians Vater hielt das zwar alles für Humbug, aber es gab immer wieder Menschen, die solchen Kreaturen begegnet sein wollten. Und man hatte sogar Fotos von den Spuren, riesige Abdrücke im Schnee. Konnte es sein, dass er es mit einem »Bigfoot« zu tun hatte, der in den Süden gekommen war, um sich in dieser gottverlassenen Wildnis zu verstecken? Der Gedanke machte Brian nervös. Er nahm die Pistole aus dem Rucksack. Notfalls konnte er dem Schneemonster eine Leuchtkugel in den Pelz brennen. Langsam ging er weiter und bald entdeckte er eine Gestalt, die regungslos im Halbdunkel unter einigen Bäumen stand. Brian blieb das Herz stehen. Mit angehaltenem Atem starrte er zu der Gestalt hoch, von der er nicht viel mehr als die dunklen Umrisse erkennen konnte.

War es ein Mensch oder ein Tier?

War es überhaupt ein Lebewesen?

Brian kniff die Augen fest zusammen. Manchmal half das. Aber als er sie dieses Mal wieder öffnete, war die Gestalt noch immer da und stand regungslos am selben Fleck.

Brian entschied sich, die Flucht zu ergreifen.

Brian lief auf seiner eigenen Fährte, so schnell er konnte, das Tal hoch. Weit kam er nicht, bis ihm die Luft ausging. Er blieb keuchend stehen und warf einen Blick zurück. Niemand verfolgte ihn. Nichts rührte sich hinter ihm und das Tal lag so unberührt da, als gäbe es hier außer ihm selbst kein einziges Lebewesen. Nur seine eigene Spur führte wie eine dünne Linie am Ufer des Baches entlang, zwischen Bäumen und großen verschneiten Felsbrocken hindurch und an einem Steilhang entlang.

Brian wartete, bis er wieder einigermaßen atmen konnte. Dann stapfte er weiter. Er kam nur langsam voran. Das Tal stieg steil an und er hatte den Wind gegen sich. Beim Rennen war er ins Schwitzen gekommen. Jetzt schien es, als gefröre der Schweiß unter seinen Kleidern auf der Haut. Brian wusste von dieser Gefahr. Wer bei solchen Temperaturen ins Schwitzen geriet, musste aufpassen, dass er sich später nicht unterkühlte. An Hypothermia waren schon ganze Expeditionen zum Nordpol draufgegegangen.

Brian stapfte stetig bergan. Nur ab und zu blieb er kurz stehen, um sich zu vergewissern, dass ihm niemand folgte. Und obwohl er nichts mehr entdecken konnte, was ihn hätte beunruhigen können, wurde er das Gefühl nicht los, dass er sich auf seinem Weg unter ständiger Beobachtung befand.

Es war kurz nach Mittag, als er schließlich die Senke erreichte, in der sie bruchgelandet waren. Auf der Plane über dem Wrack der Cessna lag ein bisschen Schnee. Sonst hatte sich nichts verändert. Brian bahnte sich einen Weg durchs Gestrüpp, als er links von sich ein Geräusch hörte. Für einige Sekunden gewahrte er einen Schatten, der sich durchs Gestrüpp bewegte und im nächsten Moment verschwunden war.

Brian duckte sich. Da er sich jetzt in nächster Nähe des Flugzeuges befand, fiel es ihm etwas leichter, mutiger zu sein. Mit der Leuchtpistole in der Hand arbeitete er sich vorsichtig durch die Büsche zu jener Stelle hin, wo er den Schatten gesehen hatte. Dort, im tiefen Schnee, bemerkte er eine Spur mit länglichen Fußabdrücken. Keine Zehen. Keine scharf gezeichneten Ränder, wie sie von Schuhen zurückgelassen worden wären.

Brian richtete sich auf. Es war still in der Senke. Aber es war jemand da. Brian spürte es ganz deutlich.

4. Kapitel

Der Pfeil aus der Vergangenheit

Mark Hill richtete sich etwas auf, als Brian in das Flugzeug kletterte. Er sah seinem Sohn sofort an, dass der lange Fußmarsch das Tal hinunter vergeblich gewesen war.

Brian nahm seine Mütze vom Kopf. Sein Haar war strähnig geworden und klebte ihm in der Stirn.

»Wie fühlst du dich?«, fragte er seinen Vater.

»Es geht«, sagte Mark Hill mit einem Lächeln. »Ich kann wieder besser atmen. Die Schmerzen sind nicht mehr so schlimm.«

Brian sagte ihm, dass das Tal bis zum Rand eines Canyons führte. »Die Felswände fallen schätzungsweise 500 Fuß senkrecht ab. Es ist unmöglich, hinunter und wieder herauf zu kommen, wenn man den Weg nicht kennt, falls es überhaupt einen Weg gibt.«

»Dann scheint es, als wären wir hier oben regelrecht von der Umwelt abgeschnitten«, folgerte Mark Hill.

»Das scheint nicht nur so, Vater«, entgegnete Brian. »Wenn uns hier jemand findet, dann ist das reiner Zufall.«

»Bei gutem Wetter können wir Rauchfeuer machen, Brian. Man wird bestimmt nach uns suchen. Wie sieht es draußen aus?«

»Grau. Es schneit ganz leicht und es sieht nicht danach aus, als ob die Wolken das Tal bald verlassen würden.«

»Morgen ist der Himmel strahlend blau und die Sonne

scheint, Champ«, sagte Mark Hill zuversichtlich und er nahm seinen Sohn beim Arm. »Wo bleibt dein Optimismus?«

Brian zwang sich zu einem Lächeln. Einen Moment lang überlegte er, ob er seinem Vater die Beobachtungen mitteilen sollte, die er seit der letzten Nacht gemacht hatte. Sein Vater blickte ihn forschend an.

»Was gibt's, Champ?«, fragte er.

»Wir werden beobachtet«, erwiderte Brian zögernd, während er in seine Hände hineinhauchte, um sie zu wärmen. Sein eigener Atem stand ihm für einen Moment wie eine Wolke vor dem Gesicht. »Ich habe heute Morgen irgendwelche Lebewesen gesehen und ich weiß nicht, ob es Tiere sind oder Menschen.«

Mark Hill holte tief Luft.

»Brian«, sagte er mit fester Stimme, »es gibt außer uns keine Menschen hier.«

»Das habe ich auch gedacht«, gab Brian zurück. Seine Finger waren weiß und eiskalt. Die Zehen spürte er überhaupt nicht mehr. Er hielt dem forschenden Blick seines Vaters stand. »Vater, ich habe einen von ihnen ziemlich gut gesehen. Ich meine, ich habe eine Gestalt gesehen. Und Abdrücke von Händen im Schnee. Und Fußabdrücke. Ich dachte zuerst, das ist vielleicht ein Bär. Es gibt bestimmt Bären hier, aber die befinden sich alle im Winterschlaf. Dann dachte ich, es muss ein anderes Tier sein, aber mir fiel keines ein, das so groß ist wie ein Mensch, aufrecht gehen kann und Hände hat.«

Brian war froh, dass der Ausdruck im Gesicht seines Vaters ernst blieb.

»Brian, bist du sicher, dass du nicht einer Täuschung erlegen bist? Vielleicht war es ein Tier, das wesentlich kleiner als ein Mensch ist und . . .«

»Die Abdrücke der beiden Hände waren größer als meine eigenen«, unterbrach Brian seinen Vater und zeigte ihm seine Hände mit gespreizten Fingern. »Und die Gestalt, die ich sah, war so groß wie ein Mann.«

»Was hat er getragen? Einen Mantel? Eine Jacke? Oder vielleicht sogar einen Hut?«

»Das konnte ich nicht genau sehen. Mir schien, als wäre es ein Lebewesen mit Fell gewesen.«

»Ein Lebewesen mit Fell?« Mark Hill schüttelte den Kopf. »Dann muss es ein Tier gewesen sein.«

»Oder ein Mensch, der Fellkleider trägt.«

»Heutzutage tragen nur noch Menschen Fellkleider, die vermeinen, sich die Verantwortungslosigkeit leisten zu können, dafür ein kleines Vermögen auszugeben, Brian. Vor allem sind es in unserer Gesellschaft ziemlich dämliche Weibsbilder, die . . .«

»Ich rede nicht von Pelzmänteln, Vater!«, wandte Brian ein. Er erhob sich. »Ich meine Menschen, die sich in Felle kleiden, weil sie Nylon noch nicht erfunden haben.«

»Brian, du willst doch nicht etwa einem Bigfoot begegnet sein?«, sagte Mark Hill und er kniff bei dieser Frage seine Augen etwas zusammen. »Du weißt, was ich von solchen Schauermärchen halte.«

»Ich sage nur, dass wir nicht allein hier sind«, beharrte Brian. »Für einen Bigfoot sind die Fußspuren ohnehin zu klein. Aber man ist mir auf dem Weg zum Canyon gefolgt, Vater, und man beobachtet unser Lager hier. Ich habe nicht weiter als hundert Schritte entfernt im Unterholz Spuren entdeckt. Und ich habe jemanden durchs Dickicht schleichen sehen.«

»Du irrst dich bestimmt, Brian.«

»Nein.« Brian ging zur Tür. »Kann es sein, dass es hier Menschen gibt, die von früher übrig geblieben sind?«

Brian kauerte in der Türöffnung nieder. Wenn der äußere Rand der Plane vom Wind etwas angehoben wurde, konnte er ein Stück in die Senke hinuntersehen. Sein Vater schwieg. Fast eine Minute verstrich. Brian drehte den Kopf und warf einen Blick zu seinem Vater hinüber. Sein Vater hatte an der Universität von Michigan Journalismus und Geschichte studiert. Das war zwar eine Ewigkeit her, aber bestimmt wusste er noch, wer zu prähistorischen Zeiten dieses Gebiet bewohnt hatte.

Mark Hill überlegte eine Weile, bevor er Brians Frage verneinte.

»Es ist äußerst unwahrscheinlich, dass irgendwo in diesem Land Ureinwohner überlebt haben.«

»Unwahrscheinlich? Dann könnte es also sein, dass ...«

»Nein, ich halte es für ausgeschlossen. Es gibt in ganz Amerika kein Gebiet mehr, wo solche Leute über Jahrhunderte hinweg unbemerkt geblieben wären. Das gibt es nicht, Brian. Das ist unmöglich!«

»Was für Leute lebten hier, Vater?«

»Apachen-Indianer. Leute von Mangas Coloradas und von Geronimo. Wilde Stämme, die man vor ziemlich genau hundert Jahren beinahe ausgerottet hat.«

»Vielleicht hat man nicht alle erwischt, Vater. Vielleicht ist es einigen gelungen, den Soldaten zu entkommen. Vielleicht sind sie in diese Berge geflüchtet und niemand hat sie jemals zu Gesicht bekommen.«

»Hundert Jahre lang?«

»Es ist ein riesiges Gebiet, Vater. Wer hier der Zivilisation ausweichen will, der hat eine gute Chance, nicht entdeckt zu werden.«

»Man hat die Apachen bis zum letzten Mann erwischt, Brian. Am Ende waren es nur noch eine Hand voll, die sich mit Geronimo der Armee ergaben. Sie wurden als Kriegsgefangene nach Florida in die Verbannung geschickt. Ihre Nachkommen leben heute in den Reservaten, und obwohl es ihnen dort mehr schlecht als recht geht, glaube ich nicht, dass sie es vorziehen würden, wie ihre Vorfahren in dieser menschenfeindlichen Wildnis zu leben.«

»Dann sind es eben keine Apachen«, sagte Brian. »Dann sind es eben andere Menschen. Solche, die noch vor den Apachen hier gelebt haben. Höhlenmenschen vielleicht.« Er kletterte aus dem Flugzeug und kroch zum Rand der Zeltplane. Er hob sie etwas an und erstarrte. Drüben, am Rand des Unterholzes, stand ein Mann. Deutlich konnte Brian das Gesicht sehen. Dunkle Augen blickten misstrauisch herüber. Der Mann hatte etwas in der linken Hand. Es sah aus wie eine Keule. Von den Schultern des Mannes hingen Felle herunter, die fast seinen ganzen Körper bedeckten. Seine Beine waren nackt und er trug eine Kopfbedeckung aus Fell, unter der langes, strähniges Haar hervorquoll.

»Vater!«, rief Brian gepresst. »Da ist einer!« Brian griff nach der Schnur, mit der er die Plane am Ast des Busches festgezurrt hatte, aber bevor er sie lösen konnte, um die Plane hochzuheben und seinem Vater einen Blick nach draußen zu ermöglichen, lief der Mann davon. Er bewegte sich leicht im Schnee und Brian konnte erkennen, dass er Fellmokassins an den Füßen trug. Der Mann lief ins Gestrüpp hinein und im nächsten Moment war er im Astgewirr verschwunden.

Brian verließ das Wrack, um Holz zu sammeln. Er überlegte, ob er den Camcorder mitnehmen sollte, entschied aber, dass er dadurch diese merkwürdigen Menschenwesen wahrscheinlich noch misstrauischer gemacht hätte. Wachsam und von einer tiefen inneren Unruhe erfüllt, verließ Brian die Senke und ging zu einer windgeschützten Stelle am Talhang, wo er begann Holz zusammenzutragen. Es war eine mühsame und langwierige Arbeit, denn überall lag Schnee und das meiste Fallholz war am beinharten Boden festgefroren. Lange Zeit übersah Brian die untersten Äste an den Fichten, die wie blanke Stöcke von den Stämmen wegragten. Er gewahrte sie erst, als er sich einmal bückte, um ein verknorpeltes Stück Holz aus dem Schnee zu graben. Das Stück Holz steckte in einer vereisten Spalte zwischen zwei Felsbrocken. Nachdem sich Brian eine Weile vergeblich damit abgemüht hatte, richtete er sich auf und stieß jäh mit dem Schädel gegen einen der trockenen Äste über ihm. Seine Baseballmütze fiel ihm vom Kopf. Er zerquetschte eine mittelschlimme Verwünschung zwischen den Zähnen, packte wütend den Ast und brach ihn vom Stamm des Baumes. Eine halbe Stunde später stapfte Brian mit einem großen Bündel trockener Äste zurück zum Wrack von »Blue Jay«.

Er räumte unter der Plane rechts neben der Türöffnung mit dem Klappspaten den Schnee weg, bis er einen kleinen Platz freigeschaufelt hatte, der von einem niedrigen Schneewall umgeben war. Er benutzte einen langen, dicken Ast dazu, die Plane anzuheben, so dass sie wie ein Zeltdach nach zwei Seiten hinabfiel. Eine schmale, dreieckige Öffnung über dem Schneewall war nach Süden hin ausgerichtet, so dass der Platz unter der Plane völlig windgeschützt war. Brian schaufelte einen schmalen Durchgang durch den Schneewall und grub ein Loch über der Feuerstelle, durch das der Rauch abziehen konnte, während die Wärme des kleinen Feuers durch die Tür- und Fensteröffnungen in das Flugzeugwrack eindrang und sich unter der Plane staute.

Am Spätnachmittag ging er hinaus, um nach den zwei

Schlingenfallen zu sehen, die er im Dickicht, etwa eine halbe Meile entfernt, ausgelegt hatte. Beide waren leer. Enttäuscht machte er sich auf den Weg zurück. Es schneite leicht und die Abenddämmerung sickerte durch die tief hängenden Wolken in das Tal.

Auf halbem Weg spürte Brian plötzlich, dass er nicht mehr alleine war. Er blieb stehen und schaute sich um. In einiger Entfernung, im Halbschatten des Unterholzes, standen zwei Gestalten. Die eine war etwas größer als die andere, und die größere stand ziemlich verbogen dort, mit gekrümmtem Rücken und auf einen knorrigen Stock gestützt. Deutlich konnte Brian erkennen, dass in dem dunklen, zerknitterten Gesicht weiße Haare wuchsen. Nicht wie beim Bart eines Mannes, sondern vereinzelt über dem schmalen Mund und am Kinn, wie das häufig bei uralten Frauen der Fall war.

Bei der anderen Gestalt handelte es sich um einen Jungen oder ein Mädchen, dessen Gesicht wesentlich heller war als das der alten Frau.

Beide blickten voll misstrauischer Neugier herüber. Der Wind zerrte an den Fellfetzen, die an ihnen herunterhingen, und er bewegte die dünnen, schlohweißen Haarsträhnen der buckligen Alten.

Brian stand wie angewurzelt in seiner eigenen Spur. Das Herz klopfte ihm bis zum Hals. Unverwandt starrte er zu den beiden Gestalten hinüber, die sich genauso still verhielten wie er.

Eine Weile verging, ohne dass sich jemand rührte. In Brians Kopf jagten sich die Gedanken. Er überlegte fieberhaft, was er tun sollte. Es fiel ihm nichts anderes ein, als die Baseballmütze vom Kopf zu nehmen. Die kleinere Gestalt zuckte unmerklich zusammen, als sich Brian bewegte. Die buckelige Alte rührte sich nicht.

Brian hob die Mütze hoch und bewegte sie sachte hin und her.

Die kleine Gestalt begann sofort an einem Fellstück zu zerren, das der buckligen Alten von den mageren Schultern hing. Dabei stieß sie einige merkwürdig gutturale Laute hervor. Die alte Frau stieß die kleine Gestalt von sich und die kleine Gestalt lief auf ein Gestrüpp zu. Dort, halb im Geäst versteckt, blieb die kleine Gestalt stehen und blickte sich ängstlich nach Brian um.

Die Alte hob den Stock und richtete ihn auf Brian. Plötzlich begann sie irgendwelche Worte zu krächzen, die Brian nicht verstehen konnte. Brian setzte sich schnell seine Mütze wieder auf. Er stapfte rückwärts durch den Schnee in die Senke hinunter, ohne die bucklige Alte aus den Augen zu lassen.

Die kleine Gestalt kam aus dem Gestrüpp. Sie lief zur Alten zurück und nahm sie bei der Hand. Die Alte begann zu kreischen, aber die kleine Gestalt zog sie mit sich in den Wald hinein.

Als beide verschwunden waren, drehte sich Brian um. Er lief zurück zum Flugzeug. Das Feuer war fast niedergebrannt. Sein Vater fieberte. Draußen wurde es jetzt schnell Nacht.

Brian machte in dieser Nacht kein Auge zu. Er sorgte dafür, dass das Feuer nicht ausging und es unter der Plane und im Innern des Flugzeugs warm blieb. Er schmolz Schnee in einem kleinen Campingkochtopf und gab seinem Vater das lauwarme Schmelzwasser zu trinken. Er selbst aß einige Kartoffelchips und trank Cola. Die Nacht wollte nicht vergehen. Jedes Geräusch, das von draußen hereindrang, ließ Brian noch wachsamer werden.

Der Zustand seines Vaters schien sich während dieser

Nacht noch zu verschlechtern. Er hatte hohes Fieber und er begann zu phantasieren. Zuerst schenkte Brian dem unverständlichen Gemurmel keine Beachtung. Aber mitten in der Nacht warf sich sein Vater einmal hoch. Und mit weit aufgerissenen Augen, in denen das Fieber funkelte, glotzte er ins Leere.

»Ich folge euch«, stieß er mühsam hervor. Die Worte waren so undeutlich wie die eines Betrunkenen. Er versuchte sich aufzurichten. Brian kletterte sofort nach hinten, aber als er nach dem Arm seines Vaters greifen wollte, stieß ihn dieser von sich.

»Geh mir aus dem Weg, Schlangenweib!«, keuchte er. Brian zog die Hand jäh zurück. Sein Vater lachte mit heiserer Stimme. »Leg dich hin . . . oh, jetzt zertrete ich deinen hässlichen Kopf.« Das Gesicht seines Vaters verzerrte sich zu einer Fratze. Der Schweiß rann ihm über die Stirn und die Wangen, glitzerte in seinen dunklen Bartstoppeln und lief ihm am Hals herunter. Plötzlich begann er zu schreien und er hob beide Hände, als wollte er sich schützen und irgendwelche Schläge abwehren, die seinen Kopf treffen sollten.

»Vater!«, rief Brian scharf. »Wach auf, Vater!« Er packte seinen Vater bei den Handgelenken und schüttelte ihn. Da erwachte er aus seinem tiefen Schlaf. Verständnislos blickte er Brian an.

»Du hast schlecht geträumt, Vater«, sagte Brian leise. Er spürte, wie sein Vater am ganzen Leib zitterte.

»Was ist geschehen?«, keuchte Mark Hill. Sein Atem ging so schnell, als wäre er meilenweit gerannt. »Wo sind die Tiere?«

»Welche Tiere?«

»Es waren Tiere da, Brian. Und ein alter Mann kam und führte mich in eine Höhle, und dort war dieses merkwürdige Geschöpf, das den Kopf einer Frau hatte und den Körper einer . . .«

Mark Hill brach plötzlich ab. Ein schwaches Lächeln berührte seine Züge.

»Es war ein schlimmer Traum, Brian«, sagte er.

»Leg dich wieder hin. Ich hole dir etwas zu trinken.«

Brian gab seinem Vater zwei Schmerztabletten und etwas Wasser.

»Wie geht es deinem Bein?«

»Gut.«

Brian hatte ihm das gebrochene Bein notdürftig geschient. Er wusste, dass es seinem Vater alles andere als gut ging. Er brauchte dringend ärztliche Hilfe.

Mark Hill nahm die Hand seines Sohnes in seine Hände und drückte sie.

»Wir schaffen es, Champ«, sagte er und er versuchte seiner Stimme einen bestimmten Klang zu geben. »So leicht geben wir nicht auf.«

Brian kamen beinahe die Tränen.

»Es sind Menschen draußen, Vater«, sagte er mit erstickter Stimme. »Höhlenmenschen. Ich habe einige von ihnen gesehen. Eine alte Frau und ein Mädchen. Und es gibt überall in den Büschen Spuren von ihnen. Sie beobachten uns.«

Sein Vater lächelte. »Brian, wenn es da draußen Höhlenmenschen gibt, dann haben wir den Absturz nicht überlebt, und wir befinden uns nicht irgendwo im Gila-River-Wildnisgebiet, sondern an einem Ort, den wir vielleicht vorläufig als ›Ewige Jagdgründe‹ bezeichnen sollten.«

»Wir sind aber nicht gestorben«, entgegnete Brian voller Trotz. »Wir leben und ich werde versuchen mit diesen Leuten Kontakt aufzunehmen, vielleicht können sie uns weiterhelfen.«

Brian wusste, dass ihm sein Vater so lange nicht glauben würde, bis er selbst eines dieser merkwürdigen Menschenwesen zu Gesicht bekam. Das lag nicht daran, dass sein Vater ein besonders argwöhnischer Mensch war. Wahrscheinlich hätte ihm niemand geglaubt, nicht einmal Billy Smith oder Kevin Pratt. Und die waren von ihm einiges gewöhnt. Die Sache war zu verworren. Beinahe unirdisch. Die Zeit, da solche Gegenden von irgendwelchen Ureinwohnern bevölkert waren, gehörte einer finsteren Vergangenheit an, über die kaum jemand Bescheid wusste. Brian erinnerte sich zwar an eine Geschichtsstunde, als Hick von Folsom-Menschen erzählte und von einem gewissen Neandertaler, dem Hick den Vornamen Norbert gegeben hatte. Und Brian erinnerte sich auch an die Geschichtsstunden, in denen die Klasse prähistorische Epochen der Pueblo-Indianer durchgenommen hatte. Leute, die im heutigen Südwesten der USA heimisch gewesen waren und ihre Lehmhütten im Schutz schwer zugänglicher Höhlen gebaut hatten.

Brian wünschte, er hätte damals besser aufgepasst, denn Hick wusste über amerikanische Frühgeschichte Bescheid, das musste man ihm lassen. Geschichte war nicht eines von Brians Lieblingsfächern. Sandra war gut in Geschichte. Sie wollte einmal Ethnologie studieren und später Unterwasser-Archäologin werden und vor der Küste der Türkei nach alten Schiffswracks suchen. Sie war eine ausgezeichnete Schwimmerin und hatte im letzten Sommer schon den Tiefsee-Tauchschein gemacht. Billy Smith besaß sogar ein Foto von ihr; im Bikini, auf zwei gelben Pressluftflaschen sitzend. Es war ein aufregender Schnappschuss, um den ihn Brian beneidete.

Brian schlief ein bisschen in dieser Nacht. Er träumte von Hick. Und von Pamela. Pamela streunte in einem Shoppingcenter herum, und plötzlich verwandelte sich das Shoppingcenter in eine Pyramide im alten Ägypten, und in einer Gruft fand Brian einen riesigen Sarg voller Grünspan und Spinngewebe. Durch den Deckel drang eine Stimme, die um Hilfe schrie. Es war Sandras Stimme. Brian stürzte auf den mächtigen Sarg zu und versuchte den schweren Deckel anzuheben, aber so sehr er sich auch anstrengte, er vermochte ihn keinen Millimeter zu bewegen. Er schrie voller Verzweiflung und plötzlich hatte er einen Baseballschläger in der Hand und schlug wie ein Wilder auf den Sargdeckel, bis er zersprang. Aber im Sarg lag nicht Sandra, sondern der alte Hick, ausgemergelt und grau, und er hatte die schwarze Liste auf der Brust, und der oberste Name war durchgestrichen und mit einem Kreuz versehen, so als wäre der Namensträger verstorben.

Brian schrak aus dem Traum, als sein Vater ihn anstieß. Mark Hill war hellwach und ziemlich besorgt, da Brian im Schlaf gebrüllt hatte. Außerdem war draußen etwas los. Er hatte Geräusche gehört und irgendeinen Laut, der geklungen hatte, wie wenn ein alter Ziegenbock hustet.

Brians Vater hatte sich an der Sitzlehne hochgezogen. Brian musste ihm helfen, damit er sich wieder hinlegen konnte, ohne nach hinten zu stürzen und sich womöglich den Hinterkopf anzuschlagen oder gar das Genick zu brechen.

Draußen war es still. Das kleine Feuer unter der Plane glühte noch. Brian nahm die Leuchtpistole zur Hand und kletterte aus dem Flugzeug. Kein Laut war zu hören. Der Wind war erstorben. Es schneite nicht mehr, aber es war so kalt geworden, dass Brian beinahe der Atem in den Nasenlöchern gefror.

Brian lugte durch die Lücke im Schneewall hinaus. Der Mond schien durch ein Loch in den Wolken. Sein Licht lag in hellen Flecken über dem Schnee. Dunkle Wolkenschatten glitten vom Talhang her durch das Unterholz und in die Senke hinein.

Brian hob seine Hände zum Mund und formte einen Trichter.

»Wer ist da draußen?«, rief er und seine Stimme zerriss die Stille und hallte als Echo durch das enge Bergtal, das sich jenseits des zugefrorenen Teichs öffnete.

Eine Weile lauschte Brian seinen eigenen Worten nach. Als es wieder still war, kletterte er zurück ins Innere des Flugzeuges und kroch in seinen Schlafsack. Sein Vater hatte bestimmt etwas gehört und Brian war sicher, dass es kein alter Ziegenbock gewesen war, der gehustet hatte.

Am Morgen lag das Kaninchen im Schnee. Brian bemerkte es, als er einen ersten Blick durch die Lücke im Schneewall hinauswarf. Draußen herrschte graue Dämmerung. Das Kaninchen lag nur etwa fünf Schritte entfernt. Es war tot. In seinem weißen Fell war ein bisschen Blut.

Vom Gestrüpp herüber führte eine Spur. Es war die Spur eines Menschen. Die Abdrücke waren tief und rund. Der Mensch war aus dem Gestrüpp gekommen und dann in seinen eigenen Fußstapfen zurückgegangen.

Brian kroch durch die Lücke im Schneewall hinaus. Es war niemand zu sehen. Die Wolken hingen an den Talhängen, aber es fiel kein Schnee.

Brian stapfte zu dem Kaninchen hinüber und hob es auf. Der kleine Körper des Tieres war steif. Brian hob es an den Ohren hoch über seinen Kopf. Einen Moment stand er still im Schnee, das Kaninchen hing von seiner erhobenen Faust herunter.

»Danke!«, rief er dann so laut, dass man ihn meilenweit entfernt hätte hören können. »Danke für das Frühstück!«

Er wartete lange, aber niemand wünschte ihm einen guten Appetit. So ging er zurück und zeigte seinem Vater voller Freude die Beute.

»Keinesfalls werden wir verhungern, Vater«, sagte er beinahe fröhlich. »Diese Menschen dort draußen wollen unsere Freundschaft.«

Mark Hill bat mit schwacher Stimme, das Kaninchen aus der Nähe betrachten zu dürfen. Brian zeigte es ihm.

»Es ist nicht mit einer Schlinge erlegt worden«, sagte Brian. »Schau nur, hier wurde es von einer Kugel getroffen.«

»Höhlenbewohner mit Gewehren«, presste sein Vater mühsam hervor.

»Dann muss es ein Pfeil gewesen sein.« Brian drehte den steifen Körper in seinen Händen. »Es hat nur eine Wunde im Fell. Ich werde es sorgsam ausnehmen und zerlegen.«

Brian trug das Kaninchen hinaus. Er legte mehr Holz ins Feuer. Er hatte noch nie im Leben ein Tier abhäuten und ausnehmen müssen. Was zu Hause auf den Tisch kam, stammte aus dem Supermarkt und war tiefgefroren und mit Styropor und Zellophan verpackt. Pamela wäre bestimmt ohnmächtig geworden, wenn sie hätte mit ansehen müssen, wie er diesem kleinen flauschigen Kaninchen zu Leibe rückte. Er schlitzte ihm an den Innenschenkeln der Hinterbeine die Haut auf und zerrte dann an einem Felllappen, der sich langsam von hellrosafarbenen Muskelsträngen löste. Brian erschrak, als die Wunde des Kaninchens plötzlich wieder zu bluten anfing, aber nach kurzem Nachdenken schrieb er dieses Phänomen der Tatsache zu, dass das Kaninchen in der Wärme des Feuers langsam auftaute. Es ging auch etwas leichter, ihm das Fell herunterzuziehen. Als es schließlich völlig abgehäutet war, konnte Brian die kleine Wunde an der Seite deutlich erkennen. Er legte das Kaninchen auf den Rücken, schlitzte ihm den Bauch auf und holte die Innereien heraus. Plötzlich verharrte er in seiner Arbeit, denn sein Blick fiel auf einen kleinen hellen Gegenstand, der im Innern des Kaninchens steckte. Mit blutverschmierten Fingern drückte Brian die Rippen etwas weiter auseinander, so dass die Bauchöffnung größer wurde. Der weiße Gegenstand war von geronnenen Blutklumpen umgeben.

Behutsam, mit Daumen und Zeigefinger, ergriff Brian den kleinen Gegenstand und zog daran. Der Gegenstand war glitschig und seine Finger rutschten weg. Er kletterte ins Flugzeug. Sein Vater hatte sich aufgesetzt. Wortlos nahm Brian eine Flachzange aus dem Werkzeugkasten. Er führte sie in den aufgeschlitzten Leib des Kaninchens.

Der kleine weiße Gegenstand steckte irgendwo fest. Brian packte mit der Zange zu und zog ihn mit einem kurzen kräftigen Ruck heraus. Ihn mit der Zange festhaltend, hob er den kleinen weißen Gegenstand ans Licht, das durch die Türöffnung fiel. Die Feststellung, dass es sich dabei um nichts anderes als um eine kleine weiße Pfeilspitze aus Quarzstein handelte, erstaunte Brian nicht im Geringsten. Er hatte nichts anderes erwartet, und während er die Spitze mit Kennerblick in Augenschein nahm, dachte er an eine Sammlung prähistorischer Geschossspitzen, die Hick in einem Kasten des Rektoratszimmers aufbewahrte, zusammen mit dem Stück vom Schulterblatt eines Mammuts und dem Schädel eines Missionars, der im Mato-Grosso-Gebiet irgendwelchen einheimischen Schrumpfkopfspezialisten zum Opfer gefallen war. Hick hätte sich über diese winzige weiße Pfeilspitze bestimmt gefreut, denn es handelte sich um ein Prachtexemplar von absolut gleichmäßiger Dreiecksform mit rasiermesserscharfen Splitterkanten und einer wunderbar gerade ausgerichteten Spitze.

Keine Maschine hätte eine solche Pfeilspitze herstellen

können. Kein Mensch hätte sich heutzutage die Zeit dazu genommen, ein Stück Quarzstein so lange zu bearbeiten, bis dieses kleine Wunderwerk entstanden wäre. Der Pfeil mit dieser Spitze musste irgendwann im grauen Zwielicht der Vergangenheit abgeschossen worden sein, von einem Menschenwesen, das in weiter Ferne ein Licht gesehen hatte. Hundert Jahre unterwegs, war dieser Pfeil durch Zeit und Raum geflogen, um am Ende ein Kaninchen zu treffen, irgendwo nördlich von Silver City und in einer Gegenwart, die Brian für einen Augenblick so rätselhaft und unwirklich erschien, dass ihn die Gedanken erschaudern ließen. Er drehte sich seinem Vater zu und hielt ihm die Zange mit der kleinen Pfeilspitze entgegen.

»Weißt du, was das ist, Vater?«, fragte er.

Sein Vater kniff die Augen etwas zusammen. Er wusste Bescheid.

»Sieht aus wie eine Pfeilspitze«, sagte er schwach.

»Das ist es, Vater«, gab ihm Brian zur Antwort. »Die Menschen draußen sind keine Einbildung. Sie existieren wirklich.«

»Wer sind sie, Brian?«

»Das weiß ich nicht!« Brian hob das tote Kaninchen hoch. »Aber wer immer sie sind, es sind nicht unsere Feinde.«

5. Kapitel

Die Alte und das Mädchen

Nach dem Frühstück verließ Brian das Lager unter der Plane. Und dieses Mal nahm er seinen Camcorder mit. Zum Frühstück hatte er sich den Bauch mit gebratenem Kaninchenfleisch voll geschlagen. Es schmeckte überraschend gut, obwohl er zu seiner Zubereitung keinerlei Gewürze hatte verwenden können!

Brians Vater hatte auch ein wenig gegessen. Ein großes Stück Kaninchen hatte Brian in einem Topf des Campinggeschirrs gekocht, bis eine Art Fleischbrühe entstanden war, die er seinem Vater zu trinken gab. Jetzt lag Mark Hill im Wrack von »Blue Jay« und schlief.

Brian war voller Zuversicht, seit er wusste, dass die merkwürdigen Menschenwesen anscheinend höchst gastfreundlich waren. Dies wiederum ließ nach Brians Ansicht darauf schließen, dass sie noch nie Weißen begegnet waren und dass ihnen somit üble Erfahrungen erspart geblieben waren. Dieses Naturvolk musste völlig unverdorben sein und Brian nahm sich vor, mit seinem Camcorder äußerst vorsichtig umzugehen.

Ansonsten hielt er es nicht mehr der Mühe wert, sich anders als völlig ungezwungen zu verhalten. Er spazierte deshalb gemütlich in der Talsenke herum, rieb zum Zeichen, wie sehr ihm das Kaninchen geschmeckt hatte, seinen vollen Bauch, über dem sich der Parka spannte und rülpste so laut, dass man ihn wahrscheinlich meilenweit hören konnte.

Pamela hätte einen Schreikrampf gekriegt, wäre sie hier gewesen.

Brian lachte bei diesem Gedanken und er dachte, dass Lachen ein Zeichen der Fröhlichkeit war, und so ging er hinunter zum Teich und lief kreuz und quer über die verschneite Eisfläche, immerfort lachend und die Mütze in die Luft werfend.

Die alte Eule, die schon Zeuge der Bruchlandung gewesen war, schaute dem Menschen unter einigen Kieferästen hervor verwundert zu, wie er lachend herumtanzte und in die Luft sprang und sich wie ein Mensch benahm, der seiner Lust und Laune freien Lauf ließ. Die alte Eule hatte in ihrem langen Leben schon einiges gesehen, aber dieser Mensch dort unten im Schnee war ihr direkt unheimlich. Sie zog vorsichtshalber den Kopf etwas ein und machte ein Auge langsam zu und wieder auf, und da geschah es. Knirschend und klirrend brach die Eisdecke unter dem Schnee, und der tanzende Mensch versank von einer Sekunde auf die andere mit einem Schreckensschrei auf den Lippen, der die alte Eule erschaudern ließ. Wasser spritzte aus dem Loch in der Eisdecke und das Einzige, was schließlich von dem tanzenden Menschen übrig blieb, war ein kleiner schwarzer Kasten, der halb vom Schnee zugedeckt neben dem Loch lag.

Die alte Eule schüttelte sich die Kälte aus dem Federkleid und warf einen Blick hinüber zu dem Flugzeugwrack unter der Plane. Dort rührte sich nichts.

Für einige Zeit war es still im Tal, aber dann tauchte im Loch der Kopf des hüpfenden Menschen auf. Er versuchte sich an der Eisdecke festzuhalten, aber sie war nicht so dick, wie er wohl gedacht hatte, als er auf den Teich hinaushüpfte wie ein Verrückter. Sobald er halb oben war, brach das Eis unter seinem Gewicht und er fiel wieder ins Wasser. Dies geschah so oft, dass das Loch immer größer wurde. Die Kräfte des Menschen ließen schnell nach. Eigentlich dachte die Eule, dass der Mensch ertrinken würde, aber da tauchte im dürren Schilfgras am flachen Ufer das Mädchen auf, dem die alte Eule schon häufig begegnet war. Das Mädchen blieb am Ufer stehen, drehte sich um und rief um Hilfe. Bald kamen Männer den Hang herunter. Sie krochen auf allen Vieren vorsichtig aufs Eis hinaus bis zum Loch, in dem der andere Mensch so wild um sich schlug, als wehrte er sich gegen eine magische Kraft, die ihn in die eiskalte Finsternis hinunterziehen wollte.

Einer der Männer erreichte den Rand des Eisloches. Zwei andere hielten ihn an den Beinen fest. Der Mann streckte seine Hand aus und packte den Ertrinkenden.

Gebannt schaute die Eule zu, wie der Ertrinkende gerettet wurde. Die Männer schleiften ihn zum Ufer. Einer kroch zurück und fischte die blaue Mütze aus dem Wasser, in dem Eissplitter und Schneeklumpen schwammen. Bevor er zum Ufer zurückkroch, umrundete er auf allen Vieren den kleinen schwarzen Kasten im Schnee, wagte jedoch nicht ihn zu berühren. Der kleine schwarze Kasten war vielleicht ein Unglücksbringer, vor dem man sich gehörig in Acht nehmen musste.

Sie ließen Brian einfach am Ufer liegen und liefen davon. Brian zitterte am ganzen Leib. Er hatte unheimlich viel Wasser geschluckt, und als er sich aufsetzte, drehte sich ihm der Magen um. Er musste sich übergeben.

Es dauerte eine Weile, bis er sich aus dem Schnee erheben konnte. Er war durch und durch nass. Der Parka hing zentnerschwer an ihm und aus den Haaren lief ihm eiskaltes Wasser über das Gesicht. Er wusste, dass er sich nicht lange in der Kälte aufhalten durfte. Er stülpte die Baseballmütze über sein Haar und machte sich am Ufer entlang auf den Rückweg zum Wrack. Dabei begann er so sehr zu frieren, dass er mit den Zähnen klapperte.

Er hatte ungefähr die Hälfte des Weges zurückgelegt, als in einiger Entfernung das Mädchen aus dem Gestrüpp kam.

Brian blieb sofort stehen.

Das Mädchen war allein. Brian hob seine rechte Hand. Das Mädchen rührte sich nicht.

»He, du!«, rief Brian zu dem Mädchen hinüber. »Deine Leute haben mir das Leben gerettet.«

Nichts geschah. Brian zitterte vor Kälte. Er zog den Kopf zwischen die Schultern wie ein nasser Vogel.

»Komm her!«, rief Brian. Seine Zähne schlugen gegeneinander. »Ich tu dir bestimmt nichts. Himmel, warum solltest du dich vor mir fürchten? Komm her. Ich friere wie ein Schlosshund und dort drüben unter der Plane brennt ein Feuer.«

Das Mädchen blickte ihn still an.

»Ich mache dich mit meinem Vater bekannt«, rief Brian. »Aber es muss schnell gehen, weil ich nämlich hier draußen in einigen Minuten erfroren bin.«

Brian begann auf das Mädchen zuzugehen. Da wich es sofort zurück. Er hielt an und hob nun beide Hände.

»Sachte, sachte!«, rief er und hauchte gegen seine Finger, die allmählich klamm wurden. Er ließ dabei das Mädchen nicht aus den Augen. »Mein Name ist Brian«, rief er. »Brian Hill.« Jetzt nahm er die Mütze von seinem Haar, an dem sich bereits Eis bildete. »Wir kommen aus Baltimore, mein Vater und ich. Das ist eine Stadt im Osten der Vereinigten Staaten. Fast zweitausend Meilen weit von hier entfernt.«

Das Mädchen hatte wohl keine Ahnung, wovon er redete. Wahrscheinlich verstand es nicht ein einziges Wort.

»Weißt du überhaupt, was eine Stadt ist?«, fragte Brian. Seine Stimme begann zu klirren. Er rieb die Hände gegeneinander. »Eine Stadt ist ... das sind Häuser. Tausende von Häusern, manche so hoch wie Türme. Und Lichter in der Nacht, so hell, dass am Himmel die Sterne verblassen. Und Straßen. Autos. Fußgänger. Hamburger und Kentucky Fried Chicken und Taco Bell, wo es total die besten Tacos gibt.«

Das Mädchen schaute ihn nur an. Es schien fast, als hinge es mit den Augen an seinen Lippen.

»Ich hole mir noch eine Blasenentzündung«, stieß Brain hervor und fing an im Schnee auf und ab zu hopsen. »Wir sind nicht freiwillig hier, verstehst du? Wir sind beinahe abgestürzt. Und wir sind nicht irgendwelche Götter, sondern ganz normale Amerikaner. Wir wollten nach San Diego fliegen, weil mein Vater Filme macht und ...«

Das Mädchen bewegte sich plötzlich. Ohne sich weiter um ihn zu kümmern, lief es die Senke hinunter. Das Mädchen machte am Ufer nicht Halt. So leichtfüßig, als flöge es, lief es auf den Teich hinaus, genau auf das große Loch zu. Erst jetzt bemerkte Brian den Camcorder, der dort im Schnee lag, und er erinnerte sich, dass er ihn im letzten Moment von sich geworfen hatte, als das Eis einbrach.

Auf der anderen Seite des Teiches erschien die bucklige Alte. Sie schwang aufgeregt ihren knorrigen Gehstock und kreischte mit ächzender Stimme zu dem Mädchen hinaus, das sich inzwischen auf alle Viere niedergelassen hatte. Aufgescheucht durch das Gekreische der Alten tauchten jetzt zwei andere Gestalten auf. Sie liefen zum Ufer des Teiches. Es waren zwei Männer. Einer von ihnen rief dem Mädchen etwas zu, das wie eine Warnung klang. Das Mädchen beachtete ihn nicht. Geschmeidig wie eine Katze glitt es bis dicht an das Eisloch heran. Dort packte es die Kamera und für einen Moment glaubte Brian, das Mädchen würde sie ins Wasser werfen. Es hielt die Kamera mit ausgestrecktem Arm an der Linse fest, so als fürchtete es, sie würde im nächsten Moment in die Luft fliegen. Das Geschrei der Alten verstummte plötzlich und die beiden Männer am Ufer rührten sich nicht mehr. Langsam, die Kamera weit von sich haltend, kroch das Mädchen zum Ufer zurück. Als es wieder festen Boden unter den Füßen hatte, drehte die Alte durch. Anscheinend wurde sie von einem wahren Tobsuchtsanfall heimgesucht. Sie brüllte auf die beiden Männer ein und diese rannten das Ufer entlang um den Teich herum, um dem Mädchen den Weg abzuschneiden. Da warf das Mädchen die Kamera von sich und ergriff die Flucht. Es war flinker als die beiden Männer. Sie sahen bald ein, dass sie das leichtfüßige Mädchen niemals einholen konnten. Da blieben sie stehen und einer zog irgendetwas aus seinen Fellen, das aus der Ferne aussah wie ein Bumerang. Breitbeinig stand er im Schnee, holte aus und schleuderte ihn mit einer schnellen kräftigen Armbewegung hinter dem Mädchen her.

»Pass auf!«, rief Brian. »Pass auf!«

Brian glaubte schon, sein Warnruf käme zu spät und das Wurfholz würde das fliehende Mädchen in den Rücken treffen, als es plötzlich einen Haken schlug. Das Wurfholz sauste haarscharf an ihm vorbei ins Gestrüpp, wo es harmlos zu Boden fiel.

Ohne zurückzublicken rannte das Mädchen über eine Hügelkuppe hinweg und verschwand dahinter. Die buckelige Alte schimpfte mit den Männern und Brian konnte deutlich sehen, wie sie die Köpfe einzogen. Einer von ihnen trottete durch die Senke und holte das Wurfholz aus dem

Gestrüpp. Die Alte ging keifend von dannen, und als sie im Wald verschwunden war, lachten die beiden Männer spöttisch und liefen in die Richtung, in der das Mädchen verschwunden war.

Brian holte den Camcorder. Auf dem Weg zurück zum Wrack von »Blue Jay« bemerkte er die alte Eule auf dem Ast einer Kiefer. Die Eule schien schläfrig zu sein. Beide Augen fielen ihr langsam zu.

Es war Spätnachmittag, als plötzlich die Sonne durch die Wolken brach. Brian zog das Zeug an, das inzwischen durch die Hitze des Feuers trocken geworden war, und ging hinaus. Im Norden, zwischen Wolkenfetzen, die an den steilen Waldhängen entlangzogen, ragte ein felsiger Gebirgsgrat auf, mit mächtigen Klippen, von denen blauviolette Schatten ins Tal hinunterflossen.

Zum ersten Mal hatte Brian einen Ausblick auf das umliegende Gebiet. Im Westen, hinter einem flachen, dicht bewaldeten Bergzug, hob sich ein rotes Band zerklüfteter Felsen aus dem Dunst, der wahrscheinlich aus der Tiefe der Gila-River-Schlucht stieg. Im Süden ragten Berge auf, deren Höhen in den Wolken verschwanden. Im Osten versperrte Brian der steile Talhang die Sicht und im Norden, über dem schwarzen Gebirgsgrat, ballten sich die Wolken an einem Berg, dessen Gipfel aus mächtigen abgerundeten Felsbuckeln bestand.

Brian holte das Stativ aus dem Flugzeug, stellte es unten am Ufer des Teiches auf und machte die Kamera in der Halterung fest. Die schneebedeckte Wildnis bot sich ihm zu einer atemberaubenden Panoramaaufnahme. Er holte die Felsbuckel des höchsten Berges mit dem Zoom heran, folgte dem roten, zerklüfteten Felsband mit einem langsamen Schwenk nach Süden, filmte direkt in die Sonne hinein und ließ die Lichtreflexe in der Linse spielen, bevor er die Kamera auf das Lager richtete. Die Plane bewegte sich im Wind. Sonst rührte sich dort nichts, und das Blau der Flugzeugteile, die aus dem Schnee ragten, verbogen und aufgerissen, leuchtete unnatürlich intensiv vor dem dunklen Hintergrund des Waldes.

Brian schwenkte die Kamera vom Flugzeugwrack weg durch das kahle, rötliche Weidengestrüpp und plötzlich erfasste der Sucher eine dunkle, schattenhafte Bewegung im Gestrüpp. Die Bewegung verwandelte sich in einen dunklen stillen Fleck. Brian zoomte den Fleck heran, bis er sich in die Gestalt des Mädchens verwandelte. Es kauerte im Gestrüpp am Boden, ohne sich zu rühren. Brian merkte, wie sein Herz schneller zu klopfen begann. Er hatte nun nur noch das Gesicht des Mädchens im Sucher. Es war ein hübsches schmales Gesicht mit dunklen, mandelförmigen Augen. Vieleicht war es das schönste Gesicht, das Brian je in seinem Leben gesehen hatte. Für eine Sekunde dachte er an Sandra Williams. Und an Billy Smith und Kevin Pratt. Er wünschte, sie hätten dieses Gesicht sehen können. Behutsam bog Brian den Finger am Auslöser, bis ein leises summendes Geräusch einsetzte.

Das Mädchen hob sofort den Kopf und seine Augen weiteten sich etwas. Brian glaubte zuerst, das Geräusch des Kameramotors hätte das Mädchen aufgeschreckt, aber dann gewahrte er einen Schatten im Gestrüpp. Das Mädchen sprang auf. Es wollte davonlaufen, aber ein Mann, dem dunkle Felle vom Leib hingen, brach durch das Geäst und packte das Mädchen. Eisern zwang sich Brian dazu, an der Kamera zu bleiben. Das Gesicht des Mannes geriet in den Sucher. Es war ein dunkles hageres Gesicht. Eine weiße Linie führte horizontal unter beiden Augen hindurch. Das Mädchen versuchte sich loszureißen, aber der

Mann war stärker. Wütend zerrte er das widerspenstige Mädchen durchs Gestrüpp davon.

Am Morgen war Brian in aller Frühe wach. Er kroch aus seinem Schlafsack. Die Luft im Wrack war eiskalt. Sein Vater stöhnte leise.

Brian kletterte aus dem Flugzeug und trat durch die Lücke im Schneewall ins Freie hinaus. Der Nachthimmel war voller Sterne. Nicht eine einzige Wolke war zu sehen. Auf dem Schnee und an den Büschen und Bäumen glitzerte der Raureif.

Brian durchquerte die Senke und ging ins Unterholz. Dort fühlte er sich beobachtet. Er stellte sich in den Schatten eines Baumes und da entdeckte er die beiden Augen im Dunkeln. Es war die alte Eule.

Brian schlug die Hände zusammen. Die Eule erschrak. Mit einigen heftigen Flügelschlägen hob sie sich vom Ast des Baumes und glitt dann still in die Senke hinein und über den Teich hinweg. Auf der anderen Seite verschwand sie im Schatten des Waldes.

Brian trug Holz zusammen und brachte es zurück zum Flugzeug. Sein Vater war wach. Brian sagte ihm, dass ein wolkenloser Tag bevorstand. Dies war von besonderer Bedeutung, denn bis jetzt war das Wetter für eine Suchaktion nie gut genug gewesen.

Sein Vater war optimistisch. Sie konnten draußen ein riesiges Rauchfeuer entfachen, um die Suchflugzeuge auf sich aufmerksam zu machen. Bei klarem Wetter würde man den Rauch weit herum sehen können, wahrscheinlich sogar in der kleinen Stadt Silver City, die sich nach ihren Berechnungen etwa 30 Meilen weit entfernt befand. Brian verriet seinem Vater nicht, dass er eigentlich gehofft hatte, das schlechte Wetter würde noch eine Weile anhalten. Er hatte ihm noch nicht einmal von seinem Missgeschick beim Teich erzählt. Kein Wort von seiner Begegnung mit dem Mädchen, dessen Gesicht er mit seinem Camcorder auf Film gebannt hatte. Jetzt nahm er die Kamera zur Hand. Er schaltete den Bildsuchlauf ein und ließ die Kassette zurücklaufen. Sein Vater beobachtete ihn, während er von der Brühe schlürfte, die ihm Brian zubereitet hatte.

»Wie lange hält der Akku?«, fragte Mark Hill plötzlich.

»Über zwei Stunden«, erwiderte Brian ohne aufzublicken. »Ich habe gestern etwas gefilmt, das ich unbedingt sehen muss, Vater.« Er hielt die Kamera seinem Vater hin. Dann ließ er den Film laufen und nach wenigen Sekunden erschien das Gesicht des Mädchens im Sucher, schwarzweiß, die dunklen wachsamen Augen, die kleine Nase und der leicht geöffnete Mund. Der Kopf des Mädchens fuhr herum. Für einige Sekunden konnte Mark Hill im Sucher nichts mehr sehen außer dieser schattenhaften Bewegung. Brian hatte den Zoom betätigt. Die automatische Scharfeinstellung fixierte sich auf einen Baumstamm im Hintergrund. Dann tauchte eine Gestalt auf. Groß und dunkel. Für Sekunden konnte Mark Hill das Gesicht der Gestalt sehen, die helle Linie quer unter den Augen.

Mark Hill drückte den Stillstandknopf. Das Gesicht fror auf der kleinen Mattscheibe ein, etwas verzerrt zwar, jedoch deutlich zu erkennen.

Brians Vater hob den Kopf.

»Wer, zum Teufel, ist das?«, fragte Mark Hill und ließ Brian einen Blick in den Sucher werfen.

»Einer von ihnen«, erwiderte Brian. »Hast du das Mädchen gesehen, Vater?«

»Was ist mit dem Mädchen?«

»Es ist sehr hübsch«, sagte Brian. »Und ich glaube, dass es nicht freiwillig bei diesen Leuten ist.«

»Wie kommst du darauf?«

»Es versuchte davonzulaufen.« Brian schaltete den Camcorder aus. »Ich habe das Mädchen gestern schon gesehen. Mit einer alten buckeligen Frau zusammen.« Brian erzählte seinem Vater, was am Tag zuvor passiert war, als er auf dem Teich herumtanzte. »Es war meine Absicht, diesen Menschen zu zeigen, dass sie es nicht mit gefährlichen Fremdlingen zu tun haben«, erklärte Brian. »Ich dachte, es würde ihnen dann leichter fallen, Furcht und Misstrauen zu überwinden.«

Mark Hill hörte ihm mit einem ungläubigen Ausdruck in seinem blassen Gesicht zu. »Du meinst, du bist auf den Teich hinausgelaufen, ohne vorher wenigstens zu prüfen, ob dich die Eisdecke trägt?«, fragte er, als Brian verstummt war.

»Ich dachte nicht daran«, gab Brian kleinlaut zu. »Ich dachte nur daran, diese Menschen anzulocken und ihr Vertrauen zu gewinnen. Ich glaube, ich habe mich ziemlich idiotisch benommen. Auf jeden Fall liefen sie alle schleunigst davon, nachdem sie mich gerettet hatten. Außer dem Mädchen. Das Mädchen blieb anscheinend in der Nähe. Und ich bin sicher, dass es nicht zu diesen Menschen gehört. Als es zu fliehen versuchte, schleuderte ihm ein Mann einen Bumerang hinterher, aber das Mädchen ist flink wie eine Katze.«

Brians Vater seufzte. »Einen Bumerang? Kein Mensch wird uns glauben, wenn wir mit solchen Geschichten aufkreuzen, Brian. Ich fürchte sogar, dass man uns für verrückt erklären würde.«

»Die Leute existieren, Vater, da geht kein Weg daran vorbei! Außerdem haben wir Beweise.« Brian hob seinen Camcorder etwas an. »Der Film lügt nicht. Ich werde versuchen noch mehr Aufnahmen zu . . .« Brian brach ab. Er vernahm ein leises, monotones Geräusch, das von draußen kam. Sein Vater wurde ebenfalls darauf aufmerksam. »Ein Flugzeug«, rief er. »Das ist ein Flugzeug, Brian!« Brian sprang auf, um aus dem Wrack zu klettern, verharrte aber plötzlich.

»Das ist eine Verkehrsmaschine, Vater«, sagte er.

»Lieber Gott, worauf wartest du, Brian? Nimm die Leuchtpistole und beeile dich!«

Brian legte den Camcorder auf den Sitz und nahm die Leuchtpistole zur Hand.

»Vater, wenn man uns findet, wird man auch die Leute hier entdecken und . . .«

»Brian, darauf können wir keine Rücksicht nehmen!«, unterbrach ihn sein Vater. »Es geht um uns! Es geht darum, dass wir überleben und nach Hause zurückkehren zu deiner Mutter und zu Pamela!«

Brian sagte nichts darauf. Er kletterte aus dem Flugzeug und trat hinaus in die Morgendämmerung. Lange brauchte er nach dem Flugzeug nicht zu suchen. Er entdeckte die Positionslichter über dem Taleinschnitt im Norden. Dem leise dröhnenden Geräusch nach handelte es sich um einen großen Passagierjet, wahrscheinlich um einen Jumbo, der mindestens 30 000 Fuß hoch flog.

Brian hob die Hand mit der Leuchtpistole, aber er verzichtete darauf, abzudrücken und die Kugel zu vergeuden. Der Jet war zu weit entfernt, als dass jemand dort oben ein winziges Leuchtspurgeschoss hätte sichten können. Brian war dabei, den Arm sinken zu lassen, als er plötzlich die Schatten gewahrte, die sich aus dem Halbdunkel des Waldes lösten und lautlos wie Wölfe auf ihn zujagten. Einige Sekunden lang stand er wie gelähmt im Schnee, breitbeinig, die Leuchtpistole erhoben. Ein gellender Schrei zerriss die Stille. Brian fuhr jäh herum und lief auf die Lücke im

Schneewall zu, um sich dahinter in Sicherheit zu bringen. Es war zu spät. Die Schatten waren über ihm und er wurde zu Boden gerissen. Die Leuchtpistole ging los und eine rote Kugel schoss durch das Dämmerlicht über die Wipfel der Bäume hingweg in den Himmel. Brian wehrte sich verzweifelt, aber es gelang ihm nicht, sich loszureißen. Er bäumte sich auf, trat mit den Füßen um sich und biss kräftig zu, aber er kriegte nichts als stinkendes Fell zwischen die Zähne. Schließlich erlahmte seine Gegenwehr und die Angreifer drückten ihn in den Schnee, bis er beinahe erstickte. Wie aus weiter Ferne drangen kreischende Laute an sein Ohr. Es musste die bucklige Alte sein, die herangekommen war, um die Männer anzufeuern.

6. Kapitel

Gefangen

Die Alte fuchtelte mit ihrem Stock vor Brians Nase herum, als wollte sie ihm die Augen ausstechen.

Brian kniete im Schnee. Er wagte es nicht, sich zu rühren. Er verzichtete sogar darauf, nach seiner Mütze zu greifen, die ihm beim Gerangel mit den Männern vom Kopf gefallen war.

Die Alte stieß ihm die Spitze ihres Stockes gegen die Brust und keifte ihn mit heiserer Stimme an. Sie war wild und bösartig wie eine Furie und es schien, als ob sich nicht nur Brian vor ihr fürchtete. Als sie nämlich plötzlich herumfuhr und ihren Stock schwang, wichen einige der Männer ängstlich zurück. Die Alte humpelte wackelnd durch den Schnee und schlug auf die zerfetzten Wrackteile ein, die überall herumlagen. Dabei kreischte sie ohne Unterlass. Es schien Brian, als wollte sie den Männern zeigen, dass die blauen Blechstücke von »Blue Jay« absolut harmlos waren. Vielleicht wollte sie auch irgendeinen Bann brechen, vor dem die Männer Angst hatten.

Furchtlos ging die Alte auf das Wrack zu und blieb bei der schmalen Lücke im Schneewall stehen. Sie wandte sich den Männern zu und schrie sie an. Dann zeigte sie mit dem Stück durch die Lücke.

Da gab einer der Männer einen rauen Laut von sich und hob eine Keule, mit der man einem Mammut den Schädel hätte einschlagen können. Leicht gebückt ging er auf die Lücke im Schneewall zu.

Brian sprang auf.

»Lasst meinen Vater in Ruhe!«, rief er scharf und er stürzte vor, um dem Mann mit der Keule den Weg zu verstellen. Die anderen sprangen auf ihn zu, packten ihn und rissen ihn erneut zu Boden. Die Alte lachte schrill und hieb dem Mann mit der Keule zur Aufmunterung den Stock auf den Rücken. Er verschwand in der Lücke, gefolgt von zwei anderen.

Brian lag keuchend im Schnee. Einer der Männer kniete über ihm und drückte ihm einen harten Gegenstand ins Genick, sodass er den Kopf nicht anheben konnte. Trotzdem sah er die Alte bei der Lücke im Schneewall stehen, krumm auf den Stock gestützt. Grau verknotete Haarsträhnen hingen ihr über den Buckel herunter. Ihre dünnen, krummen Beine waren mit Fellstreifen umwickelt.

Hinter dem Schneewall blieb es fast eine Minute lang merkwürdig still. Dann ertönte ein kehliger Schrei des Entsetzens, und der Mann, der zuletzt verschwunden war, taumelte rückwärts aus der Lücke, drehte sich um und lief schreiend davon.

Es dauerte nur Sekunden, bis auch die beiden anderen wieder erschienen. Einer ergriff sofort die Flucht. Der mit der Keule stolperte rückwärts über seine eigenen Füße und fiel der Länge nach hin. Als er aufspringen wollte, trat Mark Hill aus der Lücke. Sein stoppelbärtiges Gesicht war verzerrt. Er stützte sich mit der linken Hand auf einen Stock, mit der ausgestreckten rechten richtete er die Stablaterne auf den Mann, der vor ihm im Schnee lag. Der Mann warf seinen gewaltigen Schädelbrecher mit einem Schrei von sich und streckte Mark Hill zur Abwehr beide Hände entgegen.

Mark Hill knipste die Taschenlampe an. Der Lichtstrahl traf den Mann, der sich sofort im Schnee zusammenrollte wie ein kleiner verängstigter Hund.

Mark Hill knipste die Taschenlampe aus. Der Mann im Schnee rührte sich nicht mehr. Man konnte ihn nur leise wimmern hören und die Felle, mit denen er umhüllt war, zitterten.

Die Alte stieß einen Laut aus, der wie ein Fauchen klang. Sie hob ihre knochige Hand, in der sie den Stock hielt. Da richtete Mark Hill die Taschenlampe auf den Mann, der mit gespreizten Schenkeln über dem ausgestreckten Leib von Brian kniete.

Brian spürte, wie der Mann über ihm vor Angst starr wurde. Der Druck in seinem Nacken ließ nach. Brian hob den Kopf, im gleichen Moment, als sein Vater die Taschenlampe anknipste. Der Mann über Brian sprang auf, als wäre er von einer Laserpistole getroffen worden. Schreiend flüchtete er auf den Wald zu und die anderen wollten es ihm gleichtun, aber da begann die buckelige Alte zu lärmen, und obwohl Mark Hill den Lichtstrahl auf sie richtete, schlug sie mit dem Stock wild um sich und humpelte auf Mark Hill zu.

»Bleib stehen«, keuchte Mark Hill. »Bleib stehen, du alte Hexe!« Er leuchtete ihr ins Gesicht, aber sie ließ sich nicht beirren, und da begann Brians Vater zu schwanken und schließlich taumelte er ein paar Schritte, bis die Beine unter ihm nachgaben. Er verdrehte die Augen und sackte haltlos in sich zusammen. Die Taschenlampe entglitt seiner kraftlos gewordenen Hand und landete im Schnee. Die Alte stieß ein fürchterliches Triumphgeheul aus, und als Brian seine rechte Hand hob, so als suchte er irgendwo nach einem Halt, hielt ihm die Alte ihren Stock hin. Seine Finger umschlossen ihn und er wollte sich an ihm hochziehen, aber dann fehlte ihm doch die Kraft dazu und er fiel der Länge nach hin.

Die Alte fuchtelte triumphierend mit dem Stock in der Luft herum und der Mann, der als Erster vom Strahl der Taschenlampe getroffen und zusammengebrochen war, streckte den Kopf aus seinen Fellen heraus und schaute sich verwirrt um.

Die Alte stieß ihn heftig mit dem Stock an und gab ihm einen Befehl. Blitzschnell griff er nach der Taschenlampe im Schnee und schleuderte sie mit Schwung von sich. Brennend flog sie in einem Bogen durch die Dämmerung und versank etwa dreißig Schritte entfernt im Tiefschnee.

Brian sah ein, dass es keinen Sinn hatte, sich zur Wehr zu setzen. Genau genommen waren sie sogar auf die Hilfe dieser fremdartigen Wesen angewiesen. Außerdem dachte er fortwährend an das Mädchen, das er bestimmt nur dann wieder sehen würde, wenn er der buckeligen Alten keine Schwierigkeiten machte. Und das Mädchen war ihm im Moment wichtiger als alles andere.

Die Alte schien so etwas wie ein Häuptling zu sein. Zumindest war sie mutiger als die Männer, von denen sie offenbar gefürchtet und geachtet wurde. Für Brian bestand kein Zweifel mehr, dass es sich bei diesen Leuten um Wesen handelte, die entweder aus dem All stammten und durch irgendwelche unerklärlichen Vorkommnisse und aus genauso unerklärlichen Gründen der Welt einen Besuch abstatteten, oder um die letzten Überlebenden eines Naturvolkes, das schon vor tausend Jahren in diesem Wildnisgebiet gehaust hatte.

Falls es sich um Wesen aus dem All handelte, so waren sie ziemlich unterentwickelt und kannten noch nicht einmal die Taschenlampe, ganz zu schweigen von modischer

Kleidung und Körperhygiene. Der Geruch, der in ihren Pelzen hing, war der Geruch von wilden Tieren, von ranzigem Fett, von Rauch und anderem Zeug, mit dem zivilisierte Leute eigentlich kaum je in Kontakt gerieten.

Sie fürchteten sich vor dem Flugzeugwrack, als hätten sie mit ähnlichen Dingen bereits böse Erfahrungen gemacht. Erst als die Alte viermal murmelnd um das Wrack herumgewatschelt war, wagten sich die Männer näher heran. Die Alte befahl ihnen anscheinend die Plane herunterzuholen. Sie gehorchten zögernd und voller Scheu.

Als es hell wurde, begriff Brian mit einem Mal, dass die Alte und ihre Leute an diesem Morgen hergekommen waren, um das Flugzeugwrack verschwinden zu lassen und alle Spuren zu verwischen, sodass die Absturzstelle von der Luft aus nicht gesichtet werden konnte. Anscheinend war diesen Leuten bekannt, dass sie nicht allein auf dieser Welt waren. Vielleicht wussten sie sogar, dass sie nur dann eine Überlebenschance hatten, wenn es ihnen gelang, weiterhin unentdeckt zu bleiben.

Während die Männer die Plane herunterholten und danach Äste aus dem Wald schleiften, mit denen sie das Wrack zudeckten, hatten Brian und sein Vater genug Zeit, diese rätselhaften Wesen zu beobachten. Man ließ sie in Ruhe, aber in ihrer Nähe hielt sich ständig ein ziemlich junger Mann auf, der mit einem Bogen und mit Pfeilen bewaffnet war. Brian schätzte ihn auf etwa sechzehn. Er war mittelgroß und hatte ein ziemlich breitflächiges Gesicht mit einer kleinen hellen Narbe am Kinn. Er ließ Brian und dessen Vater keinen Moment aus den Augen, und obwohl die beiden nicht gefesselt worden waren, war ihnen klar, dass sie sich als Gefangene zu betrachten hatten. Jeder Fluchtversuch wäre nicht nur unvernünftig gewesen, sondern hundertprozentig danebengegangen, denn ihr Bewacher hatte bereits einen seiner Pfeile auf der Bogensehne, und zwar einen, der mit einer viel größeren Spitze versehen war als die, die Brian im Leib des Kaninchens gefunden hatte.

Einiges von dem Zeug, das im Wrack der »Blue Jay« lag, brachten die Männer heraus. Unter anderem waren das die Tasche mit den Flugkarten, der Rucksack, der Leichtmetallkoffer für den Camcorder und die letzte Coladose. Brian wartete vergeblich darauf, dass einer von ihnen mit dem Camcorder erscheinen würde. Schließlich verlor er die Geduld. Er hob beide Hände über den Kopf und stand langsam auf. Ihr Bewacher stieß sofort einen Warnruf aus und spannte den Bogen.

»Nein, nein!«, rief ihm Brian zu. »Ich will nicht davonlaufen. Ich will nur meine Kamera haben. Sie liegt im Flugzeug auf dem Vordersitz.«

Der Bewacher bleckte seine Zähne.

»Halt nur deinen Pfeil schön fest, Mann«, murmelte Brian.

Die Alte kreischte irgendetwas. Sie humpelte herüber und stieß Brian den Stock in den Bauch. Brian wollte sich nicht einschüchtern lassen, obwohl er schier in die Hose machte.

»Meine Kamera ist noch im Flugzeug«, schnappte er. »Ich habe sie zu Weihnachten geschenkt bekommen. Von ihm!« Brian zeigte auf seinen Vater, der mit ausgestreckten Beinen im Schnee hockte und ziemlich unglücklich dreinschaute. »Das ist mein Vater. Meine Mutter ist in Baltimore und macht sich die schlimmsten Sorgen um uns.«

Die Alte starrte ihn von unten herauf an, als wollte sie ihm die Worte von den Lippen lesen. Obwohl sie Brian nicht zu verstehen schien, wurde der Argwohn in ihren kleinen glitzernden Augen schwächer. Brian wurde mutiger. Er ließ die Arme sinken und zeigte auf das Flugzeug.

»Es ist nichts dagegen einzuwenden, dass ihr euch zu schützen versucht«, sagte er. »Eines Tages wird man uns so oder so finden. Ich will aber zumindest meine Kamera haben, sonst glaubt uns später kein Mensch, dass es dich wirklich gibt, Oma.«

Die Alte verzog das zerknitterte Gesicht.

»*Huh-gah-ata-pe*«, sagte sie. Oder etwas Ähnliches. Auf jeden Fall konnte Brian damit nichts anfangen. Er sah kurz seinen Vater an. Der hob die Schultern.

»Müsste eine der prähistorischen Sprachen der Pueblo-Indianer sein«, sagte er. »Soviel ich weiß, haben hier in der Gegend einmal Anasazi-Indianer gelebt. Da diese Völker alle nicht mehr existiert haben, als die Spanier dieses Land entdeckten, kennt kein Mensch ihre Sprache.«

»Was soll ich ihr sagen?«

»Sag ihr deinen Namen. Das ist sicher kein schlechter Anfang.«

Brian holte tief Luft und schlug sich mit der flachen Hand auf die Brust.

»Brian«, sagte er. Dann wiederholte er den Namen langsam und betonte dabei jeden Buchstaben. »B-r-i-a-n.«

Die Augen der Alten weiteten sich etwas.

»B-r-i-a-n«, wiederholte sie mit krächzender Stimme.

Brian schlug die Hände zusammen. »Klasse, Oma«, lobte er freudestrahlend. »Fast ohne Akzent.«

»B-r-i-a-n, *ugh-he-ka-te*«, sagte sie.

Brian schüttelte den Kopf.

»Hill. Brian Hill. Und das ist mein Vater. V-a-t-e-r.«

»V-a-t-e-r, *ugh-he-ka-te*«, sagte die Alte.

»*Ugh-he-ka-te*«, sagte Brian und da langte die Alte zu und packte ihn an der Nase, bis ihm schier die Tränen kamen.

Wie einen Ochsen am Ring führte sie ihn im Kreis herum und sagte immer nur dieselben Silben, die wie ein zerhacktes Wort klangen.

»*Ugh-he-ka-te. Ugh-he-ka-te.*«

Die Männer, die bis jetzt schweigend zugesehen hatten, begannen zu grinsen und einige lachten laut und spöttisch.

Plötzlich ließ die Alte Brian los und trat zurück. Brians Nase war rot.

»B-r-i-a-n«, sagte sie.

Brian nickte, hütete sich aber, noch einmal die vier Silben zu wiederholen.

Die Alte humpelte zu Mark Hill hinüber und hielt ihm das Ende des Stockes unters Kinn.

»V-a-t-e-r«, stieß sie rau hervor. Dann kicherte sie schrill. »*Ugh-he-ka-te.*«

Mark Hill schüttelte den Kopf.

»Nein«, sagte er grimmig. »Mich führst du ganz bestimmt nicht an der Nase rum, du alte Hexe. Mein Bein ist nämlich gebrochen!«

Brian und sein Vater befanden sich im Windschatten am Rande der Senke, bewacht von dem jungen Bogenschützen, der die kleine helle Narbe am Kinn hatte. Brian gab ihm deshalb den Namen »Narbenkinn«.

Während einige von Narbenkinns Freunden mit ihren primitiven Werkzeugen Weidenruten und lange Stangen schnitten, aus denen sie mit Hilfe von geflochtenen Stricken eine Trage für Mark Hill anfertigten, ließen andere das Wrack von »Blue Jay« spurlos verschwinden. Es erstaunte Brian, mit welcher Leichtigkeit es ihnen gelang, die Senke in ihren ursprünglichen Zustand zu verwandeln. Sie trugen alle Trümmerstücke im Wald zusammen, verwischten die Spuren in der Senke und auf dem Teich und bedeckten das Wrack mit Ästen, Rindenstücken, Kiefernzweigen und Schnee.

Als die Sonne aufging, lag die Senke mit dem Teich scheinbar unberührt im gleißenden Licht. Nur von einem tief fliegenden Helikopter aus hätte ein scharfes Auge die Spuren entdecken können, die »Blue Jay« bei seiner Bruchlandung hinterlassen hatte. Einige der Bäume hatten keine Wipfel mehr und im Unterholz blieb eine mindestens hundert Meter lange Schneise mit zerfetztem Gestrüpp und entwurzelten Sträuchern sichtbar.

Brian und sein Vater rechneten eigentlich damit, dass die Civil Air Patrol der Staaten New Mexico und Arizona, CAP genannt, an diesem Morgen mit der Suche nach dem verschollenen Flugzeug beginnen würde. Die Chance, dass man »Blue Jay« in dieser ausgedehnten Bergwildnis entdeckt hätte, wäre jedoch selbst dann nicht sehr groß gewesen, wenn die Alte und ihre Leute das Wrack nicht hätten verschwinden lassen. Bei der Bruchlandung war nämlich nicht nur das gesamte elektrische System zerstört worden, sondern auch der automatische Standortmelder, der unabhängig von der Batterie-Stromversorgung arbeitete und im Falle eines Absturzes oder einer Notlandung auf einer ultrahohen Frequenz Notsignale aussenden sollte, hatte aus irgendeinem unerfindlichen Grund nicht funktioniert.

Es war zwar möglich, dass Mark Hills »Mayday«-Notruf in Silver City aufgenommen worden war, aber Mark Hill zweifelte daran, dass jemand »Blue Jay« zur Zeit der Notlandung auf dem Radar gehabt hatte, da sie sehr tief geflogen waren.

Unter diesen Voraussetzungen blieb der CAP nichts anderes übrig, als die Suche nach dem verschollenen Flugzeug auf ein riesiges Gebiet auszudehnen, das vom Rio

Grande im Osten bis über die Arizona-Grenze hinwegreichte und vom I-10 Freeway im Süden bis zum Highway Nr. 60 im Norden, der von Socorro nach Springerville in den White Mountains von Arizona führte.

»Ein Rauchfeuer könnte man weiter sehen«, flüsterte Mark Hill, als sich Brian über ihn beugte und ihm den Reißverschluss des Parkas bis unters Kinn zumachte. »Wenn es nicht anders geht, zündest du bei einer günstigen Gelegenheit den Wald an.«

»Ich habe nicht einmal Streichhölzer, Vater«, sagte Brian und hauchte gegen seine kalten Finger. Obwohl die Sonne schien, war es eisig kalt. Die Alte hockte auf einem Baumstrunk und äugte misstrauisch herüber, als sie Brians Stimme vernahm. Narbenkinn hob sofort den Bogen etwas an und verzog sein Gesicht zu einer bedrohlichen Fratze.

Die Männer, die die Spuren verwischt hatten, kamen aus dem Unterholz zurück.

Vorsichtig hoben sie Mark Hill hoch und legten ihn auf die Trage. Die Alte stand auf und gab Anweisungen. Zwei stämmige Männer griffen die Stangenenden der Trage und hoben sie hoch. Ein anderer packt Brian am Arm.

Die Alte und ihre Männer waren zum Aufbruch bereit. Insgesamt waren es acht Männer, von denen der jüngste, Narbenkinn, vielleicht ein oder zwei Jahre älter war als Brian und der älteste bestimmt über 50. Sie reihten sich hintereinander auf. Den Anfang machte ein Mann, der eine Kette aus Bärenklauen und ein Amulett aus Perlmutt um den Hals trug. Er war mit einer Lanze bewaffnet. Brian nannte ihn »Schwarzbär«. Ihm folgten die beiden, die Mark Hill trugen. Die anderen nahmen Brian in die Mitte und die Alte machte den Abschluss.

Brian warf einen letzten Blick in die Senke hinunter. Lange dünne Baumschatten flossen vom Hang her durch das gleißende Licht. Das Loch im Teich war über Nacht zugefroren. Brian bemerkte die alte Eule auf dem untersten Ast einer allein stehenden Kiefer. Schläfrig blinzelte sie aus dem Schatten heraus ins Licht.

Langsam setzte sich die Reihe in Bewegung, einen schmalen Trampelpfad entlang, der durch den Wald führte.

Als die Sonne den höchsten Punkt ihrer kurzen Winterbahn erreichte, blieb Schwarzbär plötzlich stehen und hob seine linke Hand. Sie befanden sich in einem Tal, durch das sich ein Fluss ein gewundenes und steiniges Bett gegraben hatte. Der Schnee bedeckte ausgedehnte Geröllbänke im Schatten alter Cottonwoodbäume.

Spuren von Wildtieren durchkreuzten das Tal in allen Richtungen. Ein schmaler Trampelpfad führte am Fuße einer senkrecht aufsteigenden Felswand entlang zum Eingang einer engen Schlucht.

Schwarzbär bedeutete den anderen, sich still zu verhalten. Er selbst lehnte seine Lanze gegen den blanken grauen Stamm eines toten Baumes, der von Fäulnis zerfressen und von Tieren ausgehöhlt worden war. Brian gewahrte einen dünnen Fellstreifen, der von einem der kahlen Äste hing. Ein paar Muscheln waren daran befestigt.

Schwarzbär entfernte sich. Obwohl er ein verhältnismäßig alter Mann war, Brian schätzte ihn auf über 40, bewegte er sich ziemlich geschmeidig und vor allem, ohne ein Geräusch zu machen. Er lief den Felsen entlang und verschwand hinter einem dichten, undurchdringbaren Dickicht, das aus Dornengestrüpp, Agaven und Kakteen bestand.

Brian blickte sich nach der Alten um, aber sie war auf dem Marsch hierher immer weiter zurückgeblieben. Niemand hatte sich um sie gekümmert oder Anstalten gemacht, auf sie zu warten. Obwohl die Männer ab und zu kurze Marschpausen eingelegt hatten, war es der Alten nicht gelungen, die Gruppe einzuholen.

Während des Marsches hatte Brian versucht sich bestimmte Merkmale der Landschaft einzuprägen, nach denen er sich notfalls auf der Flucht hätte orientieren können. Außerdem wollte er unbedingt versuchen zum Wrack von »Blue Jay« zurückzukehren, um seinen Camcorder zu bergen. Eine Zeit lang hatte er die Schritte gezählt, aber nachdem sie ein paar Steilhänge hinter sich gebracht und tiefe Taleinschnitte durchquert hatten, erschien ihm dies ziemlich nutzlos. Selbst wenn es ihm gelungen wäre, ab und zu eine Markierung zurückzulassen, glaubte er nicht, dass er allein den Rückweg wieder gefunden hätte.

Auf dem Marsch fiel ihm ab und zu das Mädchen ein. Es kannte bestimmt jeden Weg und Steg in dieser Wildnis.

Die Gedanken an das Mädchen ließen Brian nicht mehr los.

Knapp zwanzig Minuten nachdem Schwarzbär die Gruppe verlassen hatte, kehrte er zurück. Und er brachte das Mädchen mit.

Brian merkte, wie ihm bei ihrem Anblick das Blut in den Kopf schoss. Schwarzbär und das Mädchen tauchten auf der anderen Seite des Flusses unter den mächtigen Cottonwoodbäumen auf. Er trieb das Mädchen mit einem Stock vor sich her. Um den Hals des Mädchens zog sich die Schlinge einer geflochtenen Lederschnur, deren Ende Schwarzbär in der linken Hand hielt. Das Mädchen stolperte und lief taumelnd vor ihm her über eine flache Halbinsel hinweg, die mit verschneitem Geröll bedeckt war.

Auf der vereisten Uferbank des Flusses rutschte das

Mädchen aus und fiel die Böschung hinab. Schwarzbär zerrte an der Leine, aber er verlor selbst das Gleichgewicht, und als er stürzte, ließ er die Leine los. Auf allen Vieren kroch das Mädchen zu einem Loch in den dicken Eiswülsten, die wie gläserne Wucherungen das Ufer bedeckten. Aus dem Loch stieg Dunst von Wasser. Das Mädchen legte sich auf den Bauch und schlapperte wie ein völlig erschöpfter Hund vom eisigen Wasser des Flusses. Schwarzbär, der hinter ihr über die Uferböschung heruntergerutscht war, packte die Leine und zerrte das Mädchen zurück. Das Mädchen kam taumelnd auf die Beine und Schwarzbär zog es hinter sich her durch den Fluss, wobei er von einem schnee- und eisbedeckten Stein zum anderen sprang.

Als das Mädchen erneut stürzte und Schwarzbär so heftig an der Leine riss, dass sich die Schlinge am Hals des Mädchens ruckartig zusammenzog, konnte sich Brian nicht mehr länger zurückhalten. Er rannte seinen Bewacher über den Haufen und lief auf das Flussufer zu, wo das Mädchen im Schnee lag.

»Lass sie los!«, rief Brian wütend.

Schwarzbär hob die Hand mit dem Stock. Er stieß einen höhnischen Ruf aus, aber Brian kümmerte sich nicht darum. Mit einem Hechtsprung fiel er Schwarzbär an und rammte ihm den Kopf in den Magen. Der Zusammenprall war so wuchtig, dass Schwarzbär grunzend einige Schritte zurücktaumelte. Er ließ die Leine los und versuchte Brian den Stock über den Rücken zu schlagen. Brian umklammerte ihn mit beiden Armen, und als Schwarzbär das Gleichgewicht verlor, stürzte er mit ihm in einen Graben hinein. Sie rollten im Schnee übereinander und Brian kam irgendwie obenauf zu liegen. Er holte mit seiner geballten Rechten aus, um sie dem Mann auf die Nase zu schlagen, als sich Narbenkinn und zwei seiner Gefährten von hinten auf ihn stürzten. Sie zerrten ihn weg von dem Mann und Narbenkinn versuchte Brian an den Handgelenken festzuhalten. Brian stieß ihm das Knie in den Bauch. Gleichzeitig riss er sich los und hechtete zur Seite. Als er aufsprang, hatten sie ihn umzingelt. Sie näherten sich ihm von allen Seiten, geduckt, mit lauernden Augen. Zwei von ihnen hatten Steinäxte in den erhobenen Fäusten. Einer schwang seinen mächtigen Schädelbrecher.

Brian stand breitbeinig im Schnee.

»Kommt nur her!«, keuchte er. »Los! Worauf wartet ihr? Ich bin unbewaffnet!« Brian lachte spöttisch. »Ich habe nicht einmal eine Taschenlampe!«

Sie näherten sich ihm langsam und vorsichtig. Keiner von ihnen machte Anstalten, ihn anzugreifen. Schwarzbär erhob sich und schüttelte sich knurrend den Schnee aus den Fellen. Plötzlich fuhr er herum und blickte angespannt in die Richtung, aus der sie gekommen waren. Ein scharfer Befehl ließ die anderen, die Brian eingekreist hatten, stehen bleiben. Sekunden später vernahm Brian ein dröhnendes Geräusch, das schnell lauter wurde. Brian wusste sofort, dass dieses Geräusch nur vom Rotor eines Helikopters stammen konnte. Schwarzbär stieß einen kurzen Warnruf aus und seine Gefährten, die Brian umzingelt hatten, warfen sich auf der Stelle hin und wühlten sich blitzschnell in den Schnee wie Krabben in den Sand.

Brian blieb einen Moment lang wie angewurzelt stehen, bevor er dem Mädchen folgte, das auf die Felswände zulief, wo Brians Vater auf der Trage am Boden lag. Auf der anderen Seite des Tales, über roten Sandsteinklippen, tauchte wie ein Rieseninsekt der Hubschrauber auf. Er war schwarz oder dunkelgrün. Wahrscheinlich von der Armee. Das klopfende Rotorengeräusch verwandelte sich schnell in ein ohrenbetäubendes Dröhnen. Das Mädchen blieb mitten im Lauf stehen und warf sich herum. Jetzt sah es den Helikopter, der über die Baumwipfel hinweg in das Tal hineinflog. Das Mädchen warf sich sofort in den Schnee und rührte sich nicht mehr.

Der Hubschrauber brauste in einiger Entfernung über die kahlen Kronen der Cottonwoodbäume hinweg und war Sekunden später hinter der nächsten Talkrümmung verschwunden. Das Rotorengeräusch wurde leiser und leiser, bis schließlich wieder Stille einkehrte.

Brian blickte zu seinem Vater hinüber, der sich aufgesetzt hatte.

»Das war ein Bell & Howell von der US-Armee, Brian!«, rief er aufgeregt. »Wir haben unsere beste Chance verpasst, verdammt noch mal. Das ist, wie wenn man beim Lotto mitspielt und seinen Zettel nicht abgibt!«

Er war ziemlich außer sich, sonst hätte er nicht geflucht.

»Sie haben uns nicht gesehen, Vater«, rief Brian. »Ich hätte nichts tun können. Die haben ganz einfach nicht aufgepasst.«

»Wenn du dich bewegt hättest, hätten sie dich gesehen!«, widersprach Mark Hill kopfschüttelnd. »Ich wundere mich über dich, mein Sohn! Sollen wir etwa für alle Zeiten verschollen bleiben?«

Brian gab seinem Vater keine Antwort. Seine Aufmerksamkeit galt dem Mädchen, das sich langsam aus dem Schnee erhob. Der Strick hing ihm noch immer vom Hals. Das Mädchen duckte sich, als Schwarzbär gebieterisch den Arm ausstreckte.

7. Kapitel

In der Höhle der Iksnisok

Das Mädchen versuchte nicht mehr davonzulaufen, als sich ihm der Mann mit der Bärenklauenkette näherte. Er nahm seelenruhig die Leine auf und das Mädchen trottete vor ihm her in den Felsschatten.

Die anderen nahmen Brian in die Mitte. Sie bedrohten ihn nicht. Sie zwangen ihn eigentlich nicht einmal, mit ihnen zu gehen. Trotzdem wäre Brian nicht auf die Idee gekommen, die Flucht zu versuchen. Bereitwillig ging er mit ihnen, als sie den Marsch fortsetzten. Sie sollten ruhig sehen, dass er nicht irgendein Tier war, das sie schlecht behandeln konnten. Bald bemerkte er, dass das Mädchen nicht mehr an der Leine geführt wurde. Es befand sich hinter Brian in der Reihe. Ab und zu schaute er zurück. Dann trafen sich ihre Blicke.

Der Helikopter kam nicht mehr zurück. Brian konnte seinem Vater die Enttäuschung im Gesicht ablesen. Sein Vater sagte kein Wort mehr, aber er beobachtete Brian und er beobachtete das Mädchen.

Sie gingen am rechten Ufer entlang flussabwärts und durchquerten einen Talkessel, der von zerklüfteten Felswänden eingeschlossen war. Nach allen Richtungen öffneten sich enge Schluchten in das Gebirge, und der Kessel selbst war von tiefen Rissen und Gräben durchzogen, zwischen denen bizarr geformte Felsformationen aufragten.

Einige sahen aus wie Türme von halb zerfallenen Schlössern, andere wie die Überreste von Mauern mit Zinnen und von unüberwindlichen Palisaden.

Während sie den Talkessel durchquerten, wurde Brian das Gefühl nicht los, dass sie mit Absicht in diesem unübersichtlichen Irrgarten herumgeführt wurden, bis sie die Orientierung verloren. Zwar ließen sie Spuren zurück, aber die Sonne am Nachmittag war schon warm genug, um den Schnee zu schmelzen. Falls das Wetter anhielt, würde in einigen Tagen nur noch an den Nordhängen und an den Schattenseiten der Bäume und Felsen Schnee liegen und die alten Spuren würden kaum mehr zu erkennen sein.

Es war drei Uhr am Nachmittag und die Sonne war hinter einer Bergkette verschwunden, als sie den Eingang einer Schlucht erreichten, der hinter vorgelagerten Felsformationen versteckt war. Der Pfad führte durch die enge Schlucht einen vereisten Bergbach entlang. Der Grund der Schlucht war derart mit einem Gewirr verschiedener Büsche und Bäume überwachsen, dass der Bach wie durch einen düsteren Tunnel floss. Schwarzbär, der an der Spitze der kleinen Kolonne ging, hielt unter einer zerklüfteten Felswand an, die mit mächtigen Eisgebilden behangen war. Am Fuß der Felswand befand sich eine Unterhöhlung, die nicht sehr tief war. Die Unterhöhlung war von dichtem Dornengestrüpp verdeckt. Der Pfad führte mitten hindurch. Unter der Felswand kauerten Schwarzbär und seine Begleiter nieder. Einem Sack aus Otterfell entnahm Schwarzbär einige kleine Lederbeutel. Er öffnete sie und schüttete Farbpulver auf eine Steinplatte, die mehrere kleine runde Vertiefungen hatte. Die Steinplatte befand sich unter einem Stück der Felswand, die mit einer Anzahl von eingekratzten Zeichnungen versehen war. Schwarzbär entnahm seinem Otternfellsack einen Beutel, der Fett enthielt. Er begann plötzlich zu singen, während er die Farben mit dem Fett anrührte. Es war ein eigenartiger Gesang mit hohen, beinahe schrillen Tönen. Seine Gefährten fielen einer nach dem anderen ein, aber ihr Gesang klang dumpf und monoton. Schwarzbär nahm mit dem Finger der rechten Hand Rotocker aus einer Vertiefung im Stein und färbte damit eine der im Fels eingeritzten Zeichnungen. Es handelte sich dabei um die abstrakte Abbildung eines Tieres, das wie eine Echse aussah. Eine Krötenechse. Mit dem Rest der Farbe beschmierte Schwarzbär die obere Hälfte seines Gesichtes. Die untere Hälfte bemalte er schwarz. Als er damit fertig war, bemalten sich die anderen. Schließlich vermischte Schwarzbär auf seiner Handfläche Fett mit Ocker und Rot, bis er ein leuchtendes Rot hatte. Mit dem Daumen strich er die Farbe in das Gesicht des Mädchens. Dann machte er mit dem Zeigefinger ein paar weiße Punkte hinein.

Die ganze Prozedur wurde mit größter Sorgfältigkeit und unter pausenlosem Gesang ausgeführt. Als bis auf Brian und seinen Vater alle bemalt waren, packte Schwarzbär das Farbpulver und den Fettbehälter ein und hängte sich den Otternfellsack an den Gürtel. Sie verließen die Unterhöhlung und folgten einem schmalen Felsenpfad, der aus dem Canyon hinaus in die Höhe führte. Schließlich erreichten sie einen Felsvorsprung. Hier machten die Männer Halt. Brian bemerkte dünne Rauchschleier, die sich die Felswand entlang ausbreiteten. Etwa hundert Schritte entfernt befanden sich mehrere größere und kleinere Höhlen. Die Felswand über den Höhlen war rußgeschwärzt. Vor einer der Höhlen standen ein paar Gestalten, die Brian ziemlich klein erschienen. Es waren Kinder. Sie flüchteten, als der Mann mit der Bärenklauenkette seine Lanze hob und ihnen etwas zurief.

Wieselflink verschwanden sie in kleinen viereckigen Lehmhütten, die aneinander und übereinander in die Höhlen hineingebaut worden waren. Brian erinnerte sich an einen Lichtbildervortrag von Hick über sogenannte Klippensiedlungen im Südwesten der USA. Elfhundert nach Christus oder noch früher. Hick hatte diese ineinander verschachtelten Hütten damals die ersten Wohnblocks Amerikas genannt. Einige der Dias, die Hick gezeigt hatte, waren Brian deutlich in Erinnerung geblieben. Lang gezogene Höhlen unter mächtigen Felswülsten, in denen diese zerfallenen Siedlungen aussahen wie Überbleibsel einer vergangenen Welt. Ruinenstädte voller Geheimnisse. Hick hatte seine Pfeilspitzensammlung hervorgeholt und ein paar Tontöpfe, die mit seltsamen Tiermotiven bemalt waren. Einer der Töpfe hatte ein Loch im Boden, weil damit die Überreste eines eingeäscherten Leichnams begraben worden waren. »Damit der Geist des Toten nach unten ins Innere der Erde entweichen kann«, hatte Hick damals erklärt und Sandra Williams hatte »Oh, mein Gott« gesagt, »ich möchte nie im Leben verbrannt werden«. Worauf Billy Smith lakonisch geantwortet hatte, dass er lieber ein paar Minuten in einem Krematorium bruzzeln würde als später eine Ewigkeit im Fegefeuer.

Die Erinnerung an jene Schulstunde in Baltimore war Brian so deutlich, dass er es jetzt kaum fassen konnte, was sich seinen Augen bot. Diese Höhlen waren nicht unbewohnt, die Hütten keine Ruinen, und die Leute, die ihn und seinen Vater hierher gebracht hatten, nicht irgendwelche Wesen aus dem All, sondern mit größter Wahrscheinlichkeit die Überlebenden eines Volkes, das seine Toten verbrannte und in Töpfen eingrub. Es war unfassbar. Brian warf seinem Vater einen Blick zu, aber sein Vater schien genauso verwirrt zu sein wie er.

»Entweder haben wir die ersten Ureinwohner dieses Landes entdeckt, Champ, oder es gelingt mir einfach nicht, aus diesem verrückten Traum aufzuwachen«, sagte Mark Hill ratlos.

»Ich könnte dich kneifen, Vater«, erwiderte Brian, »aber es würde nichts nützen. Wir sind beide im gleichen Traum.«

Man brachte sie in eine der Hütten, die aus einem kleinen dunklen Raum bestand und sich im hinteren Teil der Höhle befand. Die Hütte hatte nur eine rechteckige Türöffnung, die so klein war, dass sich Brian beim Eintreten tief bücken musste, um nicht mit dem Kopf gegen den Holzbalken zu stoßen.

Der Raum hatte keine Fenster. In einer Mulde im Sandsteinboden brannte ein Feuer. Es war die einzige Licht- und Wärmequelle im Raum. Rund um das Feuer herum war der Boden mit Fellen bedeckt und mit Matten, die aus irgendwelchen Pflanzenfasern geflochten waren.

Drei der vier Wände bestanden aus Lehmziegeln. Die hintere Wand wurde vom Felsgestein der Höhle gebildet. Eine natürliche Vertiefung, die sich wie ein Riss durch den Fels zog, diente als Rauchabzug. Der Fels über dem Feuer war mit einer dicken Rußkruste bedeckt.

Die Männer hatte einige Mühe, Brians Vater durch die kleine Türöffnung ins Innere zu bringen. Der Raum war quadratisch und nicht viel länger als Mark Hill groß war. Sie legten ihn auf einen Rost aus Weidenästen, der mit Fellen bedeckt war. Einer von ihnen brachte einen Arm voll Feuerholz herein und warf es auf einen Haufen neben der Türöffnung. Er blickte Brian kurz an und murmelte etwas. Es klang nicht einmal ein bisschen wie Englisch.

Brian seufzte. »Mein Vater braucht Hilfe«, sagte er. »Gibt

es vielleicht einen Arzt hier, der noch Patienten aufnimmt?«

Der Mann kratzte sich unter dem Arm wie ein Affe.

»*Uh-luh*«, sagte er.

»*Uh-luh*?«, fragte Brian.

Der Mann nickte und verließ den Raum.

Brian tat Holz ins Feuer.

Es war angenehm warm in dem kleinen Raum. Licht und Schatten tanzten an den Wänden. Brian schaute dem Rauch zu, der von der Felsspalte wie magisch angezogen wurde.

Seit sie hier waren, hatte sich niemand mehr um sie gekümmert. Einmal schlug Brian das Fell am Eingang zurück und stellte verwundert fest, dass sich kein Wächter vor der Hütte befand.

Es wurde dunkel draußen. Irgendwo in der Höhle, außerhalb der Hütten, musste ein Feuer brennen. Manchmal drang ein Windstoß in die Höhle und bewegte den Felllappen am Eingang. Dann konnten Brian und sein Vater Stimmen hören. Es schien, als hielten die Leute eine Versammlung ab, und das Feuer war vielleicht ein Ratsfeuer.

Brian wünschte, er hätte sich draußen frei bewegen können, aber er wagte nicht, den Raum zu verlassen. Da es nichts zu tun gab, hockte er auf seinem Parka und lehnte mit dem Rücken an der Wand. Die Zeit wollte nicht vergehen. Mark Hill lag regungslos auf seinem Lager. Er hatte keine Schmerztabletten mehr zu sich genommen, seit sie vom Wrack abmarschiert waren. Auf seiner Stirn glitzerten winzige Schweißperlen. Manchmal konnte er ein Stöhnen nicht zurückhalten.

Brian fragte ihn nicht, wie er sich fühlte. Er wusste, dass sein Vater unter schlimmen Schmerzen litt. Und das quälte Brian. Einerseits fühlte er sich bei diesen Leuten irgendwie geborgen, andererseits war es für seinen Vater bestimmt nicht ungefährlich, hier zu bleiben. Es konnte sogar sein, dass man ihm eines Tages das Bein abnehmen musste.

Irgendwann am Abend entschloss sich Brian, doch hinauszugehen. Vielleicht gab es unter diesen Leuten jemanden, der sich mit Verletzungen auskannte. Einen Medizinmann oder so. Bestimmt gab es irgendwelche Wurzeln, die zu Brei verarbeitet als schmerzstillendes Mittel verwendet werden konnten. Hieß es nicht, dass Indianer besondere Heilkräuter kannten und ihre Medizinmänner oft Wunder wirkten, für die es in der modernen Medizin noch keine Erklärungen gab?

Brian zog seinen Parka an.

Sein Vater hob sofort den Kopf.

»Was hast du vor?«, fragte er gepresst.

»Es muss unter diesen Leuten einen Medizinmann geben«, sagte Brian. »Außerdem ist es Zeit fürs Abendessen.«

»Vielleicht wäre es besser, wenn du hier drin bleibst?«

»Wenn sie uns gefangen halten wollten, hätten sie einen Wächter vor die Tür gesetzt, Vater. Sie wissen jedoch, dass nur ein Narr versuchen würde von hier wegzulaufen. Ich käme nicht weit und du schon gar nicht. Der Pfad über die glatten Felsen hinunter ins Tal ist selbst für Bergziegen nicht ungefährlich.«

Brian kroch zum Ausgang und schlüpfte hinaus. Er befand sich nun im Schatten einer anderen Hütte, die etwas versetzt an die ihre angebaut war. Über ihm, aus einer Seitenwand, ragten ein paar Pfostenenden. Eine Leiter führte zum Flachdach hoch, von dem man über eine zweite Leiter auf das Dach der nächsthöheren Hütte steigen konnte.

Rechts von Brian führte ein natürlicher Durchgang in die Nachbarhöhle, in der Brian einen Rundbau erkennen konnte, dessen Gemäuer nicht viel höher war als drei Fuß.

In der Decke des Rundbaues befand sich ein kleineres quadratisches Loch, aus dem die langen Enden von zwei Stangen ragten. Vermutlich bildeten sie eine Leiter, die in ein unterirdisches Gewölbe führte. Aus der Öffnung drang ein schwacher Lichtschimmer. Außerdem kamen die Stimmen von dort drüben, und Brian vermutete, dass die Versammlung in diesem unterirdischen Raum abgehalten wurde.

Brian richtete sich auf. Der Flammenschein eines Feuers beleuchtete ihn jetzt von der Brust her aufwärts. Er blickte über das Flachdach der Nachbarhütte hinweg zu einem Feuer, das in einem dunklen, windgeschützten Winkel der Höhle brannte. Einige Gestalten hockten dort. In einer kleinen Mulde, die mit Glut angefüllt war, standen zwei große schwarze Töpfe. Eine der Gestalten schaufelte mit einem Stock ein paar glühende Brocken vom Feuer in der Kochmulde. Funken wirbelten auf und blieben sekundenlang an der rußgeschwärzten Höhlendecke hängen, bevor sie verglühten.

Brian entschloss sich, einfach zum Feuer zu gehen, als er ein Geräusch vernahm, das aus dem hinteren Teil der Höhle kam. Er drehte sich um und bemerkte die gebückte Gestalt des Mädchens. Es hob die Hand und gab ihm ein Zeichen, näher zu kommen.

Brian duckte sich und schlich an der Lehmmauer entlang. Er achtete darauf, nicht in den Schein des Feuers zu geraten.

Das Mädchen kauerte in einer kleinen Felsnische. Brian konnte zuerst nur seine Umrisse erkennen und ein paar merkwürdige Felszeichnungen an der dunklen Wand. Brian ließ sich neben dem Mädchen auf die Absätze nieder. Die Nische war so klein, dass sie kaum Platz hatten. Er spürte durch den Parka hindurch, wie das Mädchen zitterte.

»Frierst du?«, fragte er. »Wenn du frierst, gebe ich dir meinen Parka.«

»Nein, nein«, flüsterte das Mädchen schnell.

»Hast du ›nein, nein‹ gesagt?«, schnappte Brian. »Ich meine, hast du tatsächlich Englisch geredet?«

»Ja, ja«, sagte das Mädchen.

Einige Sekunden lang war Brian so verblüfft, dass es ihm die Sprache verschlug. Doch plötzlich lachte er und fast hätte er das Mädchen an sich gezogen und umarmt, aber er merkte, wie das Mädchen sich versteifte, und da schüttelte er es nur ein bisschen.

»Du kannst dir gar nicht vorstellen, wie froh ich bin, dass es dich gibt«, flüsterte er aufgeregt. »Ich dachte schon, mein Vater und ich sind hier die einzigen richtigen Menschen.«

»Ja, ja«, sagte das Mädchen und es stieß Brian unsanft von sich.

»Ist das etwa alles, was du sagen kannst?«, fragte Brian. »›Ja, ja‹ und ›nein, nein‹?«

»Nein, nein.«

»Hast du vielleicht einen Namen?«

Das Mädchen senkte den Kopf.

»Og-ram«, flüsterte es zögernd.

»Og-ram? Ist das ein Name?«

»Ja.«

»Das ist ein merkwürdiger Name. Mein Name ist Brian. Hast du keinen richtigen Namen? Zum Beispiel Susan oder so?«

Das Mädchen schwieg.

»Wer sind diese Leute hier?«, fragte Brian. »Wie nennen sie sich?«

»*Ik-sni-sok*«, flüsterte das Mädchen. »Wir sind *Ik-sni-sok*.«

»*Ik-sni-sok*? Weißt du, was das bedeutet?«

»Wir.«

»Wir?«

»Ja.«

»Hm. Ziemlich kompliziertes Wort. Wahrscheinlich weiß nicht einmal Hick, dass auf dieser Welt *Iksnisoks* existieren. Hick ist unser Rektor. Er kennt sich mit prähistorischer Geschichte aus. Mein Vater übrigens auch ein bisschen. Er behauptet, dass hier früher Anasazi gelebt haben. Das sind Pueblo-Indianer.« Brian lehnte sich gegen die Felswand. Immer mehr gewöhnten sich seine Augen an die Dunkelheit. Er begann Einzelheiten zu erkennen. Ogram trug keine Kopfbedeckung. Ihr glattes Haar fiel ihr bis auf die Schultern herunter. Ein Amulett hing an einem dünnen Lederriemen von ihrem Hals. Brian beugte sich vor und wollte das Amulett mit seinen Fingern berühren. Ogram fuhr zurück und Brian ließ sofort die Hand wieder sinken.

»'tschuldigung«, sagte er.

Ogram sagte nichts.

»Du bist nicht sehr gesellig, wie? Fürchtest du dich vor mir?«

Sie schüttelte den Kopf. Brian hätte gern zugegeben, dass er selbst ziemlich durcheinander war, aber das hätte wohl zu nichts geführt.

»Was wird mit uns geschehen?«, fragte er stattdessen. »Wird man uns umbringen?«

Ogram hob die Schultern.

»Du weißt es nicht?«

»Ich weiß es nicht«, erwiderte Ogram und es schien ihr Mühe zu bereiten, die Worte auszusprechen. »Ugo-te wird es bestimmen.«

»Ugo-te? Wer ist das?«

»Die alte Frau mit dem krummen Rücken.«

»Wenn ihr uns umbringt, wird man euch alle finden und

einsperren«, sagte Brian. »Ich will dich nicht erschrecken, aber nach den Gesetzen der Vereinigten Staaten wäre das Kidnapping und Mord. Dafür gibt's mindestens lebenslänglich.«

»Vielleicht werden wir euch essen«, sagte Ogram ungerührt. Offenbar hatte sie keine Ahnung, wovon Brian redete.

Brian stöhnte. »Kannibalismus ist in unserem Land strengstens verboten. Erklär das der Alten, bitte schön! Menschenfresser werden ganz besonders hart bestraft. Schon mal was von der Gaskammer gehört? Oder vom elektrischen Stuhl?«

Ogram nickte. »Ich bin nicht dumm«, sagte sie.

»Aber es würde dir nichts ausmachen, mich aufzuessen?«

»Unsere Jäger waren nicht sehr erfolgreich. Der Winter dauerte lange und unsere Vorräte werden knapp. Bevor wir dicke Bäuche kriegen vom Hunger, würden wir euch aufessen.«

»Dein Englisch wird immer besser«, sagte Brian. »Seit wann bist du bei diesen Leuten?«

»Es ist lange her. Viele Jahre. Ich war acht, als . . .«

Ogram brach plötzlich ab und hielt sich den Zeigefinger vor die Lippen. Auf einem der flachen Hüttendächer erschien eine dunkle Gestalt. Eine Stimme rief leise nach Ogram. Die Gestalt trat in den Feuerschein. Es war eine Frau. Sie blickte sich nach allen Seiten um und rief mehrere Male nach dem Mädchen. Ogram rührte sich nicht. Schließlich stieg die Frau eine Leiter hinunter durch eine Luke.

»Wer war das?«, fragte Brian leise.

»Meine Mutter«, flüsterte Ogram. »Ich muss jetzt gehen.«

»Sie ist nicht deine Mutter.«

»Ich weiß nicht, wer meine Eltern sind.«

»Wir werden deine Eltern schon finden, wenn wir einmal von hier weg sind.«

Ogram erhob sich, blieb aber gebückt stehen. »Es ist schwierig, wegzulaufen«, sagte sie. »Ich habe es oft versucht.«

»Ich will aber nicht hier bleiben und ein Iksnisok werden.«

Ogram lachte leise. »Warum nicht? Du könntest später mein Mann sein.«

Brian merkte, wie ihm heiß wurde.

»Ich werde nicht heiraten, bevor ich fünfundzwanzig bin. Das habe ich mir fest vorgenommen.«

»Was ist ›heiraten‹?«

»Heiraten ist, wenn ein Mann und eine Frau sich entschließen, für immer beisammen zu bleiben.«

»Oh, das nennen wir *shuk-man-to-kay.* Es ist, wenn ein Mann und eine Frau in eine Hütte gehen und ein Kind machen. Jeder freut sich darauf. Ich freue mich auch darauf. Wenn du hier bleibst, dann können wir zusammen in eine Hütte gehen.«

»Ich kann nicht hier bleiben«, stieß Brian hervor.

»Warum nicht?«

»Weil ich eine Mutter habe, die auf mich wartet.«

»Du wirst eine andere Mutter kriegen.«

»Ich will aber keine andere Mutter.«

»Was willst du dann?«

Brian hob die Schultern. »Ich möchte, dass dies alles nur ein Traum ist.«

Ogram lächelte.

»Vielleicht ist es ein Traum.«

»Nein. Ein Traum ist anders. In einem Traum ist nichts

wirklich. Wenn es ein Traum wäre, könnte ich dich nicht berühren.«

»Bist du sicher, dass du mich berühren kannst?«

»Ich glaube, dass ich dich berühren könnte.«

»Versuch es.«

Brian erhob sich. Er streckte den Arm aus und jetzt berührte er Ograms Gesicht.

»Siehst du. Ich berühre dich. Das ist der Beweis, dass es kein Traum ist.«

Ogram wich zurück. »Ich muss jetzt gehen«, sagte sie noch einmal. Dann huschte sie lautlos davon und verschwand im Dunkeln der Höhle.

»Das Mädchen heißt Ogram«, sagte Brian zu seinem Vater. »Und es kann Englisch.«

Mark Hill saß auf den Fellen und lehnte mit dem Rücken an der Wand der Hütte. In seinen Augen leuchtete der Widerschein des Feuers.

»Brian, deine Mutter wird vor Sorge umkommen«, sagte er.

»Solange man unsere Leichen nicht findet, wird sie die Hoffnung nicht aufgeben.« Brian legte vorsichtig einen Ast ins Feuer. »Die Leute nennen sich Iksnisok. Das bedeuetet *wir*.«

»Nie gehört«, sagte Mark Hill und schüttelte nachdenklich den Kopf. »Was haben sie mit uns vor?«

»Das weiß Ogram nicht. Die Jagd scheint nicht besonders erfolgreich verlaufen zu sein.«

»Was soll das heißen?«

»Dass wir für die Iksnisok die fetteste Beute dieses Winters sind.«

»Willst du damit sagen, dass die Leute dem Kannibalismus frönen?«

»Nur zu Notzeiten. Ogram hat mir übrigens dringend davon abgeraten, die Flucht zu versuchen. Sie ist schon einige Male davongelaufen. Ohne Erfolg. Außerdem möchte sie, dass ich ihr Mann werde.«

Ungläubig blickte Mark Hill seinen Sohn an.

»Hat sie dir das wirklich gesagt?«

Brian nickte. »Die Iksnisok nennen es *shuk-man-to-kay* und eigentlich bedeutet es, dass ein Mann und eine Frau zusammen in eine Hütte kriechen und ein Kind machen.«

»Und?«

Brian hob die Schultern. »Nichts und. Ich habe ihr gesagt, dass es nicht meine Absicht ist, bald zu heiraten. Ich zweifle jedoch, dass Ogram dafür Verständnis hat. Es scheint, Kinder der Iksnisok sind wesentlich früher reif als gut behütete amerikanische Jugendliche.«

»Trotz des Fernsehens«, schnappte Mark Hill. Das offene Gespräch über familiäre Bindungen behagte ihm nicht besonders. Insgeheim musste er zwar zugeben, dass er die sexuelle Aufklärung seines Sohnes wenn nicht vernachlässigt, so doch mit Absicht hinausgezögert hatte. Brian war nie ein Herumtreiber gewesen und bis jetzt hatte ihn sein Lieblingssport Baseball weitgehend in Atem gehalten. Zwar wusste Mark Hill, dass es im Leben seines Sohnes Mädchen gab, die sich geradezu überschwänglich für ihn interessierten, was dazu führte, dass zu den unmöglichsten Zeiten das Telefon blockiert war, aber bisher hatte es noch keine Anzeichen dafür gegeben, dass Brian dabei gewesen wäre, seinen Verstand zu verlieren. Jetzt allerdings spürte Mark Hill instinktiv, dass mit seinem Sohn irgendetwas geschehen war. Und es hatte mit nichts anderem zu tun als mit dem Mädchen.

»Brian«, sagte Mark Hill aus seinen Gedanken heraus.

»Ja, Vater?«

»Wie alt bist du, mein Sohn?«

Brian legte den Kopf schief. Der Tonfall in der Stimme seines Vaters machte ihn stutzig. Er hatte doch nicht tatsächlich den Geburtstag seines einzigen Sohnes vergessen . . .

»Ich bin fünfzehn«, sagte er zögernd.

»Fünfzehn«, wiederholte sein Vater beinahe träumerisch. »Als ich fünfzehn war, erschien mir Kimberly Hancock so schön und verlockend wie die Morgenröte, und ich hatte keinen anderen Wunsch, als einmal im Dunkeln mit ihr allein zu sein und sie zu küssen.«

»Kimberly Hancock?«

»In Geographie und Geschichte saß sie drei Reihen weiter hinten und sie trug nie einen Büstenhalter unterm T-Shirt.«

»Hast du es getan?«

»Nein. Ich hatte Glück. Ein anderer kam mir zuvor. Willie Wingate. Ein magerer Kerl, der schon fast einen Schnurrbart hatte. Es muss kurz vor Weihnachten passiert sein. Ich hätte Wingate am liebsten vermöbelt. Ich war furchtbar eifersüchtig auf ihn. Alle wussten, dass Kimberly und Willie sozusagen fest miteinander gingen. Willie kriegte plötzlich unheimliche Pickel im Gesicht. Ich glaube, er ging deswegen sogar zum Arzt. Und er aß jede Menge Hefe zur Blutreinigung. Es nützte alles nichts. Im September, nach den Sommerferien, war Kimberly nicht mehr in unserer Klasse. Und Willie sah gar nicht gut aus. Er hatte das Rauchen angefangen. Ein paar Tage lang wussten wir nicht, was los war, aber dann wurde plötzlich bekannt, dass Kimberly Hancock ein Kind gekriegt hatte. Von Willie Wingate natürlich. Sie war noch nicht einmal fünfzehn. Ihre Eltern zogen daraufhin nach Minnesota, wo sie niemand kannte, und Willie wechselte die Schule. Es war eine ziemlich miese Sache und ich war froh, dass ich mich zurückgehalten hatte, als ich drauf und dran war, den größten Fehler meines Lebens zu machen und Kimberly Hancock zu küssen.«

»Willst du behaupten, dass früher Kinder durch Lippenkontakt gezeugt wurden, oder soll das etwa ein Versuch sein, mich über Liebe, Sex und Moral aufzuklären?«

»Ich mache mir nur Sorgen, Brian«, erwiderte sein Vater mit gerunzelter Stirn.

»Deine Geschichte taugt nicht viel, Vater.«

»Vielleicht nicht.« Mark Hill lächelte. »Wir haben nie über solche Dinge geredet, nicht? Deine Mutter sagte mir einmal, dass du eine Freundin hast. Sandra Williams. Ich war zu beschäftigt, um mir darüber Gedanken zu machen.«

»Soll ich dir was sagen, Vater?« Brian grinste schief. »Ich habe Sandra vor ungefähr einem halben Jahr zum ersten Mal geküsst und sie ist immer noch nicht schwanger.«

Mark Hill schmunzelte. »Erzähl mir von ihr, Brian«, forderte er seinen Sohn auf.

»Sandra ist die Tochter von Oliver Williams, der im Stadtrat ist und . . .«

»Erzähl mir von dem Mädchen, Brian. Ogram.«

»Es gibt nicht viel zu erzählen. Ogram wurde von den Iksnisok verschleppt, wahrscheinlich vor etlichen Jahren. Vermutlich ist die Erinnerung an ihre frühe Kindheit ziemlich verblasst. Sie weiß nicht einmal, wer ihre Eltern waren. Sie hat eine Mutter bei den Iksnisok, die natürlich nicht ihre richtige Mutter ist. Wahrscheinlich hat sie auch einen Vater.«

»Dann wäre es vielleicht besser, wenn sie bei diesen Leuten bliebe, Brian. Es könnte sehr gut sein, dass sie sehr unglücklich wäre, wenn man sie in die Zivilisation zurückbrächte.«

»Sie ist keine Iksnisok, Vater«, widersprach Brian. »Sie ist eine von uns.«

»Du musst zugeben, dass sie wie die anderen aussieht.«

»Nein. Das stimmt nicht. Oder sieht sie deiner Meinung nach aus wie die Alte?«

»Ihre Haut ist dunkler als unsere. Sie hat dunkle Augen. Sie sieht mehr aus wie eine Indianerin als wie eine Weiße.«

»Ihre Eltern waren vielleicht Mexikaner.«

»Brian, wir werden nicht versuchen diesen Leuten das Mädchen wegzunehmen! Wir werden auch nicht hier bleiben und den Rest des Lebens als Iksnisok verbringen! Ich hoffe, wir sind uns darin einig.«

»Was sollen wir dann tun, Vater? Du hast ein gebrochenes Bein. Wir wissen nicht, wo wir Hilfe finden können. Die Iksnisok haben uns bis jetzt nichts Böses zugefügt. Im Gegenteil. Sie erlegten ein Kaninchen für uns, obwohl sie selbst nicht genug zu essen haben. Und sie brachten uns hierher in ihre Höhle, wo wir zumindest vor Wind und Wetter geschützt sind.«

»Seit drei Stunden schlagen sie ihre Trommel, und wenn sie aufhören, steht es vielleicht fest, dass wir am Spieß gebraten werden.«

»Was können wir dagegen tun?«

»Nichts. Wir sind diesen heidnischen Barbaren ausgeliefert und . . .«

Die Trommeln verstummten plötzlich. Stille herrschte. Mark Hill und Brian blickten beide mit angehaltenem Atem zum Eingang. Es geschah nichts. Niemand kam, um sie aus der Hütte zu schleppen und zu töten. Brian kroch zum Eingang und hob den Felllappen etwas an. Er sah ein kleines Licht im Tal, das sich entlang der Felswand bewegte. Eine halbe Stunde später wurde es laut in der Höhle. Drei Gestalten kamen den Felspfad hoch. Es waren zwei Männer und die buckelige Alte. Der Mann, der voranging, hielt eine brennende Kiefernharzfackel in der Hand. Obwohl die Alte vom langen Marsch todmüde sein musste, fing sie sofort zu keifen an.

8. Kapitel

Notna und Oremor

Irgendjemand stellte zwei Tonschalen vor den Eingang und verschwand wieder. Die Schalen enthielten einen undefinierbaren bräunlich grünen Brei, auf dem Fettaugen schwammen.

»Was soll denn das sein?«, fragte Mark Hill und roch misstrauisch am Dampf, der aus der Schale stieg.

»Die Spezialität des Küchenchefs«, spöttelte Brian, während er mit einem Löffel, der aus einem Stück Horn gefertigt war, in seinem Brei herumrührte. Der Geruch, der ihm dabei in die Nase stieg, vermochte ihm nicht zu verraten, aus welchen Zutaten dieses Gericht zusammengesetzt war. Es musste Fleisch darin sein, oder zumindest Tierfett. Brian warf seinem Vater einen Blick zu. Sein Vater lächelte.

»Wer probiert? Du oder ich?«

»Du«, sagte Brian.

»Warum ich?«

»Du bist älter. Dein Magen ist merkwürdiges Essen gewöhnt.«

»Sag das mal deiner Mutter, Champ.«

Es war seit langer Zeit das erste Mal, dass Mark Hill seinen Sohn wieder einmal Champ nannte. Er schöpfte einen Löffel voll mit dem zähen Brei aus der Schale und blies sorgfältig hinein. Brian beobachtete ihn dabei angespannt. Mark Hill holte tief Luft. Dann probierte er. Zuerst nur ein bisschen, aber dann stopfte er sich den Mund voll und verzog genüsslich sein Gesicht.

Brian traute ihm nicht. So gut, wie sein Vater tat, konnte nur »Mama Leones« Pizza sein.

»Ausgezeichnet«, sagte Mark Hill. »Bei Gelegenheit solltest du Ogram nach dem Rezept fragen.« Er aß sichtlich mit Appetit und nickte Brian dabei aufmunternd zu. Brian rührte eine Weile lustlos im Brei herum, aber dann wurde sein Hunger doch stärker als die Abneigung, und vorsichtig wie ein Fisch am Köder nippte er am Rand des Hornlöffels.

Der Mann, der am frühen Morgen in die Hütte kam, brachte sein eigenes kleines Feuer mit. Es brannte in einer winzigen Schale, die irgendeine Flüssigkeit und einen langen Docht enthielt, an dessen Ende eine Flamme flackerte.

Obwohl Brian den Mann noch nie gesehen hatte, nahm er an, dass es sich bei ihm um den Medizinmann handelte.

Der Mann war etwa vierzig Jahre alt, von gedrungener Gestalt und mit einem stattlichen Bauch, über dem sich die Felle spannten. Auf dem Nasenrücken hatte er eine tiefe Kerbe, als ob er fast sein ganzes Leben lang eine Brille getragen hätte, was natürlich völlig unsinnig war. Sein Gesicht war mit weißer Farbe angestrichen, mit einem fingerdicken schwarzen Strich auf der linken Seite, der unter dem Auge anfing und senkrecht über die Wange zur Kinnlade hinunterführte. Er trug eine Halskette, an der irgendwelche Übelkeit erregende Gegenstände hingen, bei denen es sich möglicherweise um verschrumpelte Innereien unglücklicher Patienten handelte, die dem Medizinmann unter den Händen weggestorben waren.

Er hatte eine Tasche bei sich, an der Muscheln hingen und Vogelfedern. Ohne sich um Brian zu kümmern, kauerte er sich bei Mark Hill nieder und streute ihm ein gelbes

Pulver aufs Haupt. Dabei murmelte er merkwürdig gutturale Laute, die Brian und sein Vater nicht verstehen konnten.

Mark Hill hob den Kopf. Das gelbe Pulver rieselte an seiner Nase herunter.

»Darf ich Sie mal unterbrechen, Doc«, schnaufte er grimmig. »Mit meinem Kopf ist alles in Ordnung, aber mein Bein scheint gebrochen zu sein.«

Der Medizinmann entnahm seiner Tasche eine Kürbisrassel und bewegte sie über Mark Hills Kopf. Langsam, fortwährend rasselnd, bewegte er seine Hand mit dem Kürbis im Kreis und begann so laut und falsch zu singen, dass Brian die Ohren wehtaten. Während er sang, führte der Medizinmann den Kürbis rasselnd an Mark Hills Körper hinunter bis zum geschienten Bein. Plötzlich hielt er inne. Der Gesang verstummte. Er beugte sich so tief über das Bein, bis sein Ohr das Knie berührte. Für einige Sekunden war es totenstill in der Hütte. Der Medizinmann lauschte. Dann stieß er einen Schrei aus, der Brian durch Mark und Bein ging. Mark Hill schrak hoch, als wäre er von einer Hornisse gestochen worden. Er war grün und gelb im Gesicht. Durch den Felllappen am Eingang der Hütte drang plötzlich ein monotones Gesumme. Brian hob den Lappen etwas an. Draußen hockten die Frauen und Kinder in der Sonne. Ogram befand sich unter ihnen. Sie hielt ein Büschel aus Vogelfedern in ihrer ausgestreckten Hand.

»Könntest du mir vielleicht einen Gefallen tun und für uns dolmetschen«, bat Brian.

Ogram blickte ihn zwar an, aber es schien, als könnte sie ihn nicht sehen. Sie schaute sozusagen durch ihn hindurch, während sie mit den anderen summte.

Brian ließ den Felllappen sinken. Inzwischen lag sein Vater wieder auf dem Lager. Der Medizinmann entnahm seiner Tasche einen Behälter, der ein weißes Pulver enthielt. Er wandte sich an Brian.

»*Wa-igid*«, sagte er.

»*Wa-igid?*«, fragte Brian zurück.

»*Wa-igid, wa-igid*«, wiederholte der Medizinmann ungeduldig.

»Wasser«, stöhnte Mark Hill.

Brian schlug den Felllappen am Eingang zurück.

»*Wa-igid*«, rief er im Befehlston hinaus. Ein kleines Mädchen sprang sofort auf und verschwand in einer Hütte. Als es zurückkam, brachte es eine Schale mit Wasser. Brian bedankte sich. Der Medizinmann tat ein bisschen von dem weißen Pulver in einen Hornlöffel und goss Wasser darüber.

»Falls meine Lippen blau werden und mir die Augen aus den Höhlen quellen, hat mich der gute alte Doktor vergiftet«, sagte Mark Hill, während er den Medizinmann misstrauisch beobachtete. Der Medizinmann grinste und beugte sich vor. Für einen Mann im fortgeschrittenen Alter hatte er unglaublich weiße Zähne.

»*Ko-adani*«, sagte er mit einem Augenzwinkern zu Brians Vater.

»Er will tatsächlich, dass ich das Zeug schlucke«, stieß Mark Hill verzweifelt hervor.

»Du musst ihm vertrauen, Vater, sonst hängt er sich eines Tages deine Milz um den Hals.«

»Das sind erfreuliche Aussichten, Champ. Ich kann . . .«

»*Ko-adani*«, befahl der Medizinmann, und das Grinsen hatte einem bedrohlichen Gesichtsausdruck Platz gemacht.

Mark Hill richtete den Oberkörper etwas auf. Wütend starrte er den Medizinmann an.

»Ich werde mich bei der Ärztekammer beschweren, sobald ich hier rauskomme!«, schnappte er. Dann öffnete er den Mund und der Medizinmann flößte ihm das Pulver ein, das mit dem Wasser vermischt einen dünnen weißen Brei gebildet hatte und wie Aspirin schmeckte.

Der Medizinmann nickte zufrieden und bedeutete Mark Hill sich wieder hinzulegen. Mit einem Wedel aus Wildentenflaum wischte er seinem Patienten das gelbe Pulver aus dem Gesicht. Dann rasselte er und sang noch einmal einige Minuten lang. Brian bemerkte mit Entsetzen, dass seinem Vater langsam die Augen zufielen. Als der Medizinmann sein Zeug einpackte und die Hütte verließ, lag Mark Hill regungslos auf seinem Felllager und schlief.

Narbenkinn streckte den Kopf in die Hütte und gab Brian ein Zeichen, ihm zu folgen.

Es war neun Uhr am Morgen und Brians Vater schlief noch immer. Brian überlegte nicht lange. Er war sich gewiss, dass die Iksnisok weder ihm noch seinem Vater übel wollten. Außer der buckligen Alten schienen sie von einer äußerst friedliebenden Natur zu sein, und dass sie Kannibalismus praktizierten, erschien Brian vorläufig nicht als ein ernst zu nehmendes Problem. Keiner schien übermäßig hungrig zu sein und die wenigen Kinder, die er bis jetzt zu Gesicht bekommen hatte, waren alles andere als ausgemergelt.

Es war an diesem Morgen ziemlich still in der Höhle. Rauch von einigen Kochfeuern strich an den Felsen entlang. Die Sonne glitt so tief an den Felsrändern auf der anderen Seite der Schlucht entlang, dass ihr Licht für kurze Zeit sogar einige der Hütten im hinteren Teil der Höhle erreichte.

Narbenkinn lief Brian voran den schmalen Pfad hinunter, der an den glatten Felsen entlang in die Schlucht führte. Brian vermied aus der Schwindel erregenden Höhe in die finstere Tiefe zu blicken. Er blieb Narbenkinn dicht auf den Fersen und achtete auf die Stellen, wo in kleinen Felsnischen und Ritzen das Schmelzwasser zu blankem Eis gefroren war.

Auf einem Felsvorsprung blieb Narbenkinn stehen. Er machte Brian auf einen Adler aufmerksam, der hoch über den Klippen in der kalten, klaren Luft schwebte.

»*Ba-ag*«, sagte Narbenkinn respektvoll.

»Goldadler«, sagte Brian. »Die sind äußerst selten geworden und stehen unter Naturschutz. Mein Vater hat einen Film über den Goldadler gemacht und über seine symbolische Bedeutung in indianischen Mythologien.«

Narbenkinn staunte. Er konnte es nicht fassen, dass jemand beim Anblick eines einzelnen Adlers so viel zu reden wusste wie Brian. Brian lächelte verlegen. »Schade, dass du kein Englisch verstehst, Narbenkinn. Ich könnte dir eine Menge über den Goldadler erzählen.«

Narbenkinn lief weiter und erst unten auf dem Grund der Schlucht, im Schutze der schneebeladenen Bäume und Büsche, hielt er wieder an. Es war ziemlich dunkel hier, obwohl man durch das Geäst hindurch kleine blaue Stücke des Himmels sehen konnte. Der Trampelpfad führte durchs Gestrüpp zum Bach hinunter, dessen Rauschen die Schlucht erfüllte.

Narbenkinn schaute sich nach allen Seiten um, als fürchtete er nicht allein zu sein. Brian warf einen Blick auf seine Armbanduhr. Es war einige Minuten vor zehn Uhr. Der Schrei des Adlers drang durch das Rauschen des Baches. Narbenkinn hob den Kopf und legte seine Hände trichterförmig an den Mund. Kurz hintereinander gab er ein paar krächzende Laute von sich. Fast eine Minute verstrich, bevor er Antwort erhielt. Ein schriller, jedoch nicht sehr lauter Pfiff ertönte. Narbenkinn bedeutete Brian mit einer

Handbewegung ihm zu folgen. Sie gingen hintereinander den Pfad entlang durchs Gestrüpp. Weiter unten überquerten sie den Bach. Sie folgten nicht demselben Pfad, auf dem sie am Tag zuvor gekommen waren. Während er hinter Narbenkinn herging, versuchte sich Brian zu orientieren. Aber er konnte nichts entdecken, was ihm vertraut gewesen wäre. Brian nahm deshalb an, dass sie sich in einem Seitenarm der Schlucht befanden, zumal der Pfad jetzt wieder leicht anstieg.

Am Fuße einer überhängenden Felswand hielten sie an. Narbenkinn stieß einen Laut aus, der aus zwei Silben bestand. Im Dunkel des Gestrüpps bewegte sich etwas. Eine Gestalt tauchte auf. Es war ein Junge, der sein Gesicht rot angemalt hatte. Der Junge blieb in einiger Entfernung stehen und bleckte seine Zähne. Narbenkinn sagte etwas zu ihm. Der Junge kam vorsichtig näher. Wie Narbenkinn, so war auch er mit Pfeil und Bogen bewaffnet. Er war etwas größer als Narbenkinn und vielleicht ein oder zwei Jahre älter. Er umrundete Brian langsam und musterte ihn dabei abschätzend. Narbenkinn sagte etwas zu ihm. Der Junge gab einen rauen kehligen Laut von sich und zeigte auf eine Stelle unter der Felswand, wo der Boden mit losem Geröll bedeckt war. Narbenkinn packte Brian am Arm und zog ihn mit sich zu der Stelle hin. An der Felswand war eine Zeichnung eingeritzt, die zweifellos einen Mann darstellte. Sein Geschlechtsteil war klar genug zu erkennen. Einen Arm hielt er angewinkelt nach oben, den anderen nach unten. Direkt unter der Zeichnung befanden sich ein paar Gesteinsbrocken, die anscheinend vor vielen Jahrhunderten von der Felswand weggebrochen waren. Narbenkinn deutete auf eine Steinplatte, auf der drei Zeichnungen eingeritzt waren, eine Spirale, eine Schlange und eine Hand. Die Zeichnungen mussten tausend Jahre alt sein.

»Was ist mit dem Stein?«, fragte Brian.

Narbenkinn stieß ihn auf die Steinplatte zu und blieb selbst zurück. Der andere Junge stand einige Schritte entfernt. Er hatte einen Pfeil auf die Bogensehne gelegt. Brian blieb stehen. Sein Blick flog zwischen Narbenkinn und dem anderen Jungen hin und her. Narbenkinn zeigte auf den Stein und sagte etwas. Der andere Junge spannte den Bogen und der Ton in Narbenkinns Stimme wurde drängend.

Brian wusste nicht, was Narbenkinn wollte, aber es schien etwas mit der Steinplatte zu tun haben. Brian stieß sie mit dem Fuß an. Sie bewegte sich nicht, aber Narbenkinn sprang zurück, als hätte Brian mit seinem Fuß eine Tellermine berührt.

Nichts geschah. Brian bückte sich und packte den Rand der Steinplatte mit beiden Händen. Er hob sie an und wuchtete sie zur Seite. Darunter tat sich ein Loch auf.

Brian zuckte zurück. Direkt unter ihm, in einer Tiefe von etwa einem halben Meter, lag im schummrigen Licht ein blanker Totenschädel, der ihn hämisch angrinste. Der Totenschädel hatte ein Loch in der Stirn, ziemlich genau zwischen den Augen.

Das Loch unter der Steinplatte war zur Hälfte angefüllt mit Zeug, das jemand anscheinend zusammengetragen und im Laufe der Zeit verstaut hatte. Obenauf lag der Schädel. Brian nahm ihn vorsichtig heraus. Der Schädel hatte ein faustgroßes Loch im Hinterkopf. Durch das kleine Loch in der Stirn konnte er direkt durch die leere Gehirnschale hinten hinaussehen. Wie es schien, war der Mensch, zu dem dieser Schädel gehörte, einer Bleikugel in den Weg gelaufen. Brian wandte sich Narbenkinn und dem anderen Jungen zu.

»Der Schädel von Billy the Kid«, erklärte er.

Narbenkinn und sein Freund starrten Brian voller Entsetzen an.

»Was ist? Vor dem braucht ihr euch bestimmt nicht mehr zu fürchten«, sagte Brian. Er legte den Schädel weg und begann das Loch im Boden auszuräumen. Die Gegenstände, die er zum Vorschein brachte, entstammten verschiedenen Zeitepochen. Eine grüne Plastikflasche, die einmal 7-up enthalten hatte, war bestimmt erst wenige Monate alt. Aus einem völlig verrosteten Trommelrevolver, an dem die hölzernen Griffschalen fehlten, mochte zu Wildwestzeiten die Kugel abgefeuert worden sein, die den Schädel durchschlagen hatte. Eine verbeulte Gürtelschnalle hatte wahrscheinlich einmal zu einer Militäruniform gehört, denn es war ein Wappenadler darauf zu erkennen, der in einer Kralle drei Pfeile hielt und in der anderen einen Friedenszweig. Brian fand einen Wanderschuh, in dem ein grauer, halb verfaulter Wollsocken steckte, einen rostigen Büchsenöffner, zwei Jogurtbecher, einen runden Rasierspiegel, zwei rosa-rote Haarspangen aus Plastik, einen Golfball und eine Weinflasche, an der noch Reste eines ausgebleichten Etiketts klebten. Außerdem befand sich eine Anzahl verrosteter Dosen und Büchsen im Loch. Narbenkinn und sein Freund verharrten regungslos und ohne einen Laut von sich zu geben, bis Brian die Überreste einer Taschenlampe zum Vorschein brachte.

Sofort stieß Narbenkinn einen Warnruf aus und sein Freund schien bereit zu sein, im nächsten Augenblick den Pfeil fliegen zu lassen.

Brian richtete sich langsam auf.

»Dieses Ding ist absolut harmlos«, erläuterte er mit ruhiger Stimme. Dabei achtete er darauf, die Taschenlampe nicht auf Narbenkinn und seinen Freund zu richten. Vorsichtig versuchte er mit dem Daumen den Schiebehalter am verrosteten Stab zu bewegen, aber das dünne, löcherige Eisenblech hielt dem Druck nicht stand. Der Stab mit den beiden alten Batterien, aus denen die Säure ausgelaufen war, zerfiel in Brians Händen.

»Das Ding ist unbrauchbar«, sagte Brian und hielt Narbenkinn die Taschenlampe auf der ausgestreckten Hand entgegen. »Da tut sich nichts mehr. Die Batterien sind längst ausgelaufen. Die Birne ist hin. Das Glas ist zerbrochen und der Schalter ist kaputt.« Brian warf die Überreste der Taschenlampe zu Boden, wo sie völlig auseinander fiel. »Wenn ihr Licht haben wollt, dann bringt mich zurück zum Flugzeug. Dort liegt unsere Taschenlampe im Schnee, und die ist aus Plastik.«

Narbenkinn legte den Kopf schief.

»*Shu-te-ma?*«, fragte er. Brian hatte keine Ahnung, was das bedeutete. Da kam Narbenkinn zum Loch. Er kauerte nieder, nahm den Rasierspiegel in die Hand. Er hielt ihn so, dass sich Brians Gesicht darin spiegelte. »*Shu-te-ma*«, wiederholte er.

Brian hob die Schultern. »Ich weiß nicht, was du mir sagen willst. Das ist ein Rasierspiegel, und der Teufel weiß, wie er hierher gekommen ist.«

Narbenkinn kippte den Spiegel, so dass er jetzt zum Himmel hinaufzeigte. Dabei ahmte er mit dem Mund Motorengeräusch nach. Brian überlegte fieberhaft, was ihm Narbenkinn zu verstehen geben wollte, und plötzlich begriff er.

»Ein Signalspiegel«, sagte er. »Du meinst, ich könnte damit einem Suchflugzeug Signale geben, so dass man uns findet.«

»*Shu-te-ma*«, sagte Narbenkinn.

Brian schüttelte den Kopf. »Wenn man uns hier findet, wird man euch auch entdecken, und das wäre euer Untergang. Leg den Spiegel lieber wieder zurück in dieses Loch zu dem anderen Zeug. Es ist nichts drin, ohne das ihr nicht leben könntet.«

Narbenkinn schien nicht zu verstehen, was ihm Brian zu erklären versuchte. Anstatt den Spiegel ins Loch zu werfen, ließ er ihn unter seinem Fell verschwinden.

Brian legte ihm eine Hand auf die Schulter und zeigte mit der anderen in die Richtung, in der er »Blue Jay« vermutete.

»Wenn ihr eine Taschenlampe haben wollt, bringt mich zum Flugzeug zurück.« Und jetzt war es Brian, der mit dem Mund Motorengeräusche nachahmte. Er kam sich dabei ziemlich dämlich vor, aber Narbenkinn schien sofort zu verstehen. Seine Augen weiteten sich, als ihn der Geistesblitz traf. Er erklärte seinem Freund, was los war, und dieser schien ebenfalls nicht mit einer langen Leitung ausgestattet zu sein. Er nahm den Pfeil von der Bogensehne und grinste breit.

Brian grinste zurück und legte sich die rechte Hand auf die Brust.

»Brian«, sagte er. »Das ist mein Name. Brian!«

Narbenkinn legte sich die Hand auf die Brust.

»*Not-na*«, sagte er. Dann deutete er auf seinen Freund. »*Or-e-mor*.«

Brian nickte zum Zeichen, dass er verstanden hatte. »Notna und Oremor«, sagte er und zeigte zuerst auf Narbenkinn und dann auf den Jungen mit dem roten Gesicht. Sie nickten beide und zeigten auf ihn, und wie aus einem Mund sagten sie seinen Namen. Brian lachte und streckte Notna seine Hand entgegen. Dieser wusste jedoch nicht, was er damit anfangen sollte.

Außer dem Rasierspiegel, den Notna an sich genommen hatte, tat Brian alle Gegenstände wieder ins Loch zurück. Zuletzt legte er die Felsplatte wieder darüber. Notna und Oremor schauten ihm dabei zu, und als er sich zuletzt aufrichtete, kamen sie herüber und verwischten sorgfältig alle Spuren.

Kaum war dies geschehen, vernahm Brian Motorengeräusch, das aus der Luft kam. Notna und Oremor liefen sofort ins Gestrüpp und machten sich klein. Brian blickte an der Felswand hoch zum wolkenlosen Himmel auf. Sonnenlicht floss an den Eiszapfen herunter, die hoch oben von den schroffen Klippen hingen. Das Motorengeräusch wurde lauter. Es klang wie von einer Cessna 182. Wahrscheinlich handelte es sich um eines der Suchflugzeuge der CAP. Es flog irgendwo nahe der Schlucht vorbei, ohne dass Brian es zu Gesicht bekam. Das Motorengeräusch wurde leiser und schließlich verstummte es.

Notna kam aus dem Gestrüpp. Er blickte Brian forschend an. Brian erwiderte seinen Blick.

»Ich will nicht, dass man euch entdeckt«, sagte er.

Notna gab ihm einen Wink, ihm zu folgen. Oremor war unterdessen einen schmalen Pfad entlang weitergegangen. Sie holten ihn schnell ein.

Der Pfad führte aus der Schlucht hinaus zu einem Flüsschen hinunter. Sie überquerten das Flüsschen und gerieten für einige Minuten ins Sonnenlicht.

Auf der anderen Seite des Tales, im Schatten eines Steilhanges, entdeckte Oremor ein Reh, das im Gestrüpp stand und die Spitzen von den kahlen Zweigen knabberte. Sie kauerten alle drei nieder und Notna und Oremor legten einen Pfeil auf ihre Bogensehnen.

Das Reh nahm die Gefahr zu spät wahr. Oremors Pfeil flog bereits durch die Luft, als es die Ohren aufstellte und den Kopf drehte. Der Pfeil traf das Reh in den Hals. Blökend warf es sich herum und wollte die Flucht ergreifen. Aber da bohrte sich bereits Notnas Pfeil hinter dem Schulterblatt in seine Seite.

Das Reh machte ein paar Bocksprünge, brach aus dem Gestrüpp heraus und lief durch den Schnee auf ein Wäldchen zu. Notna und Oremor sprangen auf, und ohne sich um Brian zu kümmern, liefen sie leichtfüßig hinter dem Reh her. Sie verschwanden im Wald und Brian, der zurückgeblieben war, musste ihren Spuren folgen.

Er holte die beiden nach kurzer Zeit ein. Oremor hatte dem Reh den Bauch aufgeschlitzt. Dampfendes Gedärm quoll heraus. Blut lief aus einer klaffenden Schnittwunde am Hals des toten Tieres.

Notna blickte auf, als Brian herankam. Brian bemerkte, dass er das blutige Herz des Rehs in seinen Händen hielt. Notna grinste breit und entblößte dabei seine Zähne. Er sagte etwas zu Oremor, und dieser lachte und warf Brian einen herausfordernden Blick zu. Brian blieb stehen. Da nahm Oremor das Herz aus Notnas Händen und zerschnitt es mit seinem Messer, das aus einem Knochenstück geschaffen war, in drei Teile. Er warf Brian eines der Stücke zu. Es fiel vor Brians Füße in den Schnee.

»*Gu-ru-ku*«, forderte ihn Notna auf. »*Gu-ru-ku*!«

Brian schüttelte den Kopf. »Lieber nicht«, sagte er. »Ich bin nicht hungrig.«

Oremor runzelte die Stirn. Er sagte etwas zu Notna. Notna nahm sein Herzstück aus Oremors Händen und biss kräftig in das dunkelrote Fleisch. Brian schaute ihnen zu, wie sie das Herz aßen, und es wurde ihm beinahe schlecht dabei. Sie aßen auch die Leber roh, und als sie fertig waren, bedeutete Notna Brian näher zu kommen. Sie hoben das tote Reh auf und legten es Brian quer über die Schultern.

Obwohl ihm das Blut aus dem aufgeschlitzten Bauch des Rehs über den Nacken lief, tat Brian, als wäre alles in bester Ordnung.

Notna und Oremor führten Brian zurück zum Wrack von »Blue Jay«. Genau wie Brian vermutet hatte, gab es einen kürzeren Weg von der Höhle zur Absturzstelle als den, den sie gestern unter Führung von Schwarzbär gegangen waren.

Die Taschenlampe, die von der buckligen Alten in den Schnee hinausgeworfen worden war, blieb unauffindbar, obwohl sie alle drei nach ihr suchten. Aber Notna und Oremor halfen Brian einen Tunnel durch den Schnee und das Astwerk zu graben, damit er in das Wrack von »Blue Jay« eindringen und seinen Camcorder bergen konnte.

Bevor sie sich auf den Rückweg machten, sorgten sie dafür, dass alle Spuren verwischt wurden. Es war Spätnachmittag und die Dämmerung kam schnell. Auf dem Heimweg wechselten sich Notna und Oremor im Tragen des Rehs ab, weil jetzt Brian den Camcorder hatte. Der Kadaver war inzwischen von der Kälte steif geworden und blutete längst nicht mehr.

Es war dunkel, als sie am Fuß der Felswand ankamen, von wo der schmale Pfad zu den Höhlen hochführte. Vom Grund der Schlucht konnte man die Höhlen nicht sehen. Nur ein scharfes Auge, das wusste, wo es hinblicken musste, hätte wahrscheinlich den schwachen Lichtschein der Feuer wahrnehmen können, die in den Höhlen brannten.

Notna ging ihnen voran den schmalen Pfad hoch. Brian folgte ihm dichtauf. Dann kam Oremor mit dem Reh. Da es eine klare Nacht war und der Himmel voller Sterne, war der Pfad ziemlich gut zu erkennen. Weiter oben, wo der Fels so glatt war, als wäre er tausend Jahre lang geschrubbt worden, gerieten sie ins fahle Licht des Mondes, der auf der anderen Seite der Schlucht aufgegangen war.

Notna kündigte ihre Ankunft mit einem lauten Ruf an. Leute kamen aus den Hütten, und als sie sahen, was Oremor auf den Schultern trug, brachen sie in Jubel aus. Sie umringten Notna und Oremor und begleiteten die beiden erfolgreichen Jäger zu einem der Feuer. Dort hockte die buckelige Alte am Boden.

Niemand kümmerte sich um Brian. Die Leute schienen nicht einmal zu bemerken, dass er überhaupt da war. Etwas verloren stand er da und hielt nach Ogram Ausschau, aber er konnte sie nirgends erkennen.

Alle feierten die Rückkehr von Notna und Oremor. Die Höhle war erfüllt mit dem Freudengeschrei der Iksnisok, die um das Feuer herumtanzten. Brian nahm die Gelegenheit wahr, mit seinem Camcorder unbemerkt in der Hütte zu verschwinden.

9. Kapitel

Im Schatten der Zivilisation

Mark Hill schlug die Augen auf, als sich Brian über ihn beugte. »Wie fühlst du dich, Vater?«

Mark Hill seufzte. »Ich weiß nicht, Champ. Seit mir dieser Medizinmann das Pülverchen verabreicht hat, habe ich zwar keine Schmerzen mehr, aber dafür ist mir, als wäre ich betrunken.«

»Muss irgendein geheimnisvolles Rauschmittel sein, das die Iksnisok aus dem brasilianischen Dschungel beziehen«, sagte Brian scherzhaft.

»Aus denen wird kein Mensch klug«, sagte Mark Hill und richtete sich umständlich auf. »Ich hab eine Überraschung für dich, Champ.« Er schlug die Felldecke zurück und zeigte Brian sein Bein, das vom Knie abwärts in einer Art Gips steckte. Unten ragten nur die Zehen heraus. Der Gips war nicht weiß, sondern lehmfarbig, und an einigen Stellen konnte man erkennen, dass sich Grashalme und Pflanzenfasern darin befanden.

»Der Medizinmann hat mir das Bein eingegipst, während ich unter Narkose stand«, sagte Mark Hill. »Ich habe nicht das Geringste gemerkt.«

»Das sieht richtig professionell aus«, sagte Brian staunend. »Hast du die Rechnung dafür schon gekriegt?«

»Die Iksnisok-Krankenkasse bezahlt«, erwiderte Mark Hill schlagfertig. »Wo warst du den ganzen Tag?«

»Ich habe auch eine Überraschung«, sagte Brian. Er machte seinen Parka auf und nahm den Camcorder heraus. »Trara!«

Sein Vater machte Augen wie Spiegeleier.

»Wie bist du zu diesem Ding gekommen?«

»Notna und Oremor haben mich zum ›Blue Jay‹ zurückgeführt«, erklärte Brian. »Leider haben wir die Taschenlampe, die das alte Weib weggeworfen hat, nicht mehr gefunden.«

»Notna und Oremor?«

»Meine Freunde«, gab Brian nicht ohne Stolz bekannt. »Notna ist der Junge mit der Narbe am Kinn. Oremor ist ein erstklassiger Bogenschütze. Sie haben unterwegs ein Reh erlegt. Hast du heute schon etwas gegessen?«

»Eine Schale voll mit dem gleichen Brei wie gestern«, sagte Mark Hill. »Die Iksnisoks scheinen keine sehr abwechslungsreiche Küche zu führen.«

»Notna und Oremor haben das Herz und die Leber des Rehs roh gegessen.«

»Barbarisch! Es wird Zeit, dass wir endlich wegkommen!«

»Man sucht nach uns, Vater. Ich habe ein Flugzeug gehört, das ganz in der Nähe vorbeiflog. Muss eine Cessna 182 gewesen sein.«

»Und? Hast du dich bemerkbar gemacht?«

»Nein. Wir befanden uns in einem Canyon. So konnten wir das Flugzeug nicht sehen.«

»Bist du sicher, dass du es nur nicht sehen wolltest, Brian?«

»Was meinst du damit?«

»Ich meine damit, dass du möglicherweise unsere Situation verkennst.« Brians Vater lächelte. »Wir können nicht hier bleiben, Brian.«

»Vorläufig wird uns kaum etwas anderes übrig bleiben, Vater. Mit deinem gebrochenen Bein kommst du nämlich nicht weit.«

»Deshalb müssen wir versuchen die Aufmerksamkeit der Suchflugzeuge auf uns zu lenken!«

»Du meinst, ich soll das Vertrauen der Iksnisok missbrauchen?«

»Das wird kaum anders gehen, Brian.«

»Was soll ich tun? Soll ich den Wald anzünden?«

»Es sind bestimmt mehr als ein dutzend Suchflugzeuge eingesetzt, Brian. Ein starkes Rauchfeuer würde genügen.«

»Wenn man uns findet, findet man auch die Iksnisok!«

»Du könntest versuchen noch einmal zum ›Blue Jay‹ zurückzukehren und die Äste zu entfernen, unter denen die Iksnisok das Wrack verschwinden ließen.«

»Ich könnte die Bremsbacken entfernen und sie als Signalspiegel benutzen«, sagte Brian. »Aber ich werde weder das eine noch das andere tun. Die Iksnisok hätten uns dem Schicksal überlassen können. Sie hätten uns aber auch einfach töten können. Stattdessen brachten sie uns hierher in ihre Höhle, von deren Existenz außer ihnen Gott sei Dank niemand etwas weiß. Diese Leute haben Jahrhunderte in Frieden und Freiheit überlebt, weil sie nicht von uns Weißen entdeckt wurden. Glaubst du, dass es richtig wäre, sie zu verraten?«

»Früher oder später wird man sie ohnehin entdecken, Brian. Es ist vielleicht ein Wunder, dass es nicht schon geschehen ist.«

»Es ist geschehen, Vater. Die Iksnisok sind entdeckt worden. Von uns!«

»Von uns? Wir beide existieren doch überhaupt nicht mehr für die übrige Welt. Wir sind spurlos verschwunden, Brian. Wer weiß, was die Zeitungen inzwischen schreiben.

UFOs sind gesichtet worden. Leute mit eierbecherartigen Köpfen haben uns verschleppt. Das Letzte, was man von uns gesehen hat, war ein blau-grünes Leuchten in der Nähe des Mondes. Deiner Mutter bricht derweil vor Gram das Herz, deine Schwester benutzt inzwischen deine Stereoanlage, die außer dir niemand berühren darf.«

»Der Gedanke bringt mich bald ins Grab«, sagte Brian sarkastisch.

»Denk an deine Mutter.«

»Ich denke fortwährend an meine Mutter. Ich glaube, Mütter haben einen sechsten Sinn, extra für solche Situationen. Mom weiß, dass ihr Sohn am Leben ist. Natürlich macht sie sich Sorgen. Aber sie weiß, dass wir nicht von Wesen mit eierbecherartigen Köpfen verschleppt worden sind. Das weiß sie bestimmt. Mutterinstinkt nennt man das.«

»Und trotzdem kommt sie beinahe um vor Sorge!«, beharrte Mark Hill düster.

Brian senkte den Kopf. Was hätte er seinem Vater darauf erwidern können. Er wusste selbst, dass die letzten paar Tage und Nächte für seine Mutter die Hölle gewesen sein mussten. Wahrscheinlich hatte sie noch kein Auge zugemacht, seit man ihr mitgeteilt hatte, dass ihr Mann und ihr Sohn zwischen Albuquerque und Tucson verschwunden waren. Spurlos. Wahrscheinlich wurde das Haus rund um die Uhr von TV-Leuten belagert und Pamela erzählte in den Abendnachrichten womöglich allerhand blödes Zeug über ihn, und man würde Hick interviewen und die ganze Welt würde erfahren, dass er zuoberst auf der schwarzen Liste stand. Ganz abgesehen von Sandra Williams, die sich die Gelegenheit sicher nicht entgehen lassen würde, ihr dramatisches Schauspieltalent zu nutzen, um vor der Kamera ein paar Tränen der Verzweiflung zu vergießen.

»Komm her.«

Sein Vater streckte die Hand aus. Brian kauerte bei ihm nieder und sein Vater legte den Arm um ihn.

»Champ, die Iksnisok haben vielleicht Glück gehabt, dass man sie bisher nicht entdeckt hat. Ich glaube aber nicht, dass wir darauf Rücksicht nehmen können. Wir müssen alles versuchen, dass man uns hier findet. Und zwar so schnell wie möglich.«

»Dann glaubst du, dass die Tage der Iksnisok gezählt sind?«

Mark Hill nickte. »Das ist leider unabänderlich, Brian. Sie leben sozusagen längst im Schatten der Zivilisation.«

»Was wird man mit ihnen tun, wenn man sie hier findet?«

»Das weiß ich nicht. Man wird ihnen wahrscheinlich beibringen, ihre Lebensart der unseren anzupassen.«

»Und wenn das nicht gelingt?«

»Warum sollte das nicht gelingen? Wir haben Erfahrung mit solchen Sachen. Wir haben aus allen Leuten, die von anderen Ländern und anderen Kontinenten hierher gekommen sind, Amerikaner gemacht. Millionen essen Hamburger und nach Feierabend gucken alle fern und schon fast jeder hat zwei Autos.«

»Sie würden sterben, Vater«, wandte Brian ein. »Man müsste sie einsperren und sie würden langsam sterben. Wie Eleanor im Zoo von Baltimore.«

»Eleanor lebt. Man hat sie nach Tucson gebracht. Es geht ihr schon viel besser.«

»Sie war dabei zu sterben, Vater. Das hast du selbst gesagt. Sie hat ein Geschwür gekriegt am Mund und ...«

»Sie hat ein Geschwür gekriegt, weil das Wasser im Tümpel des Terrariums zu viel Chlor drin hatte. Seither hat man in der Haltung von Krötenechsen einiges dazugelernt.«

»Man hat gelernt, dass es besser wäre, Krötenechsen in der Wüste zu lassen. Das hat man hinzugelernt, Vater!«

»Das stimmt zwar, aber der Vergleich von Echsen und Menschen taugt nichts, Brian. Die Iksnisok würden nicht in einem Zoo enden.«

»Bist du sicher?«

»Absolut. Es handelt sich hier nicht um die aussterbende Gattung einer wilden Tierart. Diese Leute sind Menschen wie du und ich.«

»Man könnte sie hier niemals bleiben lassen«, wandte Brian ein. »Und wer hätte das Recht, sie aus dieser Schlucht zu vertreiben? Wer könnte es verantworten, ihnen ein anderes Leben aufzuzwingen? Seit hunderten von Jahren leben sie hier, unberührt von unserer Zivilisation, die ihnen nur schädlich wäre. Es sind friedfertige Leute, die von der Jagd leben und von Gemüse, das sie auf kleinen versteckten Feldern im Tal anbauen. Wahrscheinlich waren sie seit hunderten von Jahren in keinen Krieg verwickelt und es gibt nirgendwo ein Gefängnis!« Brian machte eine kurze Pause, um seine Worte wirken zu lassen. Dann fuhr er fort: »Wenn man diesen Leuten gerecht sein wollte, wäre es von absoluter Notwendigkeit, dass dieses Gebiet auf Jahrzehnte hinaus sozusagen hermetisch abgeriegelt würde. Das heißt, dass die Iksnisok weder von irgendwelchen neugierigen Völkerkundlern noch von gut meinenden Missionaren besucht werden dürfen! Es sollten hier keine Pfade entstehen und keine Straßen, die zu Campingplätzen führen oder zu Souvenirläden, wo Touristen kleine holzgeschnitzte Iksnisoks kaufen können. Es sollten keine Hotels gebaut werden und keine Flugplätze entstehen. ITT müsste darauf verzichten, die Höhlen mit einem Telefon auszustatten und ...«

Brian brach ab, als plötzlich der Felllappen zurückgeschlagen wurde. Der flackernde Feuerschein beleuchtete das runzelige Gesicht der buckeligen Alten. Ihre kleinen Augen funkelten Brian an. Brian, der den Camcorder in den Händen hielt, wollte ihn schnell verschwinden lassen. Aber die Alte bemerkte ihn. Sie spuckte vor sich auf den Boden und krächzte Brian an wie ein alter, vom Wind zerzauster Rabe. Brian wich unwillkürlich zurück, aber die Alte hatte keine bösen Absichten. Sie machte einer anderen Gestalt Platz, die sich neben ihr niederließ und durch den kleinen Eingang in die Hütte kam. Es war Oremor. Er brachte ein Stück frisch gebratenes Rehfleisch und gab es Brian. Dann hockte er sich beim Feuer hin und grinste zufrieden. Die Alte beim Eingang murmelte etwas und verschwand.

»Das ist Oremor«, sagte Brian zu seinem Vater, der den jungen Iksnisok prüfend in Augenschein nahm. »Oremor ist ein äußerst treffsicherer Bogenschütze. Willst du ein Stück Fleisch? Es ist Wildbret.«

»Danke, ich habe schon gegessen«, sagte Brians Vater ablehnend. Es war ihm anzusehen, dass ihn die Anwesenheit des jungen Iksnisok beunruhigte. Minuten verstrichen. Brian aß von dem gebratenen Fleisch. Es schmeckte ihm gut. Eigentlich merkte er erst jetzt, wie hungrig er war. Oremor schaute ihm zu. Im Schneidersitz saß er beim Feuer. Die Farbe in seinem Gesicht war ein wenig verschmiert.

»Glaubst du, dass er kein Zuhause hat?«, fragte Mark Hill plötzlich.

»Wie kommst du darauf?«, fragte Brian.

»Er macht ganz den Eindruck, als wollte er für immer bei uns bleiben.«

»Hättest du etwas dagegen?«, fragte Brian mit vollem Mund. »Er ist mein bester Freund.«

»Donnerwetter, das geht aber schnell. Heute ist er dein Freund und morgen womöglich schon dein Blutsbruder.«

Brian nickte. »Ich vertraue ihnen, Vater. Und sie vertrauen mir. Willst du bestimmt nichts essen?« Er hielt Mark Hill das Fleischstück hin. Da rührte sich Oremor. Er sagte etwas zu Brian und kroch aus der Hütte. Zwei Minuten später war er mit einem weiteren Stück Fleisch zurück. Er reichte es Brians Vater, der sich dafür höflich bedankte. Oremor nahm wieder beim Feuer Platz und machte keine Anstalten mehr, die Hütte zu verlassen.

Später fragte Mark Hill nach der Toilette. Es war schon fast Mitternacht und still draußen. Brian wusste nicht, wo die Iksnisok ihr Geschäft verrichteten. Bestimmt nicht in der Höhle. Wahrscheinlich gab es irgendwo einen Felsvorsprung in der Nähe, von dem sie in die Schlucht hinunterpinkelten. Die Sache war ihm äußerst peinlich, da Oremor merkte, dass irgendetwas nicht mehr stimmte.

»Mein Vater muss mal«, sagte Brian zu ihm.

Es war verblüffend, mit welch hervorragender Menschenkenntnis Oremor ausgestattet war. So, als hätte er Brians Worte verstanden – und das war natürlich ausgeschlossen –, verließ er die Hütte. Wenig später erschien er wieder, und dieses Mal brachte er einen großen, kunstvoll bemalten Topf mit, den er neben Mark Hills Lager auf den Boden stellte. Er gab Brian ein Zeichen und die beiden verließen die Hütte.

Die Feuer in der Höhle waren niedergebrannt. Das Wetter hatte sich verschlechtert. Ein kalter Wind strich den Felsen entlang durch die Schlucht. Nur ein paar vereinzelte Sterne leuchteten am Himmel, der sich immer mehr bezog.

Oremor ging voran einen Pfad entlang, der zu einem Felsvorsprung führte. Dort wuchs aus einer Spalte eine einzelne verkrüppelte Bergkiefer. Oremor stellte sich an den Rand des Felsvorsprungs und pinkelte in die Finsternis hinaus. Brian zögerte nicht lange und machte es ihm nach. Dies hier also war für die Iksnisok das Örtchen. Brian war erleichtert. Später ging er noch einmal mit dem Topf zurück. In der Hoffnung, Ogram würde ihm in der Finsternis begegnen, blieb er so lange draußen, bis er anfing vor Kälte mit den Zähnen zu klappern. In der Ferne heulte ein Kojote in den Wind. Ogram kam nicht und so kehrte Brian in die Hütte zurück. Oremor lag wie ein Hund beim Feuer am Boden. Mark Hill schlief. Er schnarchte leise und regelmäßig. Das Feuer war am Erlöschen. Brian legte sich zwischen seinen Vater und Oremor hin. Mit seinen Gedanken war er bei Ogram, während er langsam einschlief. Er träumte von einem Diorama, einem kleinen Glaskasten, der voll war mit kleinen Iksnisok. Leute gingen am Glaskasten vorbei und schauten neugierig den winzigen Wesen zu, die eine kleine Höhle bewohnten. Eine Frau war dabei, einen Korb zu flechten. Kinder spielten auf dem nackten Fels im Licht einer Lampe, die den ganzen Glaskasten ausleuchtete. Ein alter Mann machte Pfeilspitzen aus Gesteinssplittern. Einige junge Männer kamen beladen mit Kaninchen, die sie im Tal erlegt hatten, den steilen Felspfad hoch. Brian selbst hockte mit dem Camcorder auf dem Flachdach der obersten Hütte und filmte die Gesichter der Leute, die von draußen in das Diorama hereinschauten. Plötzlich tauchte das Gesicht von Dr. Hickling auf, und die alte Eule, die in der Schlucht auf einem Ast saß, stieß einen schrillen Warnschrei aus. Die Iksnisok erstarrten alle mitten in ihrem Tun und verwandelten sich in kleine Figuren aus Lehm. Hick rückte seine Brille zurecht. Seine blutleeren Lippen öffneten sich und seine kleinen, tabakgebräunten Zähne kamen zum Vorschein. Er klopfte mit seinen weißen, spitzen Knöcheln an das Glas. »Hill«, sagte er. »Mich kannst du nicht zum Narren halten mit deiner Angeberei!« Brian wachte schweißgebadet auf.

Am nächsten Morgen war der Himmel bewölkt. Es schneite jedoch nicht. Oremor hatte die Hütte bei Tagesanbruch verlassen. Später sah ihn Brian mit einigen anderen Männern den Felspfad hinuntergehen, der von den Höhlen in die Schlucht führte. Schwarzbär ging der kleinen Gruppe voran.

Brian kroch aus der Hütte und erhob sich. Seine Glieder waren steif und sein Rücken schmerzte. Er streckte sich vorsichtig und schaute zum Platz hinüber, wo am Abend zuvor die Frauen gekocht hatten. Rauch stieg von einer Feuerstelle auf. Es war niemand dort drüben. Brian ging noch einmal in die Hütte und nahm seinen Camcorder aus dem Koffer.

Sein Vater fragte ihn, was los sei.

»Nichts«, sagte Brian. »Einige Männer sind weggegangen. Wahrscheinlich auf die Jagd. Oremor und Notna sind bei ihnen.«

»Weißt du, wo der kleine dicke Doktor wohnt?«, fragte sein Vater.

»Keine Ahnung. Wie fühlst du dich?«

»Besser, aber die Schmerzen kommen wieder. Vielleicht kriegst du ihn dazu, einen Krankenbesuch zu machen. Was immer sein Pülverchen war, es wirkt hervorragend. Außerdem würde ich mich gern rasieren.«

Brian richtete den Camcorder auf seinen Vater, der sich aufgesetzt hatte. Da der Felllappen zurückgeschlagen war, fiel durch den Eingang ein Streifen Tageslicht. Brian zoomte das stoppelbärtige Gesicht seines Vaters heran.

»Sag was«, forderte er ihn auf.

Sein Vater kniff ein Auge etwas zusammen. Er sah hart

aus. Wie ein echter Abenteurer. Mit einer Zigarette schief im Mundwinkel hätte er für Camel-Zigaretten Reklame machen können.

Brian drückte den Auslöser. Die Kamera begann leise zu summen.

»Die Iksnisok gehören vermutlich zu den wenigen Lebewesen auf dieser Erde, die von der Zivilisation noch nicht berührt worden sind«, sagte Mark Hill ernst. »Trotzdem gelang es einem von ihnen, gestern, zu später Stunde, den Nachttopf zu erfinden.«

Brian machte einen kleinen Schwenk, bis ihm der kunstvoll bemalte Topf ins Bild geriet.

»Die Ornamente und Figuren, mit denen dieser kostbare Behälter verziert ist, lassen darauf schließen, dass es sich bei den Iksnisok um die kulturellen Nachfahren von Pueblo-Indianern handelt, die dieses Gebiet etwa vor achthundert Jahren bevölkert haben. Wie es möglich ist, dass die Iksnisok bis jetzt unentdeckt geblieben sind, ist uns ein Rätsel. Es scheint, dass noch kein Fuß eines weißen Mannes die Schlucht betreten hat, in der sich die Höhlen der Iksnisok befinden. Wir, mein Sohn und ich, sind die Ersten, und wenn man uns nicht demnächst aufstöbert, werden wir vielleicht auf Jahre hinaus die Letzten sein.«

Brian hörte zu filmen auf. »Hervorragend«, lobte er seinen Vater. Er richtete die Kamera auf die Feuerstelle. Zwischen halb verkohlten Ästen hervor züngelten Flammen. Der Rauch zog den schwarzen Fels entlang in die Spalte hinein. Brian folgte dem Rauch mit der Kamera, bis in seinem Sucher alles schwarz wurde.

Brian verließ die Hütte mit dem Camcorder.

Es hatte ganz leicht zu schneien angefangen. Vereinzelte Schneeflocken tanzten in die Höhle hinein. Drüben, am großen Kochfeuer, stand jetzt eine Frau. Sie hatte Brian halb den Rücken zugedreht. Mit einem langen Stock rührte sie in einem großen, rußgeschwärzten Topf, der in der Glut stand. Brian filmte die Frau. Sie merkte es, obwohl sie die Kamera kaum hören konnte. Sie drehte den Kopf und rief ihm etwas zu. Dann legte sie eine Hand vor ihr Gesicht und blickte zwischen den gespreizten Fingern hindurch.

Wusste sie, was in diesem Moment mit ihr geschah, oder fürchtete sie sich nur vor dem jungen Fremdling mit dem schwarzen einäugigen Kasten?

Brian nahm den Camcorder von der Schulter. Langsam ging er auf die Frau zu. Beim Feuer blieb er stehen. Die Frau lächelte hinter der Hand, drehte sich um und begann wieder im Topf zu rühren.

»Weißt du, wo Ogram ist?«, fragte Brian sie.

Die Frau warf ihm einen kurzen Blick über die Schulter zu, als sie seine Stimme vernahm.

»Ogram?«, wiederholte er den Namen des Mädchens. »Wo ist Ogram?«

Die Frau gab ein leises Kichern von sich und zeigte zu einer Hütte hinauf, die keine Fenster hatte und keinen Eingang. Die Hütte befand sich weiter hinten in der Höhle und im zweiten Stockwerk. Um sie zu erreichen, musste man eine Leiter zum ersten Dach hinaufsteigen. Eine zweite Leiter führte auf das obere Flachdach hinauf. Brian richtete die Kamera auf die Hütten und begann zu filmen. Plötzlich spürte er, dass jemand hinter ihn trat. Er drehte sich um und stand dem Medizinmann gegenüber. Brian ließ den Camcorder sinken. Einige Sekunden lang blickten sie sich in die Augen, dann ging der Medizinmann wortlos an ihm vorbei. Brian schaute ihm nach, bis er in der Hütte verschwunden war, in der sein Vater lag.

Die Frau, die über den Topf gebeugt am Feuer stand, räusperte sich.

»Ogram«, sagte sie und deutete mit einer Kopfbewegung zu der Hütte hoch.

Auf dem Flachdach stand das Mädchen. Brian merkte, wie ihm das Blut in den Kopf stieg.

Ogram kam zum Rand des Daches, ließ sich nieder und glitt flink wie ein Eichhörnchen an der Leiter herunter. Ohne sich um Brian zu kümmern, verschwand sie in einer anderen Hütte. Brian wollte ihr folgen, aber da kam die buckelige Alte den Pfad entlang, der zum Felsvorsprung hinausführte, wo sich die kleine verkrüppelte Bergkiefer befand. Krumm über ihren Stock gebeugt, als wäre ihr Buckel ein Sack voller Steine, humpelte sie in die Höhle und näherte sich dem Feuer. Brian zog sich schnell zurück. Hinter der Mauer einer Hütte hervor filmte er, wie die Alte sich zum Feuer wandte und in die Flammen spuckte. Es zischte und brutzelte in der Feuersglut, als hätte die Alte Blausäure im Mund gehabt.

Brian machte sich aus dem Staub.

Der Tag verging, ohne dass etwas geschah. Niemand kümmerte sich um Brian, der mit seinem Camcorder herumspazierte, als wäre er mit einem Touristenbus hierher gekommen. Er filmte die Höhle aus verschiedenen Winkeln, kletterte Leitern hinauf und hinunter, hockte auf den Flachdächern und gewann mehr und mehr die Überzeugung, dass ihm diese Leute blind vertrauten. Er filmte, als die Frauen und Kinder zum Kochfeuer kamen und sich ihr Essen holten. Er folgte dem Medizinmann mit der Kamera, bis dieser im Rundbau in der unteren Höhle verschwand, als am Nachmittag die Sonne durch die Wolken drang. Am Abend kehrten die Jäger zurück. Ohne Beute. Sie heulten und lamentierten den ganzen Weg vom Grund der Schlucht bis zur Höhle hinauf. Es war ihnen nicht einmal geglückt, ein Kaninchen zu erlegen oder einen wilden Truthahn, und sie sahen aus wie ein geschlagener Haufen, der von einem wichtigen Fußballspiel nach Hause kam, das die falsche Mannschaft gewonnen hatte.

Die Frauen traten aus den Hütten und warteten am Höhleneingang auf die Jäger und sie lachten und waren fröhlich, bis die Jäger näher kamen. Dann fingen sie an, mit den Fingern auf die Jäger zu zeigen, und die Fröhlichkeit begann in Spott umzuschlagen. Einige Frauen hoben kleine Steine auf, und als die unglücklichen Jäger auf Wurfweite herangekommen waren, prasselte mit dem beißenden Hohn ein Steinhagel auf sie nieder.

Brian, der auf einem der Flachdächer hockte, bannte ungefähr zehn Minuten dieser Ankunftsszene auf Film. Die Jäger bemerkten ihn nicht, weil sie ihre Köpfe beschämt gesenkt hatten und schnell in ihren Hütten verschwanden, um den Frauen zu entkommen.

Am Abend wurde wieder die Trommel geschlagen und die Männer versammelten sich im Rundbau der unteren Höhle. Brian ging mit zwei leeren Schalen zum Kochfeuer. Dort standen einige Frauen in der Kälte. Eine von ihnen füllte Brians Schalen mit dem heißen Brei aus dem großen Topf. Auf dem Rückweg bemerkte Brian im Schatten einer Hütte die Gestalt von Ogram. Eilig ging er auf sie zu. Der Brei in den Schalen schwappte über und er verbrannte sich die Finger.

»Ich habe den ganzen Tag gehofft dich zu sehen«, sagte Brian und ließ sich bei ihr schnell nieder, damit er die heißen Schalen auf den Boden stellen konnte.

»Dein Vater ist hungrig«, sagte sie. »Du solltest den Brei nicht kalt werden lassen.«

Brian packte sie beim Arm.

»Ich will mit dir reden.«

»Warum?«

»Weil ich einige Dinge wissen muss.«

»Was willst du wissen?«

»Ich will wissen, ob du mit mir kommst oder ob du hier bleiben willst.«

»Gehst du weg?«

»Nicht heute. Aber das Wetter wird besser und immer mehr Flugzeuge werden nach uns suchen, und wenn wir hier bleiben, entdecken sie diese Schlucht, und dann finden sie euch hier oben in dieser Höhle.«

Ogram gab ihm darauf keine Antwort. Schweigend kauerte sie im Schatten nieder. Plötzlich stand sie auf.

»Ich muss jetzt gehen«, sagte sie. »Meine Mutter wartet auf mich.«

»Kann ich dich heute Nacht sehen? Es ist wichtig. Ich muss wissen, wie du dich entscheiden wirst.«

»Warum ist es so wichtig?«

»Das kann ich dir jetzt nicht sagen.«

»Sag es mir trotzdem.« Ogram lachte leise.

»Ich sage es dir, wenn du heute Nacht dorthin kommst, wo wir uns gestern Nacht getroffen haben. Ich werde dort auf dich warten, bis du kommst.«

»Und wenn ich nicht komme?«

»Dann werde ich wahrscheinlich erfrieren und du würdest dein ganzes Leben lang daran denken, dass du mich auf dem Gewissen hast.«

»Ich glaube, ich werde kommen«, sagte Ogram. »Wenn meine Mutter schläft, kann ich mich davonschleichen.«

»Gut.« Brian nahm vorsichtig die beiden Schalen auf und erhob sich.

10. Kapitel

Das Geisterhaus

Brian hockte in der Felsnische, und obwohl es kalt war, fror er nicht. Es war die innere Erregung, die ihm das Gefühl gab, an einem Ofen zu sitzen. Aber die Felswand und der Boden unter ihm waren eiskalt, und die innere Wärme, die er ausatmete, gefror zwischen seiner Oberlippe und der Nase auf den feinen Härchen, aus denen einmal ein Schnurrbart werden sollte, falls er diese Nacht überlebte.

Die Nacht war klar, so klar, dass das Licht des Mondes die Schatten in der Höhle zeichnete, als hätte sie jemand mit schwarzer Tusche auf die Felsen gemalt. Hinten in der Höhle war es dunkel, aber wer sich lange in der Dunkelheit aufhält, kann mehr und mehr sehen. Brian kauerte schon über eine Stunde in der Felsnische und wartete auf das Erscheinen von Ogram. In Gedanken beschäftigte er sich mit seinen neuartigen Gefühlen, die heimlich in ihm geschlummert hatten, einmal kurz aufgeweckt durch Sandra Williams, und jetzt, seit er Ogram zum ersten Mal begegnet war, hellwach und pulsierend mit einer unklaren und deshalb verwirrenden Begierde, die er sich nicht richtig erklären konnte.

Er war nicht der Prinz, der auf einem prächtigen Schimmel hierher geritten war, um eine lang verschollene Magd von holdester Schönheit aus den Klauen einer Raubritterbande zu befreien. Er war hier, weil sein Vater den dämlichen Fehler gemacht hatte, von seiner geplanten Flugroute abzuweichen und ein Gebiet zu überfliegen, das er erstens nicht kannte und in dem zweitens eine Hand voll prähistorischer Ureinwohner unentdeckt geblieben war, obwohl jedermann wusste, dass es in Amerika keinen Fußbreit Boden mehr gab, der noch nicht von irgendwelchen Rucksackwanderern betreten worden war.

Und ausgerechnet hier, in einer Höhle, in der die Temperatur schätzungsweise sechs Grad unter Null betrug und die Leute zur Unterhaltung nach Feierabend einer Trommel lauschten, ausgerechnet in diesem gottverlassenen Loch in der Mitte von Nirgendwo, musste er sich in ein Mädchen verlieben, das von zwischenmenschlichen Beziehungen in der Zivilisation keine Ahnung hatte und stattdessen, ohne rot zu werden, von *shuk-man-to-kay* redete.

Brian konnte es kaum erwarten, dass Ogram endlich erscheinen würde. In seinem Kopf wirbelten die Gedanken durcheinander wie erschreckte Vögel in einem Käfig: Amseln, Drosseln, Finken und Meisen, alles durcheinander. Keiner der Gedanken fand ein ruhiges Nest in seinem Hirn, wo er ein Ei hätte ausbrüten können. Für einen Sekundenbruchteil dachte Brian daran, wie es sein würde, ein Iksnisok-Mädchen zu küssen. Dann dachte er an irgendwelche Eskimos, die Nasen aneinander rieben, dann fiel ihm Willie Wingate ein, der Junge aus Vaters Geschichte, dann dachte er, dass es vielleicht verkehrt war, Ogram zu küssen und sie am Ende unglücklich zu machen, weil es ja ohnehin keinen gemeinsamen Weg zu geben schien, dann fiel ihm seine Stereoanlage ein, die Pamela wahrscheinlich jeden Tag dazu benutzte, ihre dämlichen Madonna-Scheiben zu hören, dann tauchte Sandra Williams auf, die er schon ein paar Mal geküsst hatte, das letzte Mal auf dem Hintersitz des Chryslers, den Brians Mutter auf der Straße geparkt hatte, weil in der Garage über Nacht Pamelas frisch gestrichener Kinderzimmerschrank trocknen sollte.

Rosa-rot und dunkelgrün. Nicht nur Pamelas Musikgehör war ziemlich abartig, sie hatte auch ein absolut geschmackloses Farbempfinden und hätte vielleicht einmal auf Farbenblindheit untersucht werden sollen.

Ich werde ihr einfach einen Kuss geben, dachte Brian. Mal sehen, was passiert.

Falls sie überhaupt kommt.

Und wenn sie schreit und Schwarzbär keuleschwingend aus seiner Hütte stürzt, weil Ogram vielleicht schon längst für ihn bestimmt ist, ohne dass sie selbst etwas weiß?

Dieser alte Knacker!

Der Kuss des Todes.

War das nicht ein Hollywood-Streifen? Mit Richard Widmark?

Schwarzbär würde ihm den Schädel einschlagen, und dann würde man ihn drüben, auf der anderen Seite der Hütten, im Topf über der Glut kochen, bis ihm das Fleisch von den Knochen fiel.

Das Risiko war zu groß. Zu groß für einen Kuss. Vielleicht war es besser, nicht einmal den Versuch zu machen. Vielleicht sollte er zurückgehen in die Hütte und mit seinem Vater darüber reden, in welchem Zoo die Iksnisok am besten aufgehoben werden könnten. Sein Vater wusste Bescheid. Er kannte alle Zoos in der Welt, sogar den von Moskau.

Von überall her würden Leute kommen, um die Iksnisok zu sehen. Und die Iksnisok würden demonstrieren, wie man das Wurfholz benützt und ohne Streichhölzer Feuer macht.

Brian war weg. Er war überall und nirgendwo und er sah nicht, wie Ogram durch den schwachen Lichtschein huschte, der für einen Moment aufleuchtete, als ein Windstoß in die Höhle drang und den sterbenden Flammen des Kochfeuers noch einmal Leben einhauchte.

Er erschrak furchtbar, als Ogram sich plötzlich neben ihm niederkauerte.

»Ich bin da«, sagte sie. »Hast du lange gewartet?«

»Ich bin fast erfroren«, sagte er. »Meine Hände sind eiskalt.«

»Du solltest Felle tragen. Die halten dich warm. Hier, halt deine Hände hierhin unter mein Fell.« Sie nahm seine Hand und führte sie in einen Schlitz im Fell. Brian berührte warme Haut und für einen Moment war ihm, als donnerten sämtliche Vögel in seinem Kopf gegen die Gitterstäbe des Käfigs.

»Tu die andere Hand auch hinein«, forderte Ogram ihn auf.

»Schon gut«, murmelte Brian. »Mir wird gleich wärmer.«

»Hast du Angst?«

»Wovor?«

»Ich glaube, du zitterst.«

»Ich? Das ist unmöglich. Ich zittere nie.« Brian wusste nicht genau, wo seine Hand war. Irgendwo in der Nähe ihres Bauches. Vielleicht über der Hüfte, wo die Rippen waren. Ogram drückte sich an ihn heran. Ihr Gesicht war so nahe an seinem, dass er ihren Atem auf seiner Haut spürte. Eine Weile kauerten sie beieinander in der Felsnische. Es war sehr still geworden in der Höhle. Die Iksnisok schliefen.

»Was ist das, was du auf dem Kopf trägst?«, fragte Ogram.

»Meine Mütze? Hast du noch nie eine solche Mütze gesehen?«

»Ich kann mich schwach erinnern, dass jemand eine solche Mütze trug, als ich klein war.«

»Wer? Dein Vater vielleicht? Oder dein Bruder?«

»Ich weiß es nicht. Es ist lange her. Ich habe vieles vergessen.«

»Es ist eine Baseballmütze.«

Brian nahm die Mütze vom Kopf und zeigte sie ihr. »Dieses Abzeichen hier ist von der Mannschaft der Baltimore Orioles. Das ist die Mannschaft von Baltimore. Und dort komme ich her.«

»Tragen alle Leute dort solche Mützen?«

»Nein. Natürlich nicht.« Brian lachte. »Ich wünschte, ich könnte dir meine Stadt zeigen.«

»Was ist eine Stadt?«

»Eine Stadt ist, wo viele Menschen wohnen. Habe ich dir das nicht schon einmal zu erklären versucht?«

»Das ist schon möglich. Ich merke, dass deine Hand warm wird. Wenn du willst, kannst du jetzt auch die andere Hand unter mein Fell tun. Zwei warme Hände sind besser als eine warme Hand.«

Einige der Vögel, die gegen die Gitterstäbe gedonnert waren, fielen mit einem Mal herunter wie reife Pflaumen von einem Baum.

»Du kannst sogar zählen?«

»Was meinst du damit?«, entgegnete Ogram.

»Wie viele Finger hast du an einer Hand?«

»Fünf«, sagte Ogram ohne zu zögern. »Zehn Finger an zwei Händen. Warum fragst du?«

»Ich dachte nicht, dass du zählen kannst.«

»Ich bin in eine Schule gegangen, bevor ich zu den Iksnisok kam. Was ist so außergewöhnlich daran, dass ich zählen kann? Oremor kann zählen. Und Notna auch. Fast alle können zählen.«

»Es überrascht mich«, gab Brian zu. »Ich weiß nicht, was ich davon halten soll.«

»Du denkst zu viel über Dinge nach, die nicht wichtig sind. Es ist wichtig, dass wir beide hier sind, nicht wahr?«

Brian nickte. »Wahrscheinlich hast du Recht.«

»Dann tu jetzt deine andere Hand unter mein Fell.« Sie öffnete das Fell, und da sah Brian das Amulett, das auf ihrer nackten Haut ruhte, genau zwischen den kleinen runden Wölbungen ihrer Brüste. Brian zog seine Hand aus dem Fell, als wäre er mit den Fingern in die Nähe glühender Kohlen geraten.

»Baseball ist ein Spiel«, sagte er rau, »bei dem es darauf ankommt, dass einer mit einem Schläger einen Ball trifft, damit dieser möglichst weit fliegt und niemand ihn fangen kann.«

»Und dazu trägt man eine solche Mütze?«

»Nein. Diese Mütze ist nur ein Zeichen dafür, dass der Träger der Fan einer ganz bestimmten Baseball-Mannschaft ist, der Baltimore Orioles zum Beispiel. Außerdem ist es eine Kopfbedeckung. Ich könnte auch einen Hut tragen, wenn du weißt, was ein Hut ist.« Er wollte sich die Mütze wieder aufsetzen, aber da kam ihm ein plötzlicher Einfall. »Wenn du willst, gebe ich dir die Mütze«, sagte er.

»Wofür?«

»Einfach so. Als Andenken.«

»Als Andenken?«

»Ja. Damit du an mich denkst, wenn ich einmal nicht mehr hier bin. Und weil ich dich mag.« Jetzt, dachte Brian, jetzt ist der Zeitpunkt, ihr einen Kuss zu geben. Wie im Film. Die Lippen nähern sich einander. Hungrige Lippen. Hungrige Augen. Hunger. Hunger ...

»Hamburger«, hörte er eine Stimme sagen. Es war seine eigene. »Wenn bei uns in Baltimore einer Hunger hat, braucht er nicht erst ein Kaninchen zu schießen. Er geht zu Mac Donald's und kauft sich einen Big Mac, Pommes frites und eine Cola. So was nennt man eine Big-Mac-Attacke, verstehst du?«

»Kein Wort.«

Er setzte ihr die Mütze auf den Kopf. Der Schirm der Mütze warf einen dunklen Schatten über die obere Hälfte ihres Gesichtes. Nur das Weiß in ihren Augen schimmerte ein bisschen.

»Du hast gesagt, ich soll hierher kommen«, sagte sie leise. »Nun gibst du mir deine Mütze. Hast du etwa vergessen, was du mir sagen wolltest?«

»Nein.« Brian lächelte. »Aber die Mütze steht dir gut.«

»Dann werde ich sie behalten.«

»Das würde Schwarzbär nicht gefallen.«

»Schwarzbär?«

»Der Mann, der dich erwischt hat, als du weglaufen wolltest. Der Mann, der eine Kette aus Bärenklauen um den Hals trägt.«

»Du meinst *Mu-tat,* der Mann der Männer.«

»Der Mann der Männer?«

»So nennen wir ihn. Er ist der, der uns vorangeht.«

»Der Häuptling«, erklärte Brian.

»Was ist das?«

»Hm, das ist der Mann, der vorangeht.«

Sie schwiegen wieder für eine Weile. Brians warme Hand wurde wieder kalt, und die kalte Hand konnte nicht mehr kälter werden, ohne dass ihm die Finger abfielen. Seine Gedanken wirbelten immer noch durcheinander. Du hast eben eine einmalige Gelegenheit verpasst, Ogram zu küssen, dachte er. Billy Smith hätte es sich bestimmt nicht zweimal überlegt. Und Kevin Pratt schon gar nicht. Sie durften es nie erfahren, dass er die einmaligste aller einmaligen Gelegenheiten verpasst hatte. Wer ging eigentlich am Abend mit Murray aus? Konnte gut sein, dass er es sich angewöhnte, ins Wohnzimmer zu kacken, nur weil sich Mom oder Pamela nicht mehr auf die Straße wagten, wenn es einmal dunkel war. Wegen der vielen Raubüberfälle und der Morde, die es im Fernsehen gab. Täglich zwanzig waren es bestimmt. Da dreht früher oder später jeder durch, der zu oft in die Glotzkiste guckt. Bei uns ist Gott sei Dank noch nie etwas geschehen. In unserer Straße wenigstens nicht. Zwei Straßen weiter war einmal in ein Haus eingebrochen worden, als sich die Leute im Urlaub befanden. Die Räuber hatten im Haus geschlafen, ohne dass jemand etwas merkte. Das war drei Jahre her.

»Was denkst du?«, fragte Ogram.

»Nichts«, sagte er.

»Nichts?«

»Ich denke an meine Mutter und an Murray.«

»Wer ist das?«

»Unser Hund. Habt ihr keine Hunde?«

»Wir hatten drei Hunde, als es zu schneien anfing.«

»Wo sind sie jetzt?«

»Wir haben sie gegessen.«

»Jesus Christus.«

»Was sagst du?«

»Jesus Christus.«

»Was ist das?«

»Das ist eine lange Geschichte.«

»Wie lang?«

Brian überlegte einen Augenblick. »So lang, wie es die Welt gibt.«

»Du meinst das Land.«

»Ja. Die Höhle. Die Schlucht. Den Fluss im Tal. Den Himmel. Die Bäume. Winter. Sommer. Das Universum.«

Ogram sagte nichts mehr. Wie gut, dass wir Murray nicht mitgenommen haben, dachte Brian. Er wäre wahrscheinlich längst im Suppentopf gelandet und sein Fell würde am Buckel der alten Frau hängen.

»Was denkst du?«

»Ich denke, wie gut es ist, dass wir Murray nicht mitgenommen haben.«

»Wer ist das?«

»Unser Hund.« Brian seufzte. »Das habe ich dir doch schon vorher gesagt.«

»O ja. Jetzt erinnere ich mich.«

»Ich möchte keine Hunde essen.«

»Warum nicht? Hat es dir nicht geschmeckt?«

Brian hob den Kopf. »Soll das heißen, dass in dem Kochtopf dort drüben Hundefleisch drin ist?«

Ogram lachte leise.

»Mein Vater isst ganz bestimmt nichts mehr, wenn er das weiß«, sagte Brian. »Er wird verhungern.«

»Jesus Christus«, sagte Ogram.

»Warum sagst du das?«

»Weil du es gesagt hast.«

»Oh, das ist einleuchtend.« Brian hauchte gegen seine Finger. »Gibt es keinen Platz, wo es wärmer ist?«

»Doch. Es gibt einen.«

»Wo ist er?«

»Dort drüben.« Ogram zeigte irgendwohin. »Willst du dorthin gehen?«

»Ja. Ich erfriere sonst noch hier.«

»Das ist, weil du keine Felle trägst.« Ogram richtete sich auf und blickte sich in der Höhle um. »Du musst sehr leise sein«, flüsterte sie dann. »Es darf uns niemand hören.« Sie nahm ihn bei der Hand. »Komm.«

Sie verließen die Felsnische und schlichen an den Hüttenmauern vorbei und durch den Durchgang, der in den unteren Teil der Höhle führte. Auch im unteren Teil der Höhle gab es eine Ansammlung von ineinander verschachtelten Hütten. Auf einem kleinen Platz brannte ein Feuer. Eine vermummte Gestalt hockte dort, zusammengesunken wie ein Schlafender.

Ogram und Brian kauerten bei der Mauer des Rundbaues nieder.

»Das ist *Tre-bor*, der Wächter«, raunte Ogram Brian zu. »Er soll aufpassen, dass das Feuer nicht ausgeht. Meistens schläft er. Aber er hat gute Ohren. Wir dürfen kein Geräusch machen.«

»Wohin gehen wir?«

»Komm!«

Ogram schlich geduckt an der Mauer entlang bis zur anderen Seite des Rundbaues, wo die niedere Steinmauer vom Licht des Feuers angestrahlt wurde. Wenn der Wächter aufgewacht wäre, hätte er sie beide wahrscheinlich sofort entdeckt und Alarm geschlagen.

Auf dieser Seite führten zwei breite Stufen zu dem niedrigen Dach hinauf. Links und rechts der Stufen bemerkte Brian mehrere Steine, zwischen denen kleine Federn steckten. Ogram huschte voran die Stufen hinauf. Brian folgte ihr bis zur kleinen Luke, aus der die beiden Stangen ragten. Die Luke war mit einer Matte zugedeckt. Ogram entfernte sie und stieg in die Luke hinunter. Als sie verschwunden war, beugte sich Brian vor. Von unten drang ein schwacher Lichtschein herauf. Eine Leiter führte etwa vier Meter in die Tiefe. Ein merkwürdiger Geruch hing in der nebligen Luft, die aus diesem unterirdischen Raum durch die kleine Luke ins Freie drang.

Ogram stand unten und bedeutete Brian ihr endlich zu folgen.

»Mach schnell«, rief sie leise. »Bevor dich der Wächter sieht.«

Brian wollte sich umdrehen und die Leiter hinuntersteigen, als sich der Wächter beim Feuer rührte. Er hob plötzlich den Kopf. Irgendetwas hatte ihn aufgeweckt. Ein Geräusch. Er blickte sich um, aber er sah nichts. Brian hörte ihn irgendetwas murmeln. Dann zog er den Kopf wieder in seine Felle zurück.

Brian wartete einige Sekunden, bevor er über die Leiter in die Luke hineinstieg. Sobald sein Kopf unten war, langte er mit der Hand hinauf und zog die Matte über die kleine Öffnung.

Unten kauerte Ogram neben einer Feuermulde. Sie blies sachte in die Glut. Als Brian neben sie trat, blickte sie unter der Mütze hervor zu ihm auf.

»Hier ist es warm«, sagte sie.

Brian schaute sich um. Der Raum war rund, die Wände glatt mit Lehm verschmiert und voll mit rätselhaften Zeichnungen. Die hohe Decke wurde von dicken runden Pfosten und einem Stangenrost getragen. Der Rauch des Feuers wurde wie von einer magischen Kraft zu einem Abzugsloch hingezogen. An den Wänden hingen die merkwürdigsten Masken, die Brian je im Leben gesehen hatte, Gesichter, die aussahen, als gehörten sie zu Wesen aus dem All. Einige der Masken hatten runde hervorstehende Augen, bemalte Hörner, die gebogen nach oben abstanden, keine Nase und auch keinen Mund. Bei anderen waren die Augen und der Mund horizontale Schlitze, die mit schwarzen und roten Rechtecken eingerahmt waren. Diesen Masken fehlten die Hörner und die Nase.

Der Raum hatte keine Einrichtung, aber etwa ein Drittel der Rundmauer war mit einem altarähnlichen Vorsprung versehen, auf dem vier Töpfe und vier leere Schalen standen. Außerdem lagen Zweige von Wacholderbüschen auf dem Vorsprung, Fächer aus Adlerfedern, bemalte Kürbisrasseln, Fellstreifen und andere kleine Gegenstände, von denen Brian keine Ahnung hatte, wozu sie benutzt wurden.

In der Mitte des Altars, auf einer erhöhten Steinplatte, standen zwei holzgeschnitzte Figuren vor dem ausgebleichten Schädel einer Gabelantilope, in deren Augenhöhlen Büschel verwelkter Blumen steckten. Aus einem winzigen bemalten Topf, der mehrere Löcher hatte, stieg süßlich riechender Rauch, der sich in hauchdünnen Schleiern im Raum ausbreitete.

Gegenüber dem Mauervorsprung, gegen die Wand gelehnt, stand eine große Trommel, deren Rahmen aus dem Stück eines ausgehöhlten Baumstammes bestand, mit Leder bespannt. An der Wand hingen Trommelschläger aus Tierknochen. Oder Menschenknochen. Brian konnte den Unterschied nicht feststellen.

Er schauderte, während er seine Blicke umherschweifen ließ. Er konnte sich nicht entsinnen, jemals zuvor an einem anderen Ort ein beklemmenderes Gefühl gespürt zu haben als in diesem Moment. Nur einmal in der Kirche des Heiligen Paulus in Baltimore, wo man Billy Smiths Vater im offenen Sarg zwei Tage lang ausgestellt hatte, damit sich alle von ihm verabschieden konnten. Brian war nach einem Mittwochnachmittag-Baseballtraining allein hingegangen, aber als er die Kirche betrat und die Tür hinter ihm mit einem dumpfen Schlag zufiel, überkam ihn plötzlich eine lähmende Beklemmung, und der Mittelgang, zwischen den Holzreihen hindurch, erschien ihm plötzlich so lang und unsicher, dass er nach ein paar Schritten stehen blieb. Und in weiter Ferne, dort wo geheimnisvolle Lichter tanzten, entstieg Billy Smiths Vater dem offenen Sarg. Er trug einen schwarzen Anzug, ein weißes Hemd und Krawatte. In den Bankreihen erhoben sich dunkle Gestalten und riefen »Halleluja«, und Billy Smiths Vater, der ein Werftarbeiter gewesen war, streckte seine Hände aus, und seine grauen Lippen öffneten sich und er sagte: »Brian, gib mir deine Hand!« Da drehte sich Brian um und stürmte aus der Kirche, und bei der Beerdigung am nächsten Tag fragte er sich, ob der Sarg, den sie an dicken Seilen ins Grab hinunterließen, nicht vielleicht leer war.

Ein solches Gefühl war es, das wie eine dicke schwarze Spinne in seinem Brustkorb herumkroch und seine Eingeweide mit klebrigen Fäden umwob. Dieser runde, unterirdische Raum konnte nichts anderes sein als der verbotene Eingang in eine Art Unterwelt, deren Geheimnisse von Dämonen gehütet wurden.

»Wo sind wir hier?«, fragte er Ogram und zuckte zusammen, denn eine fremde Stimme war es, die er hörte, die Stimme von Billy Smiths Vater, der am Tag vor seiner Beerdigung dem Sarg in der Kirche des Heiligen Paulus entstiegen war, um den Iksnisok den Weihrauch zu bringen.

»Das ist das Geisterhaus«, flüsterte Ogram. Sie kniete am Boden. Das Feuer knisterte. Der Flammenschein tanzte auf ihrem hübschen Gesicht.

»Das Geisterhaus?« Brian merkte, wie ihm eine Gänsehaut über den Rücken lief. Er kauerte nieder und blickte Ogram in die Augen. »Warum sind wir hierher gekommen, wenn hier Geister ein und aus gehen?«

»Fürchtest du dich?« Ogram erhob sich. Sie schaute sich im Raum um. »Ich bin selbst noch nie hier gewesen. Es ist uns verboten, hierher zu kommen. Nur die Männer, die zu *Tu-ma-moc* gehören, kommen hierher.«

»Wer ist *Tu-ma-moc*?«

Ogram zeigte auf eine ganz bestimmte Maske an der Wand, die kleine Höcker über den winzigen Augen hatte. »Das ist das Gesicht eines *Tu-ma-moc*«, erklärte Ogram ehrfürchtig. »Es ist bald die Zeit, in der die Geister kommen, um uns den Regen zu bringen, damit in unseren Gärten der Mais wächst und wir fortan in Frieden miteinander leben können, ohne zu hungern, ohne zu streiten und ohne Furcht vor der Zeit, in der die Erde kalt wird und nichts mehr wächst außer dem Eis an den Felsen.«

»Diese Zeit nennen wir Winter«, flüsterte Brian. »Mir ist, als wären wir hier nicht allein.«

»Du irrst dich. Außer uns ist niemand hier. Die Geister sind noch nicht zu uns gekommen. Aber sie werden schon mit Freude erwartet. Die Männer versammeln sich jeden Abend hier und schlagen die Trommel, damit die Geister den Weg zu uns finden.«

»Und was geschieht, wenn sie hier sind?«

»Sie werden diese Masken dort tragen und sie werden dabei seltsame Schreie ausstoßen und Gebete singen und mit ihren Rasseln rasseln.«

»Woher kommen sie?«

»Von weit her. Niemand weiß, wo sie wohnen. Sie bleiben hier, bis der Mais geerntet wird. Dann kommt es zur Abreise der Geister. Sie gehen zu ihren entfernten Wohnstätten zurück und sie kommen nicht wieder, bis die Zeit vorbei ist, die du Winter nennst.«

»Wir sollten vielleicht besser nicht hier bleiben«, sagte Brian, während er die Masken an der Wand misstrauisch betrachtete.

»Es ist gut hier. Wir können miteinander reden, ohne zu frieren.« Ogram ließ sich beim Feuer nieder. Sie streckte ihm die Hand hin. »Komm, setz dich zu mir.«

Brian warf einen Blick zur Luke hoch. Die Matte war so dicht, dass wahrscheinlich kein Licht durchdringen konnte. Und wenn sie leise redeten, würde man sie ganz bestimmt nicht hören können. So setzte er sich neben Ogram hin. Sie starrten in die Flammen. Lange Zeit sagten sie nichts. Es war still im Raum. Nur das Feuer knisterte.

»Erzähl mir von dir«, sagte Ogram nach einer Weile.

Brian blickte auf. Jetzt, im warmen Licht der Flammen, erschien ihm ihr Gesicht noch schöner, ihre dunklen sanften Augen noch geheimnisvoller und ihre Lippen noch verführerischer. Ihr Haar, das musste er zugeben, hing in ziemlich verwilderten Strähnen über ihre Schultern herunter, bläulich schwarz und glänzend. Ohne Zweifel, Ogram war ein Wunderwerk der Natur, schöner noch als Jennifer Beals, und Jennifer Beals war ein Traum, seit Brian sie in Flashdance gesehen hatte.

»Warum schaust du mich an, ohne was zu sagen?«, fragte sie.

Brian schrak auf.

»Es ist das erste Mal, dass ich dich richtig sehen kann«, sagte er.

»Was siehst du?«

»Ich sehe, dass du sehr schön bist.«

»Was bedeutet das?«

»Das bedeutet, dass du das schönste Mädchen bist, das ich kenne. Das bedeutet, dass ich dich küssen möchte.«

»Ich verstehe nicht, was du sagst.«

»Du verstehst wohl, was ich dir sage. Du weißt mehr, als du manchmal zugeben willst. Ich glaube sogar, dass du absichtlich so tust, als wüsstest du nicht, dass die kalte Jahreszeit ›Winter‹ heißt und die Zeit zwischen Sonnenaufgang und Sonnenuntergang ›Tag‹. Ich glaube, du verstehst ganz gut, was ich dir gesagt habe.«

»Willst du damit sagen, dass ich nicht ehrlich bin?«

»Wie könntest du wissen, was ›ehrlich‹ bedeutet, wenn du nicht weißt, was ›schön‹ heißt. Du bist schön, und wenn du nicht weißt, was Liebe ist, dann muss ich es dir zeigen.«

Und damit sprengten Brians stärkste Gefühle alle Ketten, die sein rasendes Herz mit kalter Gewalt umschlossen hatten. Klirrend zersprangen die eisernen Glieder und schlugen ihm von innen her gegen die Rippen des Brustkorbes. Befreit von der Qual, ein Gefangener zu sein, tanzte ihm das Herz voll Übermut in der Brust, hüpfte ihm mit jedem donnernden Paukenschlag zum Hals hoch und trieb ihm das Blut wie eine Feuersbrunst in den Kopf. Er zog sie an sich und küsste sie mitten auf den Mund. Während er seine Lippen auf die ihren presste, öffnete sie den Mund und versuchte etwas zu sagen, und offenbar hatte sie nicht die leiseste Ahnung, wie man richtig küsste, und als er sie losließ, hatte sie die Augen ganz verdreht, und für einen Moment dachte er schon, sie sei ohnmächtig geworden oder am Ersticken, aber dann seufzte sie leise.

»So, was sagst du nun?«, stieß Brian mit herausgepresstem Atem hervor. »Ist das etwa nichts?«

Sie blickte ihn an, als fürchtete sie, er hätte den Verstand verloren.

Mit dem Handrücken berührte sie ihre zitternden Lippen, die von der Heftigkeit, mit der Brian sie attackiert hatte, gerötet waren.

»Du hast mich furchtbar erschreckt«, keuchte sie leise.

»Das wollte ich nicht. Ich wollte dir nur zeigen, was Liebe ist.« Brian ließ den Oberkörper zurückgleiten, bis er ausgestreckt am Boden lag. Er verschränkte die Hände hinter dem Kopf und blickte zur Decke auf. Er jubelte innerlich, aber er ließ sich nichts anmerken. Er hatte sie geküsst, und selbst wenn sie nicht wusste, was das bedeutete, es war immerhin ein Anfang. Er fühlte sich unheimlich gut. Sein Herz schlug nun ruhig und gleichmäßig. Er hatte das Gefühl, schwerelos im Raum zu schweben, umgeben von funkelnden Sternen, getragen von Greatful Dead und von CCR, *Black Moon Rising*, fließend übergehend in *Strawberry Fields*, Ringo auf einem Berg von Pauken und Trommeln, und dann tauchte aus Nebeln von Glimmer ein gelbes Unterseeboot auf, oder ist es ein Raumschiff, das über die schwarze Silhouette einer Bergkette hinwegschwebt und sich ihm nähert, über ihm steht und ihn mit einem gleißenden Lichtstrahl berührt, an dem sich lauter kleine Männchen herunterlassen, deren Gesichter die Masken sind, die an der Wand hängen.

Brian öffnete die Augen. War er betrunken? Hatte ihn der süßliche Geruch des Rauches betäubt, der aus dem kleinen tönernen Weihrauchbehälter stieg? Er sah zwei Sterne über sich und sie glänzten in Ograms Augen. Sie beugte sich langsam nieder, und ihre Lippen berührten seine Lippen, und da umarmte er sie und zog sie zu sich nieder, und dann lagen sie nebeneinander am Boden neben dem Feuer, und er erzählte ihr von Murray und von Billy Smith und von Kevin Pratt und von Baltimore. Und während er leise redete, streichelte er ihr Haar, und er berührte ihr Gesicht sacht mit seinen Fingern, und sie machte die Augen zu, als er sie küsste, und irgendwann fragte er sie, ob sie bereit wäre, die Iksnisok zu verlassen und mit ihm nach Baltimore zu gehen, wo sie in die gleiche Schule gehen konnte wie er, und er erzählte ihr von Hick, den er jetzt Dr. Hickling Miller nannte, und er sagte ihr, dass sie unbedingt seine Mutter kennen lernen musste. Und wenn er die Augen schloss, beugte sie sich über ihn, um ihn zu küssen, und wenn sie dies tat, schlug ihm immer ihr Amulett, das ihr an einem dünnen Lederriemen vom Hals hing, gegen das Kinn. Das störte ihn am Anfang nicht, aber nach einer Weile wurde es ihm doch überdrüssig, und er streifte ihr den dünnen Lederriemen sachte über den Kopf und legte das Amulett auf den Boden.

Sie setzte sich sofort auf und nahm das Amulett vorsichtig an sich, als wäre es eine unbezahlbare Kostbarkeit oder ein winziges schutzloses Lebewesen.

»Das ist *Tu-ma-moc*«, flüsterte sie. »Man muss sie sehr sachte und mit Respekt behandeln, weil sie alt ist und sehr weise.«

Brian setzte sich auch auf.

»Es ist eine Krötenechse«, sagte er. »Hast du mir nicht vorhin gesagt, dass die Männer, die hierher kommen, zu den *Tu-ma-moc* gehören?«

Sie nickte und ihre Finger glitten sanft über das Amulett aus gebranntem Ton, etwa so groß wie ein Silberdollar, rotbraun in der Farbe, mit zwei winzigen eingelegten Türkissplittern als Augen.

»*Tu-ma-moc* ist unsere Verbindung zu den Geistern«, sagte Ogram ohne aufzublicken. »Sie kennt alle Geheimnisse. Wir vertrauen ihr. Wir folgen ihr, wenn wir nicht wissen, wohin wir gehen sollen. Sie sieht für uns, wenn wir blind sind. Sie tröstet uns, wenn wir traurig sind. Ihre Stimme macht uns glücklich.«

Brian kniff die Augen etwas zusammen. Irgendwie kam es ihm merkwürdig vor, mit welcher Leichtigkeit Ogram ihm alle diese Dinge sagte. Sie schien nicht die geringsten Schwierigkeiten mehr zu haben, die richtigen Worte zu finden. Ihr Englisch hatte zwar einen eigenartigen Akzent, aber für ein Mädchen, das als kleines Kind verschleppt worden war, verfügte sie über einen außergewöhnlichen Wortschatz.

Zum ersten Mal drängte sich Brian die Frage auf, wer Ogram wirklich war. Er wurde unsicher. Das Misstrauen, das jäh in ihm aufgewacht war, war kein Gefühl, mit dem er sich leicht zurechtfinden konnte. Er senkte den Kopf und lachte leise.

Ogram beugte sich zu ihm hinüber und berührte ihn an der Schulter. Er zuckte beinahe zusammen.

»Warum lachst du?«, fragte sie.

»Weil ich überlegt habe, wie es kommt, dass ich allmählich den Verstand verliere«, sagte er.

»Wie meinst du das?«

Er hob den Kopf und blickte sie an.

»Wer bist du?«, fragte er. »Sag mir, wer du wirklich bist, Ogram.«

Sie lächelte.

»Ich habe dir gesagt, wer ich bin.«

»Es ist nicht die Wahrheit.«

»Welche Wahrheit? Die Wahrheit ist voller Rätsel. Nicht nur für dich. Auch für uns. Deshalb sind wir hier. Um einige Rätsel zu ergründen.«

»Wer kennt die Rätsel, Ogram?«

Ogram hielt ihm die Krötenechse entgegen, sagte aber nichts. Brian schüttelte den Kopf.

»Wer kennt die Rätsel außer ihr?« Er nahm ihr das Amulett aus der Hand und hielt es ins Licht des Feuers. Die Türkisaugen leuchteten, als loderten blaue Flammen im Leib der Krötenechse. »Weißt du, dass uns *Tu-ma-moc* hierher gebracht hat?«, fragte er. »Mein Vater hat einen Film über eine Krötenechse gemacht, die sich im Zoo von Baltimore befindet, weit weg von ihrem Heimatland. Ihr Name ist Eleanor.«

»Hat sie euch hierher geführt?«

»So scheint es zumindest. Wir waren unterwegs nach

San Diego, um einen Preis für den Film in Empfang zu nehmen.«

»Was ist San Diego?«

»Eine Stadt an der Westküste, die ...« Brian brach ab. »Bist du sicher, dass du nicht weißt, was San Diego ist?«

Sie wich seinem forschenden Blick aus. Jetzt schwiegen sie beide. Minuten verstrichen. Ogram drehte die Krötenechse in ihren Fingern. Nach einer Weile streifte sie sich die Lederschnur über den Kopf und ließ das Amulett unter den Fellen verschwinden.

»Ich weiß nicht einmal mehr, ob du vielleicht nicht doch von einem anderen Stern kommst«, sagte Brian leise. »Ich weiß überhaupt nichts mehr. Ich weiß nicht einmal mehr, ob ich überhaupt lebe.« Er legte sich wieder hin und schloss die Augen. Warum sollten irgendwelche hochintelligenten Wesen aus dem All auf diese Welt gekommen sein, um eine Höhle zu bewohnen und Hunde zu essen?

Ogram ließ sich neben ihm auf dem Boden nieder. Er legte einen Arm um sie. So lagen sie da in der Wärme des Feuers.

Brian dachte an Eleanor im Zoo von Baltimore. In einem Glaskasten, der nicht größer war als eine Hutschachtel. Vor einem gemalten Hintergrund mit Felsen und Saguarokakteen. Sie war lange Zeit allein gewesen. Die Leute, die an dem kleinen Glaskasten vorbeigingen, warfen häufig nur einen kurzen Blick hinein und gingen dann weiter, ohne Eleanor zu sehen. Die Leute dachten, der Kasten wäre leer. Aber Eleanor war drin. Halb hinter einem der braunen Steine versteckt, im Licht der Wärmelampe, hinter einigen langen, dünnen, mit Klarlack verstärkten Grashalmen und am Rand eines winzigen Tümpels, in dem ein bisschen Wasser war. Wer nicht genau hinschaute, konnte Eleanor nicht sehen. Ihre Haut war zur Tarnung braun und rau wie die Oberfläche der Steine. Stundenlang verharrte sie, ohne die geringste Bewegung, die Augen geschlossen, den Kopf leicht erhoben. Nur manchmal öffnete sie ein Auge so langsam wie im Zeitlupentempo, ließ es einen Spalt breit offen und schloss es wieder genauso langsam. Eleanor wusste, dass es keinen Weg gab aus ihrem kleinen Gefängnis, und es nützte nichts, wenn die Leute sie entdeckten und gegen die Scheibe klopften und sie ein Auge öffnete. Die Gesichter hinter dem Glas waren immer dieselben. Die Kakteen und die Berge im Hintergrund auch. Eleanor war ein Stein mit Augen. Sie hatte sich daran gewöhnt, ein Stein zu sein. Nur manchmal erinnerte sie sich an die Zeit, als sie eine Krötenechse gewesen war. Vor vielen, vielen Jahren, in einer Schlucht, in der es Höhlen gab und Menschen, die im Grund der Schlucht sehr vorsichtig auftraten, weil es dort Steine gab, die keine waren …

11. Kapitel

Das Opferfest

Die Sonne ging auf und die alte Eule flog tief in die Schatten der Felswände hinein, um sich unten in der Schlucht einen Platz zu suchen, wo sie den Tag verbringen konnte.

Die alte Eule war satt.

Sie hatte in der Frühe unter einer Piñonkiefer eine Krähe erbeutet. In der Hoffnung, noch ein paar schmackhafte Piñonnüsse aufzustöbern, die von den geschäftigen Vögeln und anderen Waldtieren im Herbst vor dem ersten Schneefall übersehen worden waren, scharrte die Krähe mit ihren spitzen Krallen die dünne Schneekruste auf. Anstatt einer Nuss grub sie die leere Hülle eines großen schwarzen Käfers aus, den die Ameisen ausgehöhlt hatten. Sie zerhackte die harte Schale und fraß die einzelnen Stücke. Die Krähe merkte nicht, dass sie die ganze Zeit beobachtet wurde. Sie hüpfte auf der Schneekruste herum, scharrte hier und dort, und schließlich flog sie auf, um zu einem anderen Baum zu fliegen.

Darauf hatte die Eule nur gewartet.

Noch bevor die Krähe richtig in der Luft war, ließ sie sich vom Ast gleiten, flog aus dem Wald hinaus ins Dämmerlicht des frühen Morgens und erwischte die Krähe, obwohl diese im letzten Moment mit kräftigem Flügelschlag zu entkommen versuchte. Die Krallen der Eule gruben sich durch das blau-schwarze Gefieder der Krähe. Die Krähe wehrte sich eine Weile, aber dann verließen sie die Kräfte. Die Eule flog mit ihr zu einem alten Cottonwoodbaum, und dort, auf einem der dicken ausladenden Äste, fraß sie die Krähe.

Danach flog sie in die Schlucht hinein, zu einem Platz im tiefen Schatten der Felswände, wo die Zedern so dicht standen, dass in ihrem Geäst den ganzen Tag hindurch ein kleiner Rest der Nacht nistete, unberührt vom Licht der Sonne, das jetzt schon funkelnd und glitzernd von den Klippenrändern über die Eiszapfen herunterfloss.

Die alte Eule flog unter den Höhlen vorbei, in denen die merkwürdigsten Menschenwesen lebten, die sie je gesehen hatte. Bläuliche Rauchschleier, dünn wie der Atem des Pumas in einer kalten Winternacht, hingen still an den Felsen. Die alte Eule hörte Geschrei, obwohl sie schläfrig war und faul, und das Geschrei weckte ihre Neugier, und sie flog höher und höher, durch die blauen Rauchschleier hindurch zu den Höhlen auf. Dort oben sah sie die merkwürdigen Menschenwesen alle zusammen um einen Rundbau stehen, und sie hüpften auf und ab und schrien wie eine Schar aufgeregter Krähen, die eine Klapperschlange töten wollen.

Auf dem Flachdach hatte der Rundbau ein Loch, das zugedeckt war. Eines der merkwürdigen Menschenwesen, ein Mann, der Bärenklauen am Hals trug und eine gehörnte Maske, schlich sich geduckt an das Loch heran. Der Mann bewegte sich sehr vorsichtig. Als er an dem zugedeckten Loch stand, verharrte er in gebückter Haltung.

Die alte Eule flog vor der Höhle einen Kreis, und da wurde sie von den merkwürdigen Menschenwesen entdeckt, und sie kamen schreiend zum Felsvorsprung gerannt, hoben Steine auf und warfen sie nach ihr. Die alte Eule hätte lachen können, denn die Steine wurden ihr nicht gefährlich. Nicht einer flog weit genug durch die Luft. Sie fielen alle in einem Bogen in die Schlucht hinunter und prallten mit hohlem Knall weit unter den Höhlen vom blanken Fels ab, um in den Wald hineinzuspringen.

Die alte Eule dachte daran, zum Trotz noch einmal im Kreis zu fliegen, aber dann entschied sie sich anders. Mit ausgebreiteten Schwingen glitt sie durch die ersten Sonnenstrahlen in die Tiefe. Sie flog über die Wipfel der Bäume hinweg in den warmen Wind, der plötzlich von Süden her aufkam.

Brian wusste später nie genau, was ihn aufgeweckt hatte.

Er hatte geträumt, das wusste er. Er hatte von Pamela geträumt. Pamela stand auf dem Sims am offenen Fenster im oberen Stock und schleuderte Brians Schallplatten wie Frisbees in die Nacht hinaus. Eine nach der anderen. Und unten rannte Murray wie ein gesengtes Ferkel auf der Wiese herum und schnappte kläffend nach den Scheiben, die sich heulend in wirbelnde, Funken versprühende Feuersonnen verwandelten.

Brian war sofort hellwach. Noch hatte er das Krachen der Feuerwerkskörper in den Ohren, als ihm schon klar wurde, dass er nicht zu Hause in seinem Bett lag, sondern im Haus der Geister auf dem harten Boden.

Brian setzte sich mit einem Ruck auf.

Es war dunkel. Nur in der Feuermulde leuchteten einige kleine Glutstücke. Und von oben sickerte ganz schwach ein wenig Licht durch die Matte, mit der die Luke abgedeckt war. Brian warf einen Blick auf seine Armbanduhr. Es war kurz nach sechs Uhr in der Früh.

»Ogram«, flüsterte Brian, während er mit der Hand nach ihr tastete. Seine Finger berührten jedoch nur den nackten, kalten Boden, wo sie sich vor einigen Stunden an ihn geschmiegt hatte. Jetzt war Ogram nicht mehr da. Brian verharrte regungslos in sitzender Stellung. Er lauschte. Eine merkwürdig vollkommene Stille umgab ihn. Als er den Atem anhielt, glaubte er seinen eigenen hastigen Pulsschlag vernehmen zu können.

Ein leises schabendes Geräusch ließ ihn herumfahren. Er war nicht allein. Instinktiv nahm er die Anwesenheit eines anderen Lebewesens wahr, das er in der Dunkelheit nicht sehen konnte.

»Ogram?«, flüsterte er noch einmal. »Bist du das?«

Brian erhielt keine Antwort. Stattdessen ertönte ein leises Pfeifen, das langsam und gleichmäßig lauter wurde. Brian wollte aufspringen, aber in diesem Moment packte ihn jemand am Arm.

»Bleib still«, befahl eine leise Stimme. »Die Geister sind endlich hier.«

Es war Ogram, die plötzlich neben ihm kauerte und ihn festhielt. Das Pfeifen wurde immer lauter. Es klang fast wie ein Ventil an einem Dampfkessel, in dem langsam und immer gefährlicher werdend Überdruck entstand.

Brian riss seinen Arm los und sprang auf.

»Komm!«, rief er aus. »Wir können nicht hier bleiben! Wir müssen ihnen entkommen!«

»Dazu ist es zu spät«, rief Ogram. Brian konnte jetzt schwach ihre Gestalt wahrnehmen. Sie kauerte am Boden und hielt sich die Ohren zu. Brian packte sie und zerrte sie hoch. In diesem Moment gab es einen dumpfen Knall. Für Sekunden stand mitten im Raum eine Feuerlohe, von der sich eine Glutwolke zur Decke hob. Brian und Ogram taumelten vor Schreck rückwärts, bis sie mit dem Rücken gegen die Wand stießen. Die Feuerlohe blendete sie, aber nur Ogram machte für Sekunden die Augen zu. Die Lohe fiel in sich zusammen, bis nur noch kleine Funken aus der

Feuermulde züngelten. Vereinzelte Funken schwebten durch den Raum. Jenseits des Feuers, regungslos wie die holzgeschnitzten Figuren auf dem Altar, standen vier große hagere Gestalten. Sie trugen die gehörnten Masken, die am Abend zuvor an der Wand gehangen hatten, und im flackernden Licht der Flammen schien es fast, als wären diese Masken lebendige Gesichter.

Brian merkte nicht, wie ihm der Schweiß aus allen Poren drang. Einige Sekunden lang schien sein Herz still zu stehen, als hätte es sich in einen Stein verwandelt. Ungläubig starrte er die vier Gestalten an. Jede von ihnen hatte ein langes dünnes Knochenröhrchen im Mund. Der Pfeifton war nun so laut und durchdringend geworden, dass auch Brian nichts anderes übrig blieb, als seine Ohren mit den Händen zu schützen. Seine Augen begannen zu brennen. Der beißende Rauch, der sich im Raum ausbreitete, roch stark nach verbrannten Tannenzweigen. Für einen Augenblick fiel Brian Weihnachten ein. Nur für einen winzigen Augenblick, aber er dachte: Jetzt schnappst du gleich über.

Doch dann verstummte der Pfeifton mit einem Mal.

Die vier Gestalten standen regungslos nebeneinander, angestrahlt vom Licht des Feuers, in dem jetzt ein paar brennende Äste lagen. Brian merkte, wie Ogram neben ihn trat. Er wagte nicht das Mädchen anzusehen. Er wagte nicht einmal mit der Wimper zu zucken oder einen Finger zu rühren. Gebannt starrte er auf die vier Gestalten. Waren es tatsächlich Geister? Oder waren es vielleicht Zombies? Lebende Tote sozusagen, die von irgendwelchen Untergrundmächten auf eine Mission ausgeschickt worden waren? Brian schauderte innerlich und blitzschnell fielen ihm nacheinander einige dutzend der übelsten und haarsträubendsten Szenen aus Horrorfilmen ein, die er zusammen mit Billy Smith und Kevin Pratt angesehen hatte. Und in seinem Kopf, in dem der Pfeifton nicht aufhören wollte, tobten sich die Twisted Sisters aus, zusammen mit Iron Maiden und Krokus und ein paar anderen Bands, die Brian zu Hause auf CD hatte, falls sie Pamela nicht ebenfalls wie Frisbees aus dem Fenster geworfen hatte.

Und die vier Geister oder Zombies begannen wie auf ein lautloses Kommando zu tanzen. So, als wären sie eben aus ihren modrigen Gräbern entstiegen, in denen ihre Särge längst verfault waren. Ihre sehnigen, weiß angestrichenen Arme und Beine bewegten sich ruckartig. Zuerst hoben sie den linken Fuß, an dessen Gelenk irgendwelche Muschelbänder hingen. Als sie mit dem Fuß auftraten, klapperten die Muscheln. Das Klappern ging in ein Rasseln über. Dieses Rasseln erzeugten sie dadurch, dass sie sofort den rechten Arm hoben und eine Kürbisrassel schüttelten, wenn sie den linken Fuß aufgesetzt hatten. Dann hoben sie den rechten Fuß und die linke Hand, in der sie einen Fächer aus Federn und Zweigen des Wacholderbusches hielten. Da diese Fächer kein Geräusch von sich gaben und die Gestalten am rechten Fußgelenk keine Muschelketten trugen, entstand beim Tanzen ein eigenartiger Rhythmus, der von einem unter den Masken hervorkommenden, auf- und abschwellenden Summton begleitet wurde.

Brian blieb wie angewurzelt stehen, als Ogram plötzlich hervortrat. Die tanzenden Geister nahmen sie in ihre Mitte. Ogram ließ sich auf dem Altar nieder. Links und rechts von ihr befanden sich zwei Schalen, die zu einer Pyramide aufgehäuftes Maisschrot enthielten. In jedem Häufchen steckten einige Federn und bemalte Holzstäbchen.

Ogram nahm einen runden Lederschild von der Wand, der mit roter und blauer Farbe bemalt war. Sie hob ihn mit beiden Händen hoch über ihren Kopf und stieß einen schrillen, durch Mark und Bein dringenden Schrei aus. In diesem Moment, als wäre der Schrei ein Signal, wurde die Matte von der Luke im Dach entfernt. Tageslicht fiel in den Raum. Lärm drang herein, während der Rauch in Schwaden nach draußen abzog. Brian, der sich direkt unter der Luke befand, trat zurück. Das Licht blendete ihn beinahe, aber er konnte trotzdem die Gestalt wahrnehmen, die über die Leiter in die Luke hineinstieg.

Es war Schwarzbär.

Er trug einen Rock aus Hirschleder. Seine muskulösen Beine und der nackte Oberkörper waren mit weißer Farbe bestrichen. Sein Haar hing ihm in dicken, mit Fett bepflasterten Strähnen über eine grässliche gehörnte Maske herunter. Über einem Arm lag ein Umhang aus Flaum und Federn vom Gefieder des Falken.

Die vier Geister unterbrachen ihren Tanz. Das Gesumme verstummte. Sie standen jetzt links und rechts von Ogram und rührten sich nicht mehr.

Draußen lärmten die Leute. Manchmal huschten Schatten über die helle viereckige Öffnung im Dach des Rundbaues.

Schwarzbär trat vor Ogram hin, und obwohl er Brian die Sicht verdeckte, konnte dieser sehen, dass Ogram die Felle von ihren Schultern und dem Körper gleiten ließ. Brian merkte, wie seine Knie butterweich wurden, und er fiel beinahe in Ohnmacht. Schwarzbär breitete den Federnumhang aus und legte ihn Ogram über die nackten Schultern. Sie erhob sich, und als sie zur Seite trat, konnte Brian sie sehen. Der Umhang bedeckte ihren nackten Körper vollständig. Darunter lugten ihre langen dünnen Beine hervor. Schwarzbär nahm ihr die Fellschuhe ab und sie breitete die Arme aus, und es sah beinahe aus, als hätte sie Flügel. Langsam stieg sie vom Altar herunter und kniete vor Schwarzbär nieder. Das Haar fiel ihr über das Gesicht und

Schwarzbär nahm eine Hand voll Maisschrot aus den Schalen und streute ihn über Ograms Scheitel aus.

Die vier Geister begannen erneut zu pfeifen und bald musste sich Brian wieder die Ohren zuhalten.

Ogram erhob sich. Ihr Blick traf Brian, aber Brian war nicht sicher, ob sie ihn überhaupt wahrnahm oder ob sie durch ihn hindurchschaute. Plötzlich, so schien es, befand sich Ogram in einem rauschähnlichen Zustand. In den großen Pupillen ihrer dunklen Augen glitzerte ein Licht, das Brian zuvor noch nie bei ihr gesehen hatte. War es möglich, dass ihr die Geister ein Rauschmittel eingegeben hatten, als er noch schlief? Was war in den frühen Morgenstunden geschehen, bevor ihn ein innerer Alarm aus seinem Traum gerissen hatte?

Brian verspürte das Verlangen, ihren Namen zu nennen. Er öffnete schon den Mund, aber es kam kein Laut über seine Lippen.

Der Pfeifton erstarb.

Die Geister tanzten. Ogram, die sich auf den Knien befand, wiegte ihren Körper hin und her. Ihre Arme waren ausgebreitet. Das Federkleid bewegte sich in der Hitze, die aus der Feuermulde stieg.

Schwarzbär tanzte nicht. Ganz langsam, einen Fuß vor den anderen setzend, umrundete er den Altar. Vor dem Altar, der nach Norden hin ausgerichtet war, blieb er stehen. In diesem Moment stieß Ogram wieder einen dieser grellen Schreie aus. Es klang, als stürzte sich ein jagender Falke vom Himmel, um seine Beute zu schlagen.

Sie schickten sich an, den Rundbau zu verlassen, nachdem Schwarzbär in der Gestalt einer Krötenechse auf seiner Runde viermal angehalten und Ogram jedes Mal den Schrei des Falken ausgestoßen hatte, der das Gesumme der vier Geister übertönte und draußen in der Höhle widerhallte.

Obwohl sich niemand um Brian kümmerte, versuchte dieser nicht das merkwürdige Ritual in irgendeiner Weise zu stören. Er rührte sich nicht, und obwohl es ihn drängte, Ogram anzureden, verhielt er sich still. Er beobachtete alles mit äußerster Aufmerksamkeit und versuchte sich von dem, was er zu sehen kriegte, so viel wie möglich einzuprägen. Brian hatte längst begriffen, dass er ungewollt aus nächster Nähe einem wichtigen Ereignis beiwohnte, auf das die Iksnisok wahrscheinlich schon seit einiger Zeit gewartet hatten. Es war, als ob vor seinen Augen ein Wunder geschehen würde, für das Brian keine Erklärung hatte. Die Verwandlung eines Mädchens in einen Falken.

Die Geister waren gekommen.

Fast eine Stunde lang tanzten sie unter der Erde. Dann erhob sich Ogram und folgte Schwarzbär, der die Leiter hinaufgestiegen war und den Raum durch die Luke verlassen hatte. Wie eine Schlafwandlerin ging ihm Ogram nach, ohne sich ein einziges Mal nach Brian umzusehen. Als auch sie durch die Luke verschwunden war, stiegen die Geister, einer nach dem anderen, die Leiter hoch, und sobald sie draußen waren, begannen die Iksnisok in der Höhle mit dem gleichen rhythmischen Gesumme. Die Decke des Rundbaues zitterte. Kleine trockene Dreckklumpen fielen durch die Ritzen zwischen den Stangen. Durch die Luke sah Brian Staub aufsteigen. Immer wieder vernahm er den schrillen Schrei, den Ogram ausstieß.

Lange Zeit wagte es Brian nicht, den Rundbau zu verlassen. Aber schließlich gab er sich einen Ruck und stieg langsam die Leiter hinauf. Vorsichtig streckte er den Kopf durch die Öffnung und lugte hinaus. Die Iksnisok hatten sich alle auf einem kleinen Platz versammelt und tanzten in einer Reihe hinter Schwarzbär und den vier Geistern. Ogram saß auf einem Stein, umgeben von einer Anzahl von Maisschrothäufchen, in denen bunte Vogelfedern steckten.

Brian kletterte ins Freie. Die Leute schienen ihn nicht zu sehen, obwohl sie alle zu ihm herschauten. Es schien, als gäbe es ihn gar nicht. Nicht einmal die buckelige Alte bemerkte ihn. Sie hockte bei einigen anderen Frauen am Boden und schlug mit ihrem krummen Stock auf eine Trommel ein.

Brian entfernte sich rückwärts gehend vom Rundbau. Erst im Durchgang, der in die obere Höhle führte, drehte er sich um und lief zur Hütte, in der er seinen Vater vermutete. Der kleine Raum war leer. Nichts mehr deutete darauf hin, dass er in letzter Zeit bewohnt gewesen war.

Der Boden der Feuermulde war zwar verbrannt, aber jemand hatte sogar die Asche ausgekehrt. Brian kauerte nieder und berührte die Erde am Rand der Feuermulde. Sie war noch ein bisschen warm.

Brian ging zum Tanzplatz zurück. Die Iksnisok ließen sich durch ihn nicht stören. Sie hatten um Ogram herum einen Kreis gebildet und tanzten zum Rhythmus einer Trommel, die von der Alten geschlagen wurde. Ogram wiegte sich mit ausgebreiteten Armen im Gesumme. Fast schien es, als schwebte sie durch das Licht der Morgensonne, in der Wolken von Staub und Rauch durcheinander wirbelten.

Brian entdeckte seinen Vater, als er auf das Flachdach des Rundbaues hinaufsprang, um nach ihm zu rufen. Er befand sich auf der anderen Seite des Tanzplatzes auf einem Felsen, der aussah, als wäre er wie ein längliches Geschwür aus dem Boden der Höhle gewachsen. Ein Geschwür mit einem Schlangenkopf. Neben ihm lag der Leichtmetallkoffer mit den Kassetten und den Ersatzbatterien für den Camcorder, den Mark Hill im Schulteranschlag auf seinen Sohn gerichtet hatte.

Brian sprang vom Flachdach herunter und lief an den Tanzenden und den Zuschauern vorbei zu seinem Vater. Als er beim Schlangenkopffelsen ankam, war sein Vater dabei, eine neue Kassette einzulegen.

»Jesus Christus, was haben sie mit dir gemacht«, keuchte Brian, der vor Aufregung außer Atem geraten war. »Die Hütte ist leer und aufgeräumt. Ich dachte schon, die Iksnisok hätten dich umgebracht.«

Mark Hill runzelte die Stirn. Mit Sorgfalt nahm er eine neue Kassette aus dem Koffer. Er tat, als bemerkte er die Anwesenheit seines Sohnes überhaupt nicht.

»Vater, was ist geschehen?« Brian kletterte auf den Felsen.

Jetzt hob Mark Hill den Kopf.

»Wo warst du die ganze Nacht?«, fragte er, ohne Brian direkt anzusehen.

»Ich habe mich mit Ogram getroffen«, sagte Brian.

»Die ganze Nacht?«

»Ja. Die ganze Nacht!«

Mark Hill klappte den Deckel an der Kamera zu. Sein Gesicht war blass, der Stoppelbart, der ihm während der letzten paar Tage gewachsen war, grau gesprenkelt. Er nahm den Camcorder an die Schulter und richtete ihn auf den Tanzkreis.

»Ich habe mich um Mitternacht mit Ogram getroffen. Es war eiskalt in der Höhle. Da beschlossen wir, den Rundbau dort aufzusuchen. Ich hatte keine Ahnung, dass er für die Iksnisok von besonderer Bedeutung ist.«

»Es ist ein Kiva«, sagte Mark Hill. »Eine heilige Stätte, die durch deine Anwesenheit wahrscheinlich entweiht worden ist.«

»Das wusste ich nicht«, sagte Brian. »Ogram sagte es mir erst, als wir drin waren. Sie nannte es das Haus der Geister. Wir unterhielten uns eine Weile. Ich wollte von ihr wissen, ob sie bereit ist, mit uns zu kommen, wenn wir hier weggehen.«

»Hast du sie gefragt?«

»Ja.«

»Und?«

»Sie scheint sich selbst nicht im Klaren darüber zu sein, was es für sie und die Iksnisok bedeuten würde, wenn man sie hier entdeckt.«

»Diese Frage erübrigt sich jetzt«, sagte Mark Hill. Er setzte die Kamera ab und legte sie auf die Oberschenkel seiner ausgestreckten Beine. »Ich weiß nicht, was geschehen wird, Champ, aber ich glaube, die Ankunft der Geister hat für uns nichts Gutes zu bedeuten.«

»Wie kommst du darauf? Die Iksnisok scheinen bester Laune zu sein. Sie vergnügen sich, als ob dieser Tag ihnen nichts als Glück und Freude bringen könnte.«

»Sie feiern das Ende eines langen Winters, Brian. Und den Beginn neuen Lebens.«

»Woher weißt du das?«

»Es kann nichts anderes sein. Ich habe über solche Dinge genug gelesen, Brian. Ähnliche Zeremonien werden heute noch bei den Hopi-Indianern und bei anderen Pueblo-Stämmen des Südwestens abgehalten. Ich glaube sogar zu wissen, was mit Ogram geschehen wird.«

»Was soll mit ihr geschehen? Sie scheint die Hauptperson dieses Tanzes zu sein.«

»Sie ist die Hauptperson, Brian. Und sie ist das Opfer.«

»Das Opfer? Du meinst, die Iksnisok bringen ihren Göttern Menschenopfer dar?« Brian merkte, wie sich in ihm plötzlich alles verkrampfte. Er wollte zum Tanzkreis hinunterlaufen und Ogram aus der Mitte der Iksnisok herausreißen, aber sein Vater legte ihm die Hand auf die Schulter. »Es gibt nichts, was du für Ogram tun kannst, Champ«, warnte er.

»Ich könnte sie befreien!«, stieß Brian scharf hervor. »Ich könnte für sie kämpfen!«

»Hast du mir nicht gestern selbst gesagt, dass dir die Iksnisok vertrauen, Brian?«

»Was hat das damit zu tun, dass sie Ogram möglicherweise umbringen?«

»Das hat damit zu tun, dass sie uns ungehindert an diesem Ritual teilnehmen lassen, Brian. So, als gäbe es uns überhaupt nicht. Sie haben mich heute früh aus der Hütte geholt und hierher getragen. Und sie brachten mir sogar den Camcorder, so als wollten sie mir sagen, dass ich ihnen ein willkommener Gast war. Was glaubst du, was geschehen würde, wenn wir diese Gastfreundschaft missbrauchten?«

»Wir können auf keinen Fall zusehen, wie sie ihren Göttern Ogram opfern, Vater!«, schnaufte Brian.

»Sie würden uns töten«, sagte Mark Hill hart. »Für die Iksnisok muss das einer der wichtigsten Tage des Jahres sein. Vielleicht sogar der wichtigste. An diesem Tag bestimmen die Geister über ihre Zukunft. Wenn wir sie dabei stören, bringen sie uns um. Das ist so sicher wie das Amen in der Kirche.«

»Lieber sterbe ich selbst, als dass ich tatenlos zusehe, wie Ogram umgebracht wird«, entgegnete Brian.

Die Iksnisok hörten nicht auf zu tanzen.

Es war ein warmer Tag. Selbst im Schatten der Steilwände, dort, wo die Sonne nicht hinreichte, schmolz das Eis.

An den Sonnenhängen verschwand der Schnee. Überall tropfte und gurgelte es, und unten, in den Tälern und Schluchten, schwollen die Bäche und Flüsse an und zerrten an den aufgeweichten Uferbänken.

Es war der erste Frühlingstag.

Das Fest bereitete den Iksnisok großes Vergnügen. Sie tanzten nahezu pausenlos. Eine Gestalt, die dick mit Lehm eingeschmiert war, schien die Zuschauer mit allerlei Kapriolen und Scherzen zu unterhalten. Brian und sein Vater verbrachten den ganzen Tag auf dem Schlangenkopffelsen und sahen dem merkwürdigen Treiben zu. Eine Frau brachte ihnen das Essen in zwei Schalen. Brian sagte seinem Vater nicht, dass die kleinen Brocken in der fetten Brühe wahrscheinlich Hundefleisch waren.

Als es dunkel wurde, kehrten die Geister in das Kiva zurück. Schwarzbär und die Tänzer nahmen Ogram in die Mitte und folgten ihnen.

Brian wünschte, er hätte irgendwie erfahren können, was sie mit Ogram vorhatten. Der Gedanke, dass man sie in der Nacht heimlich irgendwelchen blutrünstigen Geistern opfern würde, machte ihn ganz krank.

Brian half seinem Vater vom Schlangenkopffelsen herunter. Er führte ihn zurück zu ihrer Hütte, die vollkommen leer war.

In der Nacht wurde es wieder kalt. An den Felswänden gefror das Wasser.

Brian verließ die Hütte kurz vor Mitternacht. Aus dem Kiva drangen dumpfe Trommelschläge. Sonst war es still in der großen Höhle. Brian sah den Feuerwächter im unteren Teil der Höhle. Zusammengesunken saß er an seinem Platz und starrte vor sich hin.

Brian ging zur Felsnische, in der er sich letzte Nacht mit

Ogram getroffen hatte. Er wartete ungeduldig. Eine Stunde verstrich. Plötzlich tauchte ein Schatten auf. Es war Notna. Er war bis auf einen Rock aus Hirschleder nackt. Das Haar hing ihm zerzaust vom Kopf. Er kauerte vor Brian nieder. Brian packte ihn bei den Händen.

»Wo ist Ogram?«, stieß er leise hervor. »Warum kommt sie nicht?«

Notna streckte seine Hand aus. Im schwachen Licht, das vom Feuer kaum bis hierher reichte, erkannte Brian das Amulett, das Ogram um den Hals getragen hatte. Die Krötenechse aus Lehm. Notna gab einige abgehackte Laute von sich, dann verschwand er so lautlos, wie er gekommen war.

12. Kapitel

Die andere Wirklichkeit

Die Geister brachten Ogram aus dem Kiva. Die Iksnisok hatten vom Kiva bis zum Rand der Höhle ein Spalier gebildet und sie jubelten Ogram zu, und alle streckten Büschel aus Wacholderzweigen aus, um das Federkleid Ograms zu berühren. Ogram ging mit leichenblassem Gesicht auf den Abgrund zu und es schien, als schwebte sie. Brian schaute ganz genau hin, und es erschien ihm wie ein Wunder, aber Ograms nackte Füße berührten den Boden nicht.

Am Abgrund blieb sie stehen. Nebel kam aus der Tiefe der Schlucht. Die Sonne brannte in Ograms Augen, die in die Ferne gerichtet waren. Und aus dieser Sonne heraus flog die alte Eule. Die Geister verbeugten sich vor ihr und die Iksnisok fielen auf die Knie.

Jetzt kam Schwarzbär aus dem Kiva. Er hatte zwei Schalen in den Händen. In jeder Schale befand sich ein Häufchen Maisschrot. Als Schwarzbär näher kam, konnte Brian erkennen, dass in den Häufchen keine Federn steckten, sondern zwei Zahnbürsten. Die linke war blau, die rechte rot. Die rote war seine eigene, die blaue gehörte seinem Vater. Hinter Schwarzbär kamen Notna und Oremor durch das Spalier. Sie waren in eine rostrote Uniform gekleidet, genau wie die Gepäckträger des Omni-Hotels in Downtown Baltimore. Notna trug den grauen Reisekoffer von

Mark Hill, Oremor die Adidas-Reisetasche von Brian. Mit steinernen Gesichtern gingen sie zum Abgrund, öffneten die Gepäckstücke und warfen den Inhalt in die Schlucht hinunter. Brian sah seine gelbe Unterhose zwischen anderem Zeug herumflattern wie ein frisch ausgeschlüpfter Zitronenfalter.

Am Abgrund hob Ogram die Arme, die zu Flügeln geworden waren. Jetzt hielt es Brian nicht mehr aus. Er rannte durch das Spalier auf Ogram zu. Die Iksnisok versuchten ihn aufzuhalten. Sie griffen nach ihm und zerrten ihm die Kleider vom Leib. Brian schrie aus Leibeskräften, während er vorwärts taumelte. Die Geister, die links und rechts von Ogram standen, pfiffen durch die Knochenröhrchen, die sie im Mund hatten. Sie warfen Maismehl in die Luft und die Sonne verdunkelte sich. Die buckelige Alte warf ihren Stock zwischen Brians Beine. Er stolperte und stürzte im gleichen Moment, als Ogram vom Rand des Felsvorsprunges in den Abgrund sprang. Hart schlug Brian mit dem Gesicht am Boden auf. Er wollte sofort hochspringen, aber das gelang ihm nicht. Er war wie gelähmt. Drei Schritte von ihm entfernt, dort, wo Ogram gestanden hatte, kroch Eleanor aus einer Felsspalte. Ganz langsam kam sie auf Brian zu. Und sie wurde dabei größer und größer. Brian stemmte sich hoch. Die Echse öffnete den Mund und sie hatte die Stimme seines Vaters.

»Champ! Wach auf, Champ!«

Brian schrak hoch. Er war schweißgebadet. Sein linker Arm, der angewinkelt unter seinem Körper gelegen hatte, war taub. Sein Kopf schmerzte. Für Sekunden wusste er nicht, wo er war. Dunkelheit umgab ihn. Und eine Stille, in der sich der Atem seines Vaters anhörte wie das Schnaufen eines alten Nilpferdes.

Mark Hill legte ihm die Hand auf den Arm.

»Es ist irgendetwas geschehen«, flüsterte er. »Hörst du was?«

Brian lauschte angestrengt. Fast eine Minute verstrich. Die Stille war so vollkommen, dass es ihm schien, als hätte man ihn und seinen Vater in einen Raum eingesperrt, der hermetisch verschlossen war und dessen Wände nicht den geringsten Ton durchließen.

»Ich höre nichts«, sagte Brian leise.

»Eben«, entgegnete sein Vater.

Brian schwieg. Sein Herz hämmerte noch immer in seiner Brust. Der Traum hatte ihn ziemlich mitgenommen. Er wischte sich den Schweiß von der Stirn.

»Es ist unnatürlich still«, sagte Mark Hill nach einer Weile. »So, als ob wir ganz allein wären.«

»Die Iksnisok schlafen wahrscheinlich alle, nachdem sie so lange gefeiert haben«, sagte Brian. Er warf einen Blick auf seine Armbanduhr. Es war schon beinahe sieben Uhr. Die Sonne musste längst aufgegangen sein.

Er kroch zum Eingang und schlug den Felllappen zurück.

Die Sonne schien in die Höhle. Aus der Schlucht drang das Rauschen des Baches zu ihnen hoch. Von den nassen Felswänden tropfte das Wasser.

Brian kroch aus der Hütte und sprang auf. Dort, wo sonst das Kochfeuer gebrannt hatte, stieg kein Rauch auf. Es war merkwürdig still in der Höhle. Brian entfernte sich langsam von der Hütte und sah sich dabei nach allen Seiten um. Die Hütteneingänge waren alle offen. Die Töpfe und Körbe, die gestern noch überall herumgestanden hatten, waren alle verschwunden. Stücke eines geborstenen Mahlsteines lagen in der Nähe einer kleinen Vorratskammer, deren Eingang sonst immer mit einem Stück Fell verhängt gewesen war. Die langen Leiterstangen, die aus den Luken der oberen Gebäude herausgeragt hatten, waren verschwunden.

Brian drehte sich im Kreis, während er sich ungläubig umblickte.

Die Höhle machte den Eindruck, als wäre sie seit vielen Jahren nicht mehr bewohnt gewesen. Nur der Geruch der niedergebrannten Feuer hing noch schwach in der Luft.

»Ogram!«, rief Brian zuerst nur halblaut. Er bekam keine Antwort. Sein Vater kroch aus der Hütte und richtete sich an der Mauer auf.

»Ogram!«

Brians Stimme schallte durch die Höhle. Nichts rührte sich. Kein Geräusch war zu hören.

»Sie sind weg«, sagte Brian, der wie vom Donner gerührt war. »Wir sind ganz allein hier, Vater. Die Iksnisok haben die Höhle verlassen.«

Auch Mark Hill war völlig verdutzt. Es schien tatsächlich, als hätten sich die Iksnisok über Nacht mit Hab und Gut, mit Kind und Kegel aus dem Staub gemacht. Und zwar auf so leisen Sohlen, dass weder Mark Hill noch Brian auch nur das geringste Geräusch gehört hatten.

»Das verstehe ich nicht«, sagte Mark Hill nach einer Weile. »Gestern war hier der Teufel los und heute herrscht ein Friede, als ob seit tausend Jahren niemand mehr hier gewesen wäre.«

»Sie können sich nicht in Luft aufgelöst haben«, sagte Brian ratlos. »Außer, es sind keine Menschen, sondern doch irgendwelche Wesen aus dem All.« Er begann in der Höhle herumzugehen. Die Iksnisok hatten sich anscheinend Mühe gegeben, keine Spuren zu hinterlassen. Alles war säuberlich aufgeräumt. Die Feuerstellen waren ausgefegt worden. Sämtliche Hütten waren leer. In einer Vorratskammer fand Brian noch einige kleine harte Maiskolben und Piñonnüsse. In der unteren Höhle war der Tanzplatz noch mit Maisschrot bestreut, aber der Wind, der ab und zu aufkam und in die Höhle hineinwehte, trieb die Körner wie Sand über blanken Fels. Das Kiva war leer. Keine Masken. Kein Weihrauchgefäß. Keine Trommel. Nichts.

Das Feuer, über das ein Iksnisok gewacht hatte, so dass es niemals ganz ausgehen würde, war niedergebrannt. Einige Flaumfedern von Ograms Umhang schwebten durch die Höhle, von einem Windstoß aufgewirbelt wie Herbstblätter vom letzten Jahr.

Brian ging in die obere Höhle zurück. Er durchsuchte alle Hütten in der Hoffnung, dass Ogram etwas für ihn zurückgelassen hatte. Aber er fand nichts. Schließlich ging er zum Rand des Abgrundes und schaute in die Schlucht hinunter. Von hier hatte sich Ogram in seinem Traum in die Tiefe gestürzt. Brian blieb lange am Abgrund stehen. Einmal glaubte er tief unten in der Schlucht etwas Gelbes leuchten zu sehen, aber dann war es gleich wieder verschwunden. Er war eigentlich froh, dass die Wirklichkeit eine andere war als der Traum. Im Moment wusste er nur nicht so recht, ob er jetzt träumte und die Wirklichkeit aufgehört hatte, als er aus dem Schlaf aufgewacht war. Er griff in die Tasche seines Parkas und seine Finger umschlossen die kleine Krötenechse, die ihm Notna gebracht hatte. Er nahm sie heraus und öffnete die Finger. Die Krötenechse ruhte auf seiner Handfläche und Brian streckte den Arm über den Abgrund hinaus.

Irgendwo dort draußen, in dieser pfadlosen Wildnis, war Ogram. Und ihre Worte fielen ihm ein, und ihre Stimme war so deutlich, als stünde sie in diesem Augenblick vor ihm. »Wenn du einmal am Morgen aufwachst und nichts ist mehr so, wie es am Tag zuvor war, frag Tu-ma-moc nach ihrem Geheimnis.«

»Was ist dein Geheimnis, Tu-ma-moc?«, fragte Brian halblaut.

Natürlich gab ihm das kleine Tier aus Lehm keine Antwort. Brian dachte für einen Moment daran, es in den Abgrund fallen zu lassen, aber dann steckte er es ein und ging zurück zur Hütte, wo sein Vater ihn erwartete.

Sie verbrachten den Morgen in der Höhle. Am Nachmittag wurde es so warm, dass der Schnee sogar im Schatten der Felswände zu schmelzen begann. Nie zuvor hatte Brian einen so schnellen Übergang vom Winter in den Frühling erlebt.

Gegen vier Uhr hörten sie ein Flugzeug, das zweimal in der Nähe vorbeiflog. Brian hatte auf dem Felsvorsprung ein Feuer entfacht, aber der warme Wind trieb den Rauch an den Felsen entlang tiefer in den Canyon hinein.

Im Stillen hoffte Brian, die Iksnisok würden zurückkehren.

Einmal hörte er einen Schrei, der aus der Ferne zu den Höhlen hochkam. War es der Schrei eines jagenden Falken oder hatte ihn Ogram ausgestoßen, um ihm zu signalisieren, dass die Iksnisok noch in der Nähe waren?

Nach dem Schrei blieb es still.

Brian ging den schmalen Felspfad hinunter in den Canyon. Links und rechts von ihm rauschten Wasser in die Tiefe. Nur noch in wenigen dunklen Winkeln hingen Eisgebilde von scharfen Felskanten.

Brian fand eine Stelle, wo er den wilden Bach überqueren konnte. Er folgte dem Pfad talwärts bis zum Ende der Schlucht. Zu seiner Überraschung fand er dort auf einem Steinbrocken einen Rasierspiegel, der mit dem anderen Zeug in dem geheimen Loch gelegen hatte. Notna musste ihn zurückgelassen haben. Er lag so auf dem Stein, dass ihn ein zufällig Vorbeikommender sofort gesehen hätte.

Brian blieb eine Weile am Anfang des Canyons und ließ

seinen Blick durch das Tal hinauf- und hinunterschweifen. Von den Iksnisok war keine Spur zurückgeblieben. Entweder hatten sie das Tal dort durchquert, wo inzwischen die Sonne den Schnee weggeschmolzen hatte und der Boden mit Geröll bedeckt war, oder sie waren von einem Ufo aufgenommen worden. Bis auf das Rauschen und Gurgeln, mit dem das Wasser zu Tal floss, war es totenstill. Brian entdeckte einen Falken, der zuoberst auf dem Ast eines abgestorbenen Cottonwoods saß. Der Falke äugte herüber.

»Weißt du vielleicht, was geschehen ist?«, rief ihm Brian zu.

Der Falke rührte sich nicht.

Schließlich wollte sich Brian auf den Rückweg machen. Da vernahm er erneut Motorengeräusch, das von Süden her kam. Nach einigen Minuten tauchte über den Wipfeln der Bäume eine Cessna auf. Sie flog den Fluss entlang, etwa in einer Höhe von zweihundert Metern. Das Sonnenlicht glänzte auf ihren Flügeln und leuchtete im Seitenfenster. Brian rannte über das Geröll ins Tal hinaus, schrie und winkte zu dem Flugzeug hoch, aber man entdeckte ihn nicht.

Die Cessna verschwand hinter einer Talkrümmung und nach einigen Minuten war nicht einmal mehr ihr Motor zu hören.

Brians Vater drängte, zum Wrack von »Blue Jay« zurückzugehen. Am nächsten Tag schnitt Brian für ihn zwei Krückstöcke und sie machten sich auf den Weg. Obwohl sie den kürzeren Weg gingen, kamen sie erst am Spätnachmittag dort an. Der lange Marsch zehrte an Mark Hills Kräften. Völlig erschöpft brach er am Rand der Senke zusammen. Brian schleppte ihn durch Schneereste zum Ufer des Tümpels, dessen Eisdecke große schwarze Löcher hatte.

Das Wrack von »Blue Jay« lag zwar immer noch unter einem Berg von Ästen, aber überall schimmerte blaues Metall durch. Der Schnee, den die Iksnisok auf die Äste geworfen hatten, war nahezu weggeschmolzen.

Brian räumte die Äste weg und verstreute die verbeulten Blechstücke überall in der Senke, so dass man sie aus der Luft gut sehen konnte. Dann brachte er seinen Vater im Flugzeug unter, in dem inzwischen ein paar Eichhörnchen gehaust hatten.

Alles, was die Iksnisok nicht mitgenommen hatten, war noch da. Auch der schwarze Koffer und die Reisetasche mit Brians gelber Unterhose.

Mark Hill wollte sich unbedingt rasieren, aber Brian vertröstete seinen Vater auf den nächsten Morgen, an dem man sie nun ganz bestimmt entdecken würde.

Am nächsten Tag war jedoch der Himmel bedeckt.

Brian machte trotzdem ein Feuer.

Der Tag verging, und außer den Piñonnüssen, die Brian in den Vorratskammern der Höhle zusammengekratzt hatte, gab es nichts zu essen. Am Abend ließ die Bewölkung nach und Brian machte ein riesiges Feuer. Bis um Mitternacht zählte Brian sieben Verkehrsmaschinen, die das Gebiet überflogen. Er konnte ihre Positionslichter an den Flügeln blinken sehen, aber er war sicher, dass seinem Feuer niemand dort oben Beachtung schenkte.

Am Morgen ging die Sonne auf. Der Himmel war wolkenlos. Brian und sein Vater verließen das Wrack. Mark Hill rasierte sich unten am Teich. Er war nervös und ungeduldig. Als gegen Mittag noch immer kein Suchflugzeug erschienen war, meinte er enttäuscht, dass man die Suche nach ihnen nun doch eingestellt hatte.

»Solange sie das Wrack nicht gefunden haben, geben sie nicht auf«, versuchte Brian seinen Vater zu trösten.

Der Rauch vom Feuer stieg senkrecht in den Himmel. Man hätte ihn von weit her sehen müssen.

Am Nachmittag wurde es so warm, dass Brian sogar sein Hemd auszog. Er ging hinunter zum Teich und wusch sich von Kopf bis Fuß mit eiskaltem Wasser. Mark Hill nahm den Camcorder aus dem Koffer und wollte seinen Sohn dabei filmen, aber als er ihn einschaltete, bemerkte er, dass keine Kassette eingelegt war.

»Was hast du mit dem Film von der Höhle gemacht?«, rief er zum Teich hinunter.

Brian richtete sich am Ufer auf.

»Was meinst du?«, fragte er zurück. »Was soll mit dem Film sein?«

»Die Kamera ist leer, Brian.«

Brian packte sein Zeug zusammen und lief zum Wrack hoch. Tatsächlich war keine Kassette in der Kamera. Auch die Ersatzkassetten im Koffer fehlten.

»Jemand muss sie unbemerkt herausgenommen haben«, stieß Brian bestürzt hervor, »damit uns der einzige Beweis fehlt, dass es die Iksnisok tatsächlich gibt.«

»Der einzige Beweis, dass es sie gab«, verbesserte Mark Hill. »Sie sind so spurlos verschwunden, dass ich jetzt schon zweifle, dass es sie tatsächlich gibt.«

»Dann werden wir niemandem etwas von den Iksnisok sagen«, schlug Brian vor.

»Das wäre falsch, Brian«, widersprach Mark Hill. »Wir müssen von den Iksnisok erzählen, damit etwas zu ihrem Schutz getan werden kann. Sie haben nur dann eine Chance, wenn wir nichts dem Zufall überlassen. Stell dir vor, was passieren würde, wenn irgendwelche Sommertouristen oder ein paar Jäger auf die Iksnisok stoßen würden. Das wäre der Untergang.«

»Niemand wird uns glauben. Nicht ohne Filme.«

»Die Höhle existiert zumindest. Heutzutage ist es nicht schwierig festzustellen, dass dort vor kurzem Leute gehaust haben.«

»Man wird uns für verrückt erklären und einsperren«, beharrte Brian. »Und kein Mensch wird sich die Mühe machen, die Höhle zu untersuchen. Es ist nicht einmal ein einziger kleiner Mord passiert, von dem die Zeitungen schreiben könnten. Wir sind nicht ausgeraubt worden und man hat uns nicht vorübergehend auf einen anderen Planeten verschleppt. Wir waren einfach eine Zeit lang verschollen und man wird schreiben, dass wir wahrscheinlich viel Glück hatten.« Brian schüttelte den Kopf. »Das ergibt nicht einmal eine Schlagzeile auf der Titelseite.«

»Dann müssen wir ihnen von den Geistern erzählen, die uns erschienen sind.« Mark Hill legte seinem Sohn den Arm um die Schultern. »Wir werden hierher zurückkehren, Champ«, versprach er. »Wir sind es den Iksnisok schuldig, dass wir alles versuchen, um sie vor dem Untergang zu bewahren. Wir werden hierher zurückkommen und das Rätsel lösen.«

Brian atmete auf. Das Wichtigste an diesem Rätsel war für ihn Ogram. Er dachte jede Minute mindestens achtzehnmal an sie und er wusste nicht, wie lange sein Herz das mitmachen würde.

Der Helikopter überflog die Senke kurz nach Sonnenuntergang. Brian schwenkte wie verrückt ein Stück der Plane hin und her, aber das nützte nichts; der Helikopter verschwand hinter dem Talhang. Das klopfende Geräusch des Rotors wurde schwächer und schwächer.

»Diese Pfeffersäcke müssen blind sein«, rief er enttäuscht. Er wollte schon zum Feuer gehen, um mehr Äste in die Flammen zu werfen, als das Geräusch wieder lauter wurde. Und lauter und lauter. Brian starrte zum Talhang hinüber, wo der Helikopter verschwunden war, und nach kurzer Zeit tauchte er etwas weiter südlich wieder auf und flog über die Baumwipfel hinweg ins Tal hinein. Sein Suchscheinwerfer ging an und das gleißende Licht huschte über die Senke und den Teich und das Wrack von »Blue Jay«. Brian ließ das Planenstück sinken. Seine Schultern fielen herab. Er merkte, wie seine Knie zu zittern anfingen.

Sein Vater kam aus dem Wrack. Auf die zwei Krückstöcke gestützt, humpelte er herüber und blieb neben seinem Sohn stehen.

Der Helikopter landete etwa 30 Schritte entfernt. Zwei Männer stiegen aus. Sie trugen dunkelblaue Uniformen. Eilig kamen sie herüber.

»Hill?«, rief einer von ihnen. »Sind Sie Mark Hill?«

Brian hörte, wie sein Vater tief Luft holte.

»Das bin ich«, sagte er. Die beiden Männer blieben vor ihm stehen. Sie betrachteten Mark Hill und seinen Sohn, als wären sie nicht ganz sicher, ob sie es wirklich waren oder ob es sich vielleicht um Geister handelte.

»Captain Gruber, United States Air Force«, sagte der ältere der beiden Männer und legte die Hand an seine Stirn. »Das ist Lieutenant Cooper. Entschuldigen Sie bitte, Mr. Hill, dass wir ziemlich verdutzt sind. Wir haben zwar gestern einen anonymen Anruf gekriegt, in dem uns die ungefähre Lage der Absturzstelle mitgeteilt wurde, aber ich glaube, es hat niemand damit gerechnet, Sie und Ihren Sohn in einem solch guten Zustand vorzufinden.«

»Wir suchen seit Tagen nach Ihnen und Ihrem Sohn, Sir«, ergänzte der Lieutenant. »Der Anruf kam völlig überraschend.« Er zeigte mit einem Lächeln im Gesicht auf Mark Hills Bein. »Es scheint, als ob Sie sich ganz schön zu helfen gewusst hätten.«

»Wir hatten zufällig einen Sack Gips dabei«, log Mark Hill, ohne rot zu werden.

»Gips?« Captain Gruber runzelte argwöhnisch die Stirn.

»Außerdem trafen wir auf einen Iksnisok-Medizinmann, Sir«, ergänzte Brian mit breitem Grinsen im Gesicht.

Die beiden Offiziere der amerikanischen Luftwaffe wechselten einen viel sagenden Blick. Es war klar, dass sie weder Mark Hill noch Brian trauen konnten. Wer so lange in der Einsamkeit verschollen war, konnte unmöglich ohne einen mehr oder weniger gravierenden Dachschaden davongekommen sein. Captain Gruber trat mit einem verständnisvollen Lächeln vor.

»Sir, wenn Ihr Gepäck bereit ist, fliegen wir Sie umgehend nach Silver City. Ich glaube, es ist dringend angeraten, dass Sie und Ihr Sohn erst einmal in ärztliche Obhut gebracht werden.«

»Unsere Koffer sind gepackt, Captain«, sagte Mark Hill mit gespielter Ernsthaftigkeit. Dann ließ er seine Krückstöcke fallen und umarmte seinen Sohn, während die beiden Offiziere betreten auf ihre Militärstiefel hinunterblickten.

Natürlich glaubte ihnen die Geschichte von den Iksnisok niemand.

Auf dem kleinen Flugplatz von Silver City rief Mark Hill sofort zu Hause an, aber dort war nur seine Schwägerin. Sie teilte ihm mit, dass Susan und Pamela mit Murray bereits nach Tucson unterwegs waren. Danach wurden sie von einem Notarztwagen ins Krankenhaus gefahren. Schon unterwegs dorthin sprach der Arzt von Stressfaktoren und Schockeinwirkungen, die erfahrungsgemäß zu mehr oder weniger schweren Bewusstseinsveränderungen führen könnten.

Mark Hill gab zu bedenken, dass sein Bewusstsein nicht mehr so leicht aus dem Gleichgewicht zu bringen war, seit er in Vietnam die Hölle erlebt hatte. Außerdem sei es doch ziemlich eindeutig, dass ihm jemand den gebrochenen Unterschenkel ziemlich fachmännisch eingegipst hätte.

Dafür hatte der Arzt natürlich auch keine Erkärung, aber, so meinte er, die Untersuchung würde bestimmt einige Ungereimtheiten erklären.

Es kam nicht zu einer Untersuchung, obwohl im städtischen Krankenhaus alles zur Aufnahme der inzwischen im ganzen Land berühmt gewordenen Patienten vorbereitet worden war. Ein halbes dutzend fröhlicher Krankenschwestern bildeten händeklatschend ein Empfangskomitee. In der Hallte filmten Kameraleute einer lokalen TV-Station hinter Gummibäumen aus Plastik hervor. Der Chefarzt und mehrere Unterärzte und Assistenten standen weiß bekittelt und mit einem chromblitzenden Rollstuhl am Portal, wo die Ambulanz anhielt. Mindestens drei dutzend neugierige Bürger der Stadt hatten sich eingefunden.

Mark Hill verzichtete darauf, vom Rollstuhl Gebrauch zu machen. Eine Schwester brachte ihm zwei Krücken und irgendjemand drückte Brian einen großen Strauß dunkelroter Nelken vor die Brust. Die Kamera surrte und ein Reporter fragte Mark Hill, welche Botschaft er nach der wundersamen Rettung für die Welt hätte.

»Wir hatten Glück, dass wir dort draußen nicht allein waren«, sagte er dem verblüfften Reporter.

Es kam sofort zu einem Tumult. Der Reporter wollte natürlich mehr wissen, aber die Ärzte fuhren Mark Hill und Brian erst einmal in ein Untersuchungszimmer, wo ihnen Mark Hill kurz von den Iksnisok erzählte. Die Ärzte lächelten und schlugen vor, mit einer umfassenden medizinischen Untersuchung zu beginnen, um die Folgen der

Schockeinwirkung genauestens festzustellen. Da platzte Mark Hill der Kragen.

»Meine Herren, Sie haben es hier nicht mit einem Verrückten zu tun«, fuhr er die Ärzte an. »Mein Sohn und ich hätten die Tage dort draußen in dieser eisigen Wildnis niemals überlebt, wenn wir von den Iksnisok nicht aufgenommen worden wären! Und damit ist alles gesagt, was zu sagen ist. Mein Sohn und ich, wir sind nicht verrückt. Wir leiden auch nicht unter irgendeiner Schockeinwirkung.«

Später telefonierte er mit Frank Finkeltraub in Tucson, um ihm mitzuteilen, dass sie Silver City am nächsten Morgen mit der ersten Linienmaschine verlassen und nach Tucson fliegen würden.

Finkeltraub wusste auch schon Bescheid. Man hatte in den Nachrichten bereits über die Rettung des Tierfilmers Mark Hill und seines Sohnes Brian berichtet. Was mit dieser dämlichen Geschichte los sei, wollte Finkeltraub wissen.

»Welche Geschichte meinst du?«, fragte Mark Hill zurück.

»Mit den geheimnisvollen Wesen, die ihr gesehen haben wollt.«

»Wir haben sie nicht nur gesehen, Frank, wir wurden von ihnen aufgenommen.«

»Hör mal, das Gebiet ist doch seit hundert Jahren schon kein leerer Fleck mehr auf der Landkarte«, wandte Finkeltraub ein. »Es gibt dort keine Höhlenbewohner mehr. Das ist absolut sicher.«

»Du glaubst mir also auch nicht?«

Finkeltraub lachte. »Natürlich nicht, alter Freund. Bestimmt hast du dir beim Absturz den Kopf angeschlagen, und danach sind dir diese Hicknock begegnet. So was kommt gern mal vor, wenn man grad mal dem Teufel von der Schippe gesprungen ist.«

»Iksnisok, Frank«, sagte Mark Hill.

»Wie bitte?«

»Iksnisok heißen die Leute.«

»Iksnisok? Hm, das ist doch wurscht. Hauptsache, ihr beide habt es überstanden. Wir warten hier alle ungeduldig auf eure Ankunft. Die Sache war für die Presse und das Fernsehen ein Fressen. Man hat die ganze Woche lang Ausschnitte aus deinen Filmen gezeigt. Susan war mehrere Male im Fernsehen. Und Pamela. CBS hat sogar Murray gefilmt, wie er aus dem Fenster in voller Trauer den Mond anheulte.«

»Das tut er, wenn er dringend mal zum Kacken raus muss«, sagte Mark Hill.

»Ist doch egal. Hauptsache, es hat gewirkt. Ihr beide seid die Helden der Nation. Vielleicht kriegt ihr sogar 'ne Einladung vom Präsidenten. Ich würde an deiner Stelle nur etwas vorsichtiger mit diesen Hicknock sein, Mark.«

»Iksnisok«, verbesserte Mark Hill. Dann legte er auf.

In Tucson war der Teufel los. Mehr als tausend Leute kamen zum Internationalen Flughafen, um Mark Hill und seinen Sohn zu empfangen. Es wimmelte von Reportern und Kameras. CBS war da, ABC und NBC. Das waren die drei großen Fernsehanstalten des Landes. Die Kabel-Stationen hatten ihre Leute ausgeschickt und von der größten Zeitung des Landes waren Reporter da. Das Empfangskomitee der Stadt bestand aus dem Bürgermeister und mehreren Mitgliedern des Stadtrates. Ein Schulchor sang »Tie a yellow ribbon to the old oak tree«, und dann spielte die Band der Universität von Arizona. Brian und sein Vater wurden gefeiert, als wären sie von der ersten erfolgreichen Landung auf dem Mars zurückgekehrt.

Natürlich war auch Frank Finkeltraub, Zoologe und Experte für Wüstentiere, da. Er hatte sich inzwischen bei mehreren Fachleuten erkundigt und war felsenfest davon überzeugt, dass es im Gebiet der Gila River Wilderness keine unentdeckten Indianer mehr gab. Für den nächsten Tag hatte er ein Treffen arrangiert mit Professor Albert Barnitz, einem der bekanntesten Anthropologen der heutigen Zeit, und mit Professor James Darlington, einem Ethnologen an der Universität von Arizona.

»Bis dahin solltest du möglichst niemandem von deinen Hicknocks erzählen, mein Freund«, warnte er Mark Hill noch am Flughafen.

Aber die Presseleute fielen wie Hyänen über die beiden so lange Verschollenen her. Tausend Fragen prasselten gleichzeitig auf sie ein. Die Sache mit den merkwürdigen Lebewesen war bereits in aller Munde. Es nützte nichts, dass Finkeltraub versuchte die Reporter abzuwimmeln, indem er ihnen sagte, dass Mark Hill und sein Sohn nach den unmenschlichen Strapazen der letzten Tage dringend etwas Ruhe benötigten.

»Das Zeug muss in New York in die Abendnachrichten«, rief der CBS-Reporter ungeduldig. »Alles, was wir verlangen, ist ein bisschen Verständnis und Zusammenarbeit.«

»Zum Teufel mit den Abendnachrichten«, knurrte Finkeltraub.

»Mr. Hill hat uns noch nicht plausibel erkärt, wie er zu seinem eher merkwürdigen Beinverband kommt«, rief ein Reporter von NBC.

»Wer sind die Iksnisok?«, rief ein anderer. »Sind es Menschen oder sind es Wesen aus dem All?«

»Wie sehen sie aus? Vielleicht grün, mit Antennen auf dem Kopf?«

»Brian, hast du diese merkwürdigen Wesen auch gesehen, die dein Vater gesehen haben will?«

»Was wollten sie von euch?«

»Sahen sie aus wie große weiße Ameisen?«

Polizisten mussten die Reporter zurückhalten. Finkeltraub packte Brian am Arm. »Komm, diese Hyänen reißen dich sonst in Stücke«, schnappte er.

Es gelang ihnen der Menge zu entkommen. Draußen, im grellen Licht der Sonne, wartete eine Limousine mit Chauffeur und verdunkelten Scheiben. Polizisten hielten einige hundert Neugierige zurück. Kameras blitzten. Brian half seinem Vater einzusteigen. Als er selbst auf dem hinteren Sitz Platz genommen hatte, erspähte er durchs Seitenfenster plötzlich ein Gesicht in der Menge, das ihm so deutlich in Erinnerung geblieben war, als hätte er es damals für immer eingefangen, als er zum ersten Mal im Sucher seines Camcorders heranzoomte.

Es war Ogram! Mit seiner Baseballmütze auf dem Kopf.

Für einen Augenblick war Brian nicht ganz sicher, ob er Ogram dort draußen im gleißenden Sonnenlicht tatsächlich sah oder ob ihm sein inneres Auge wieder einmal einen bösen Streich spielte. Es konnte gar nicht anders sein, denn als er genauer hinschaute, war das Gesicht und seine Baseballmütze schon wieder verschwunden.

Die Reporter belagerten das Hotel die ganze Nacht. Am späten Morgen kam Susan Hill in Tucson an. Mit Pamela und Murray. Das Wiedersehen war ein einziges Drama. Pamelas Gesicht war von Mumps noch immer ein bisschen verschwollen. »Ich habe immer gewusst, dass mein Vater und mein Bruder noch am Leben sind«, behauptete sie vor den Kameras auf dem Flughafen. Murray war vom Flug derart beduselt, dass er andauernd den Kopf schüttelte, so als hätte er irgendetwas in den Ohren. Außerdem hatte er offenbar Gleichgewichtsstörungen, denn als er einem Kameramann gegen die Cowboystiefel pinkelte, kippte er zur Seite und fiel um.

Brian wurde an diesem Morgen einfach das Gefühl nicht los, als würde er andauernd beobachtet. Es war das gleiche Gefühl, das er am Tag nach der Bruchlandung in der Wildnis erfahren hatte, als er sich aufmachte, um einen Weg aus den Bergen zu finden.

Er sagte niemandem etwas. Nicht einmal seinem Vater.

Um zehn Uhr trafen sie sich in der Universität mit Professor Barnitz und Professor Darlington. Außerdem waren zwei Ranger vom National Forest Service zugegen, von denen Finkeltraub behauptete, dass sie die Gila River Wilderness so gut kannten wie ihre Handrücken.

Alle waren sich darüber einig, dass es nirgendwo in Nordamerika noch unentdeckte Ureinwohner gab. Nicht einmal in Alaska. Barnitz hielt einen kurzen Vortrag über die ehemaligen Bewohner des Gebietes um Silver City. »Die Letzten, die dort gehaust haben, gehören zur Mogollon-Kultur. Nach unseren Schätzungen haben sie das Gebiet vor ungefähr 600 Jahren aus Gründen verlassen, über die wir heutzutage nicht genau Bescheid wissen.«

»Wir nehmen an, dass diese Höhlenbewohner in das Tal des Rio Grande gezogen sind und sich mit den dortigen Pueblo-Indianern vermischt haben«, erklärte Darlington.

Die beiden Ranger vom Forest Service gaben bekannt, dass es im Gila-River-Wildnisgebiet keinen Fußbreit Boden mehr gab, der nicht bereits ausgekundschaftet und untersucht worden sei.

»Wenn es dort noch irgendwelche prähistorischen Indianer gäbe, wäre uns das bestimmt nicht verborgen geblieben.«

»Wir haben die Leute gefilmt«, wandte Mark Hill ein. »Leider sind uns die Filme entwendet worden.«

»Schade«, meinte Barnitz mit einem Schmunzeln. »Sonst gibt es wohl nichts, was Sie uns vorzeigen könnten.«

Brian, der die ganze Zeit geschwiegen hatte, nahm jetzt die kleine Krötenechse aus der Hosentasche und hielt sie dem Professor auf der ausgestreckten Hand entgegen.

»Dieses kleine Amulett hat mir ein Iksnisok-Mädchen geschenkt«, sagte Brian. »Im Tausch gegen meine Baseballmütze.«

Barnitz setzte seine Brille auf und nahm die kleine Krötenechse mit spitzen Fingern von Brians Handfläche. Er betrachtete sie eine Weile und gab sie dann an Darlington weiter.

»Einer der typischen Fetische aus der damaligen Pueblo-Periode«, erklärte Barnitz. »Hervorragend gearbeitet und in einem erstklassigen Zustand. Wir haben davon im Keller dieser Universität Karteikästen voll, Brian. Zusammen mit Geschossspitzen, Werkzeugen, Kochgeschirr, Schmuckstücken und anderem Zierrat.«

»Bei diesem Fetisch hier handelt es sich zweifellos um eine Krötenechse«, konstatierte Darlington. »Die heutigen Pueblo-Indianer schreiben der Krötenechse Weisheit und einen phänomenalen Orientierungssinn zu. Wer sich verloren glaubt, sucht bei der Krötenechse Rat.« Darlington blickte auf. »Wo hast du dieses exquisite Stück gefunden, Brian?«

»Ein Mädchen der Iksnisok will es ihm gegeben haben«, sagte einer der beiden Forest Ranger spöttisch.

»Die Iksnisok nennen die Krötenechse Tu-ma-moc«, sagte Brian.

»Tumamoc?« Barnitz lachte. »Das ist das Papago-Wort für Krötenechse, mein Junge. Es gibt hier in der Nähe der Stadt einen Hügel, den wir Weißen A-Mountain nennen. Für die Papago aber ist er der Tumamoc-Hügel.«

»Dann sind die Iksnisok vielleicht die Vorfahren der Papago«, sagte Mark Hill.

»Mark, ich glaube, das klingt nicht gerade überzeugend«, erwiderte Finkeltraub. »Die Papago leben in einem Reservat im Westen von Tucson. Sie stammen von den Hohokam ab, die dieses Gebiet hier vor ungefähr eintausend Jahren bewohnt haben. Die letzte prähistorische Kulturgruppe, die aus dem Gebiet der Gila-River-Wildnis bekannt ist, ist die der Mogollon. Und die haben mit den Papago nichts zu tun. Ist das richtig, Professor Barnitz?«

Barnitz nickte gewichtig. »Ungefähr stimmt das so, wie Sie es gesagt haben, mein lieber Finkeltraub.«

Mark Hill erhob sich.

»Nun, meine Herren, es erscheint mir zwecklos, Sie von Ihrer vorgefassten Meinung abbringen zu wollen. Mein Sohn und ich, wir sind nicht irgendwelche Spinner. Wir waren auch die ganze Zeit, die wir da draußen verbrachten, bei Sinnen. Jemand hat meinem Sohn diesen kleinen Fetisch gegeben und jemand hat mir das Bein eingegipst. Das genügt offenbar nicht, Sie zu überzeugen.«

»Leider nicht, Mr. Hill«, sagte Darlington mit einem beinahe mitleidigen Lächeln. »Ein Video hätte uns, sozusagen als einmaliger Blick in die Vergangenheit, bestimmt weitergeholfen. Tut mir Leid.«

»An Ihrer Stelle würde ich den Zeitungsleuten gegenüber vorsichtig sein«, sagte Barnitz. »Falls Ihnen Ihr Ruf als Tierfilmer und Ihre Integrität etwas wert sind, meine ich.«

Mark Hill bedankte sich für die Warnung.

»Was hast du vor?«, fragte ihn Frank Finkeltraub besorgt, als sie die Universität verlassen hatten.

»Frank, es gibt die Iksnisok wirklich«, erwiderte Mark Hill mit fester Stimme. »Und wir werden alles daran setzen müssen, sie zu beschützen!«

»Wunderst du dich, dass dir niemand glaubt?«, fragte Finkeltraub zurück.

»Nein. Eigentlich nicht. Ich gebe zu, dass dies alles höchst unwahrscheinlich klingt. Aber das ändert nichts an der Tatsache, dass es dort draußen eine Hand voll rätselhafter Menschen gibt. Ich weiß nicht, zu welcher Pueblo-Gruppe sie gehören. Ich habe keine Ahnung, wie es kommt, dass sie für Krötenechse ein Papago-Wort benutzen, und im Grunde genommen ist es mir auch egal. Ich will nur, dass diese Leute eine Chance kriegen, Frank. Ich will, dass man versucht sie zu schützen, solange dazu noch die Möglichkeit besteht. Der Kontakt mit unserer Zivilisation würde für die Iksnisok einen schnelleren Untergang bedeuten, wenn wir nicht mit äußerster Vorsicht zu Werke gehen.«

»Was hast du vor?«, wiederholte Frank Finkeltraub seine Frage von vorhin.

»Ich habe vor, nach Silver City zurückzufliegen und von dort aus mit der Suche nach den Iksnisok zu beginnen.«

»Ich dachte, du weißt, wo sie sind.«

»Sie haben die Höhlen verlassen. Wahrscheinlich aus Furcht, dass sie dort nicht mehr lange unentdeckt bleiben würden. Ich kann mir vorstellen, dass diese kleine Gruppe ruhelos umherschweift und von einem Versteck zum anderen zieht, in ständiger Angst, entdeckt zu werden.«

»Und was geschieht, wenn *du* sie findest?«

»Dann wird man sich etwas ausdenken müssen, Frank. Man wird ihnen ein Gebiet überlassen müssen, in dem wir Weiße nichts verloren haben.«

»Ein Reservat?«

»Ein Reservat, in dem alles so bleibt, wie es bisher war. Das ist die einzige Möglichkeit, den Fortbestand der Iksnisok zu . . .« Mark brach ab und drehte sich um. »Brian!«, rief er seinem Sohn hinterher, der eine breite Palmenallee hinunterlief, in der sich auf grünen Rasenflächen hunderte von Studenten tummelten.

Brian lief bis zum Platz vor der Universitätsbibliothek. Dort blieb er stehen. Sein Herz raste. Er schaute sich nach allen Seiten um. Eine Gruppe junger Leute drängte durch die Glastür der Bibliothek ins Freie. Auf dem Platz drehte ein blonder muskelbepackter Mann ohne Beine in seinem Rollstuhl Achter. Sein graues T-Shirt war dunkel vom Schweiß. Er trug fingerlose Lederhandschuhe und trieb die beiden Räder mit wuchtigen Stößen an.

Brian fragte ihn, ob er ein Mädchen mit einer blauen Baseballmütze der Baltimore Orioles hätte vorbeilaufen sehen.

Der Mann hielt sein Gefährt an und wischte sich mit dem Unterarm den Schweiß von der Stirn.

»Orioles«, lachte er. »Mein Team sind die Piraten von Pittsburgh. Da komme ich her, Pittsburgh. Die Winter sind zu kalt dort. Ich friere leicht an den Füßen, seit ich keine Schuhe mehr trage.«

Der Mann im Rollstuhl lachte und fuhr über den Platz davon.

Mark Hill und Frank Finkeltraub kamen quer über den Rasenplatz gelaufen, auf dem Studenten Volleyball spielten. Mark Hill brauchte seinen Sohn nur anzusehen, um zu wissen, was los war.

»Ich habe sie gesehen, Vater«, sagte Brian.

Mark Hill legte ihm einen Arm um die Schultern. Zusammen gingen sie die Allee hinunter bis zum Parkplatz, wo Finkeltraubs Chevrolet im Schatten einer riesigen Stadiontribüne abgestellt war.

13. Kapitel

Das Falkenmädchen

Der einzige Mensch, der Brian glaubte, war zu seinem Verdruss ausgerechnet seine Schwester Pamela. Pamela wollte alles ganz genau wissen. Sie stellte ihm Fragen, als wäre sie ihm vom Gericht als Anwalt gestellt worden. Sie verlangte sogar, dass er versuchte Ograms Gesicht zu zeichnen, und in seiner Verzweiflung tat ihr Brian leichtsinnigerweise den Gefallen. Er war nie ein guter Zeichner gewesen, und als er endlich mit dem Gesicht fertig war, meinte Pamela, dass es sich eigentlich nicht lohnen würde, über ein solch abartiges Geschöpf den Verstand zu verlieren.

Brians Mutter zeigte zwar Verständnis für seinen Kummer, aber in erster Linie wollte sie so bald wie möglich nach Baltimore zurückfliegen und sich daheim in gewohnter Umgebung verstecken, um dem Rummel zu entgehen.

»Kein Mensch nimmt Rücksicht auf mich und Pamela«, sagte sie zu ihrem Mann, während sie zusammen mit Finkeltraub im Hotelrestaurant beim Lunch saßen. »Seit Tagen habe ich keine ruhige Minute mehr. Wir werden auf Schritt und Tritt beobachtet. Das Telefon klingelt ohne Unterlass. Jetzt ist es genug, Mark! Entweder fliegen wir morgen alle zusammen zurück nach Baltimore oder ich gehe alleine.«

Sie hatte sich fest entschlossen, nach Hause zurückzukehren, und Mark Hill wusste, dass er sie nicht hätte davon abbringen können. Und von Finkeltraub erhielt sie sogar Unterstützung.

»Es wäre bestimmt besser für uns alle, wenn ihr euch vorerst einmal zurückziehen würdet«, sagte er. »Wenn ihr einmal in Ruhe über das nachdenkt, was geschehen ist, dann sehen diese Dinge bestimmt plötzlich ganz anders aus.«

Mark Hill lachte. »Du glaubst auch, dass ich verrückt bin, nicht wahr, Frank?«

»Das habe ich nicht gesagt, Mark. Ich habe nur gesagt, dass ein paar ruhige Tage nichts schaden könnten.«

»Himmel, drück dich gefälligst genauer aus, Frank!« Mark Hill knallte die Gabel auf den Tisch. »Ich werde morgen nach Silver City fliegen, und wenn Brian will, kann er mich begleiten.«

»Mr. Miller würde ihm keinesfalls die Erlaubnis dazu geben, noch einmal wochenlang der Schule fernzu . . .«

»Zum Teufel mit dem alten Hick!«, unterbrach Mark Hill seine Frau scharf. Er stand auf, klemmte sich die Krückstöcke unter die Arme und humpelte davon.

Brian hockte auf dem Fensterbrett im Hotelzimmer, das er zusammen mit Pamela bewohnte. Vier Stockwerke weiter unten fuhren auf einer belebten Straße Autos in beide Richtungen. Auf der anderen Seite befand sich ein ausgedehnter Park mit Golfanlage und Tennisplätzen. Der Wind bewegte die grau-grünen Blätter an den mächtigen Eukalyptusbäumen, die einen großen Parkplatz beschatteten. Brian drehte das kleine Amulett in den Fingern, während er gedankenverloren auf den Verkehr hinunterblickte.

Das Telefon klingelte.

Pamela raste halb angezogen und mit frisch gepudertem

Gesicht aus dem Badezimmer, hechtete aufs Bett und nahm den Hörer von der Gabel.

Eine Mädchenstimme verlangte nach Brian.

»Sandra?«, fragte sie. »Bist du es wirklich?« Und dann schnatterte sie los, als hätte sie ein halbes Jahr darauf gewartet, endlich mal wieder reden zu dürfen. »Hier ist der tollste Zirkus, sag ich dir. Ich bin schon mindestens hundertmal im Fernsehen gekommen. Mom will natürlich nach Hause fliegen, aber von mir aus können wir ewig hier bleiben. Hier läuft wenigstens was und das Wetter ist auch gut. Was? Brian? Natürlich. Er hockt am Fenster und glotzt in die Ferne. Wegen dieses Iksnisok-Mädchens. Jaja, ich glaube auch, dass er verliebt ist, kicher, kicher.«

Brian stand auf und ging mit grimmiger Miene auf seine Schwester zu.

»Hier, Brian, Sandra will mit dir reden«, flötete Pamela und streckte ihm grinsend den Hörer hin. Brian setzte sich auf den Bettrand.

»He, was ist los, Mann?«, krächzte Billy Smith in den Hörer.

»Nichts«, sagte Brian. »Was macht ihr?«

»Nichts. Was machst du?«

»Ich häng rum.«

»Man hat dich im Fernsehen gebracht. Von wegen diesem Iksnisok-Mädchen, das du gesehen haben willst. Mann, das ist die absolute Schau. Wie bist du denn da drauf gekommen?«

»Es ist die Wahrheit«, sagte Brian.

»He, Mann! Wach auf!« Das war Kevin Pratts Stimme. Im Hintergrund konnte Brian Gekicher hören. »Du willst uns doch nicht erzählen, dass das mit dem Mädchen tatsächlich passiert ist?«

»Ich will euch gar nichts erzählen.«

»Die TV-Leute lassen sich ganz schön verarschen, was?«, lachte Billy.

»He, Brian«, rief Sandra in den Hörer. »Wann kommst du zurück?«

»Bald. Wie geht's dir?«

»Okay. Es ist ziemlich langweilig ohne dich. In der Klasse, meine ich. Übrigens, Hick hat dich von der Liste genommen. Du bist ein Held, hat er heute Morgen gesagt. Stell dir vor, der alte Hick sagt, dass du ein Held bist.«

»Der kann sagen, was er will«, sagte Brian.

»He, was ist los?«, rief Billy Smith. »Bist du eingeschnappt oder was? Wir sind deine Freunde, vergiss das nicht, Mann! Hörst du?«

»Du schreist laut genug, Mann!«

»Ich schreie, damit du mich verstehst, Mann!«

»Okay, Mann!«

»Also, dann mach's gut.«

»Du auch.«

»Sobald du hier bist, lassen wir uns was einfallen, damit du wieder auf die Liste kommst. Wir brauchen keine Helden hier, wir brauchen richtige Männer. Klar, Mann?«

»Klar.«

Brian legte auf.

Pamela ging ins Bad zurück.

»Ziemlich dämliche Freunde hast du«, sagte sie. »Besonders dieser Billy Smith.«

»Du kennst ihn nicht.«

»Natürlich kenne ich ihn. Er glaubt von sich, dass er unheimlich cool ist, aber seine Schwester Marcy sagte mir, dass er bis vor zwei Jahren noch ins Bett gemacht hat.«

»Das ist geschwindelt.«

»Marcy muss es ja wissen, oder?«, sagte Pamela schnippisch.

Brian ging zum Fenster und schaute zum Park hinüber. Und da sah er sie. Sie ging über den Parkplatz auf eine öffentliche Telefonkabine zu. Brian hielt den Atem an. Sein Herz schlug plötzlich nicht mehr. Er hörte Pamela reden, aber er verstand nicht mehr, was sie sagte.

Das Telefon klingelte. Pamela stürzte aus dem Bad, aber Brian war schneller. Er hob ab.

Rauschen in der Leitung. Sonst nichts.

»Wer ist dort?«, fragte Brian. Sein Herz begann zu poltern. Er ging mit dem Hörer in der Hand zum Fenster, bis das Kabel gestreckt war und das Telefon beinahe vom Nachttisch herunterfiel. Auf der anderen Straßenseite war eine der drei Telefonzellen besetzt. Da sie keine Tür hatte, konnte Brian das Mädchen sehen. Es trug seine Baseballmütze.

»Ich bin's«, sagte eine leise Stimme.

»Ogram?«

Stille.

»Ich stehe am Fenster und ich kann dich sehen«, sagte Brian. »Lieber Gott, sag mir, wie es möglich ist, dass du hier in Tucson bist.«

»Komm in den Park«, sagte sie.

»Wann? Jetzt gleich?«

»Ja. Hinter den Tennisplätzen gibt es einen kleinen Teich mit Gänsen und Enten. Ich werde dort auf dich warten.«

»Gut. Ich komme!«

Es klickte in der Leitung. Brian sah, wie Ogram die Zelle verließ. Sie lief über den Parkplatz und verschwand kurz hinter einem grünen Busch bei den Tennisplätzen.

»Was ist?«, fragte Pamela und kam zum Fenster. »Du bist plötzlich ganz blass im Gesicht.«

Brian zeigte zum Parkplatz hinunter. »Siehst du das

Mädchen dort unten, das eine blaue Mütze aufhat?«, fragte er stockend.

»Ja. Sag nur nicht, dass das dieses geheimnisvolle Wesen ist.«

Brian drückte seiner Schwester den Hörer in die Hand, gab ihr schnell einen Schmatz auf die Wange und rannte aus dem Zimmer.

Ein alter Mann fütterte die Gänse mit Brot. Ein kleiner Junge, der einen winzigen Fisch an Land gezogen hatte, rief aufgeregt nach seiner Mutter, die im Schatten eines Baumes im Gras saß und in einem Buch las.

Brian sah Ogram am Ufer des Teiches stehen. Die Baseballmütze saß schief auf ihrem Kopf. Sie trug Turnschuhe ohne Socken, weiße Shorts und ein T-Shirt mit der Nummer 36 drauf.

Sie sah beinahe mehr aus wie ein Junge als wie ein Mädchen. In der linken Hand hielt sie eine bunt bedruckte Einkaufstüte aus Plastik. Brian blieb vor ihr stehen.

»Hallo«, sagte er.

»Hallo«, sagte sie.

Eine Weile sahen sie sich nur an. Dann senkte sie den Blick.

»Ich glaube, ich hab dich schon zweimal gesehen, seit ich hier bin«, sagte Brian plötzlich.

Sie hob den Kopf.

»Sollen wir ein bisschen im Park herumgehen?«

»Warum nicht.« Brian blickte sich um. »Es ist ein schöner Park mit all den Palmen und exotischen Bäumen.«

»Wir spielen hier ab und zu Fußball.«

»Wen meinst du? Die Iksnisok?« Er ging neben ihr her und sie folgten dem Ufer des Teiches. Ein Fahrradfahrer fuhr vorbei.

»Meine Freunde und ich«, sagte sie.

»Wer sind deine Freunde?«

»Wir gehen zusammen zur Schule.«

Brian blieb stehen. Er hob ein paar Kieselsteine auf und begann sie nacheinander ins Wasser zu werfen.

»Es gibt die Iksnisok nicht, Brian«, sagte Ogram plötzlich. Er drehte sich ihr zu und sie kauerte nieder und schrieb mit dem Zeigefinger ihren Namen in die Erde am Ufer. Brian blickte auf die Buchstaben nieder.

»So heiße ich wirklich«, sagte sie. »Ogram, nur umgekehrt.«

»Margo«, las Brian zögernd vom Boden ab. »Jesus, du heißt Margo?« Er drehte ihr den Rücken zu und fuhr damit fort, Kieselsteine in den Teich hinauszuwerfen. »Niemand lässt sich gern zum Narren halten«, sagte er.

»Das stimmt«, sagte sie. »Aber ich wollte dich nicht zum Narren halten, Brian. Ganz bestimmt nicht.«

Er hielt in seiner Beschäftigung inne. »Notna heißt also Anton«, sagte er.

»Ja. Und Oremor heißt Romero.«

»Und Schwarzbär?« Er drehte sich ihr wieder zu. Sie lächelte.

»Sein Name ist Richard Tatum Kosinski. Von ihm haben wir als Volk den Namen erhalten, wir, die Iksnisok.«

Brian blickte sie verständnislos an, während es in seinem Kopf fieberhaft arbeitete und sich der Name Kosinski umdrehte. Er wusste nicht genau, ob er das, was sie sagte, ernst nehmen sollte oder ob er besser einfach zu schreien angefangen hätte.

»Wer hat die Air Force alarmiert?«

»Richard. Anhand eurer Flugkarten hat er die Lage der Absturzstelle festgelegt. Sobald wir draußen waren, rief er das nächstgelegene Air Force Base an.«

»Du weißt doch hoffentlich, dass das, was du sagst, keinen großen Sinn macht, oder?«, seufzte Brian.

»Ich erkläre dir alles. Komm, wir gehen im Park herum.«

Brian ließ die restlichen Kieselsteine ins Wasser fallen und ging neben ihr her durch den Park, die Hände in den Hosentaschen und den Blick zu Boden gerichtet. In der linken Hand hielt er die kleine Krötenechse fest, die er von ihr bekommen hatte.

Margo begann ihm von Richard T. Kosinski zu erzählen, der es zu seiner Lebensaufgabe gemacht hatte, mehr über die Ureinwohner Amerikas in Erfahrung zu bringen, als man bisher wusste. Kosinski war Lehrer an einer Papago-Reservatsschule, etwa vierzig Meilen westlich von Tucson. Im Vergleich zu Experten wie die Professoren Barnitz und Darlington gab sich Richard T. Kosinski nicht damit zufrieden, die Frühgeschichte der Pueblo-Indianer durch Forschungen zu ergründen, die er sozusagen daheim hinter dem Ofen anstellen konnte.

»Niemand weiß über unsere Herkunft richtig Bescheid«, sagte Margo eifrig, während sie über einen Rasenplatz gingen, auf dem kleine Kinder spielten. »Man nennt uns Indianer, weil die weißen Entdecker diesen Kontinent hier für Indien gehalten haben. Es gibt Experten, die behaupten, wir seien vom Norden her eingewandert. Andere haben Beweise dafür, dass wir von Süden her kamen.« Margo blieb stehen und sie schauten den Kindern zu, die unter Aufsicht zweier Frauen spielten. »Diese Kinder wissen alle, wer ihre Vorfahren waren«, sagte Margo. »Egal, woher sie kommen. Einige sind aus Europa, andere aus Asien und Afrika. Wir sind die einzigen richtigen Amerikaner, aber die Verbindung zu unserer Vergangenheit besteht aus ein paar Tonscherben in den Ruinen verlassener Dörfer.«

»Hick glaubt, dass ihr aus Asien stammt«, sagte Brian.

»Er hat eure Geschichte studiert. Er hat eine ganze Sammlung von Artefakten. Er hat sogar einige Schädel, die etwa tausend Jahre alt sind. Er weiß Bescheid.«

»Siehst du, deswegen haben wir die letzten drei Wochen in den Höhlen am Gila River verbracht. Um mehr über uns zu erfahren, als wir in den Büchern nachlesen können, die irgendwelche Hicks über uns geschrieben haben. Wir wollten zum Beispiel wissen, wie unsere Vorfahren tatsächlich ihre Hütten warm gehalten haben, ohne an einer Rauchvergiftung zu sterben. In den Büchern steht das alles drin, aber wenn man es dann versucht, klappt es nicht. Und plötzlich merkt man, dass es so, wie es die Experten beschreiben, gar nicht gewesen sein kann. Das ist auch beim Wurfholz der Fall, das wie ein Bumerang benutzt wird. Notna und Oremor haben herausgefunden, dass es in einer ganz besonderen Art geworfen werden muss, wenn man damit tatsächlich ein Kaninchen treffen will. So was nennt man praktische Studien. Außerdem haben wir alle Felszeichnungen in der Umgebung der Höhle aufgezeichnet und nach Kosinskis System eingeordnet, so dass sich zumindest einige von ihnen plausibel erklären lassen.«

»Und was ist mit den Hunden?«

»Mit welchen Hunden?«

»Die Hunde, die im Kochtopf landeten? Gehörte das vielleicht auch zu euren praktischen Studien?«

Margo lachte. »Wir mussten uns einiges einfallen lassen, als in unserer Nähe plötzlich zwei merkwürdige Wesen auftauchten, die nicht in unser Konzept passten. Natürlich haben wir keine Hunde gegessen, Brian. Wir dachten zuerst, dass unser ganzes Experiment durch eure Anwesenheit zunichte gemacht würde, aber dann kam Richard auf die Idee, euch sozusagen bei uns aufzunehmen und ansonsten alles so weiterzumachen, wie es geplant war. Damit wir uns verständigen konnten, musste ich ein Mädchen spielen, das von den Iksnisok irgendwann einmal verschleppt worden war. Es hat uns allen sehr viel Spaß gemacht.«

»Dann war deine versuchte Flucht nur gespielt?«, fragte Brian ungläubig.

»Um euer Vertrauen zu gewinnen. Robert hat gesagt, dass wir sehr vorsichtig sein müssen, damit wir später nicht wegen Entführung und so vor Gericht gebracht werden können.«

»Wer ist Robert?«

»Trebor, der Feuerwächter. Er ist ein Indianer und studiert Jura. Der Mann, der deinem Vater den Fuß eingegipst hat, ist ein Krankenpfleger aus einem Pueblo im Rio-Grande-Tal. Wir waren für alle Notfälle eingerichtet. Wir hatten sogar ein Kurzwellenradio dabei, und wenn es um euch schlimmer gestanden hätte, hätten wir es benutzt.«

»Und die Geister?« Brian blieb unter einem mächtigen Eukalyptusbaum stehen. Ein Baseball rollte im Gras heran. Brian hob ihn auf und warf ihn einem Jungen zu, der ihn mit seinem großen Handschuh auffing.

»Die Ankunft der Geister hatten wir für unseren letzten Tag geplant«, erklärte Margo. »Es ist ein traditionelles Ritual. Richard führt den Ursprung auf die Azteken zurück, die früher den Göttern der Fruchtbarkeit ein Mädchen geopfert haben. Später hat man diese Opfergabe dann nur noch symbolisch dargestellt.«

»Meinst du damit, dass man dich früher von einer Felsklippe gestürzt hätte?«

»Ja. Die Mädchen wurden im Federkleid eines Falken an einen Abgrund herangeführt und hinuntergestoßen.«

»Das habe ich in jener Nacht geträumt, als wir im Kiva lagen.« Brian ließ sich im Gras nieder. »Ich habe geträumt, dass man dich zum Abgrund brachte, und ich wollte dich retten, aber die buckelige Alte hat mir ihren Stock zwischen die Beine geworfen und ich fiel hin.«

Margo setzte sich neben ihm hin.

»Celinda Riley ist Romeros Großmutter. Man sagt, dass sie beinahe hundert Jahre alt ist. Ihr Vater war Francisco, ein Papago-Häuptling. Die meisten Leute gehen ihr aus dem Weg. Wir haben sie mitgenommen, weil sie die alten Geschichten kennt. Es war ihr alles sehr ernst. Am Anfang wollte sie, dass wir euch einfach verhungern lassen. Sie hat gesagt, dass wir von den Fehlern unserer Vorfahren lernen sollten. Diese hätten die ersten Weißen gastfreundlich aufgenommen, als sie halb verhungert und krank von der langen Schiffsreise hierher kamen. Später hätten dieselben Weißen ihre Retter bis aufs Blut ausgebeutet und schließlich kaltblütig umgebracht.«

»Warum habt ihr uns dann nicht verhungern lassen?«

»Celinda Riley wurde überstimmt«, sagte Margo lächelnd.

Sie saßen lange nebeneinander und schwiegen. Brians Gedanken trugen ihn zurück zu den Höhlen und zum ersten Mal, seit er hier in Tucson war, schien es ihm, als ob es sie gar nicht geben würde. Alles, was geschehen war, erschien ihm jetzt so verwischt, als wäre er eben aus einem unendlich langen Traum aufgewacht. Er sah Notna und Oremor, wie sie die Leber des erlegten Rehs aßen, und jetzt hatte das Grinsen in ihren Gesichtern plötzlich eine ganz andere Bedeutung. Und er sah noch einmal, wie Ogram an der Leine von Schwarzbär durch den Schnee taumelte und wie sich Notna vor der Taschenlampe fürchtete, als wäre es eine Laserpistole. Und Brian lachte, obwohl ihn ein Gefühl der Enttäuschung ziemlich traurig stimmte. Nichts war so, wie es noch vor wenigen Minuten für ihn gewesen war.

Von einem Moment zum anderen fühlte sich Brian ziemlich verloren, so als hätte er sich auf einem Weg verirrt, den er zuvor schon tausend Male gegangen war. Er ließ den Kopf sinken.

»Was wirst du deinen Eltern sagen?«, fragte Margo nach einer Weile.

»Die Wahrheit«, sagte Brian.

»Was ist die Wahrheit?«

»Dass es die Iksnisok nicht gibt.«

»Es gibt mich, Brian!«

»Wer bist du?« Brian grinste schief. »Ogram, das Falkenmädchen. Ich weiß nichts über dich, außer Dinge, die gar nicht wahr sind.«

»Glaubst du, dass wir verrückt sind?«

»Nein. Das glaube ich nicht.«

»Es gibt Leute, die uns für verrückt halten. Deshalb haben wir niemandem etwas gesagt. Die meisten Leute haben kein Verständnis für solche Dinge. Und bei den Experten ist Richard Kosinski als Spinner verschrien, weil er ab und zu die ganzen Theorien durcheinander bringt. Unsere Vergangenheit ist voller Rätsel, Brian. Wenn wir uns von ihr entfernen, ohne ab und zu zurückzublicken, werden wir eines Tages feststellen müssen, dass wir dort angekommen sind, wo wir eigentlich nicht hingehen wollten.«

»Für mich ist dieser Tag heute gekommen«, sagte Brian. »Ich weiß nicht mehr, wo ich bin.« Er lachte und nahm die kleine Krötenechse aus der Hosentasche. »Nicht einmal Tumamoc kann mir weiterhelfen. Wenn ich meinem Vater deine Geschichte erzählt habe, werden wir über San Diego nach Baltimore zurückfliegen, und das bedeutet, dass ich dich nicht mehr wiedersehen werde.«

»Wir werden im Sommer zwei Monate in den Höhlen verbringen«, sagte Margo und sie nahm die Baseballmütze vom Kopf. Ihr Haar war zerzaust und hing ihr in zottigen Strähnen in die Stirn. »Ich habe Richard vorgeschlagen, einen Menschen aus der heutigen Zeit mitzunehmen, weil das gewisse Vorteile bringt.«

»Welche Vorteile?«

Margo legte ihm die Plastiktüte in den Schoß. Brian warf einen Blick hinein. Sie enthielt mehrere Videokassetten.

»Deine Filme sind sehr gut geworden«, sagte Margo, als Brian aufblickte. »Wir haben sie uns angesehen, sobald wir zurück waren. Richard war ganz begeistert, besonders vom Tanz mit den Geistern. Wir glauben, dass es wichtig ist, unsere Studien der Nachwelt zu erhalten. Und wenn man im Fernsehen zeigen würde, was wir tun, dann könnten wir künftig mit mehr Verständnis rechnen und man würde unsere Bemühungen vielleicht sogar unterstützen.«

»Du meinst, wir sollten einen Fernsehfilm über euch machen?«

Margo nickte.

»Was meinst du dazu?«

Brian hob die Schultern.

»Hm, eine schlechte Idee ist das nicht«, gab er zu. »Natürlich muss ich erst mit meinem Vater darüber reden. Ohne ihn läuft nichts, verstehst du. Er hat die Produktion und den Namen.«

»Wir könnten einen ganzen Sommerurlaub zusammen verbringen«, sagte Margo. »Ich könnte dir eine Stelle zeigen, wo unsere Vorfahren den Adler gefangen haben, hoch oben auf den Felsklippen über dem Canyon. Und Celinda könnte dir die alten Geschichten erzählen, von den Monstern, die in den Höhlen gehaust haben, bevor unsere Vorfahren herkamen und sie verjagten.«

Brian legte sich ins Gras. Durch die Äste des Eukalyptusbaumes blickte er zum blauen Himmel auf. Er dachte an den Abend, als er sich daheim in seinem Zimmer über die Landkarte gebeugt hatte, und er konnte ganz deutlich die alte Eule sehen, die unter einem Kiefernast hervor zum Wrack von »Blue Jay« hinunterschaute. Es gab nur noch ein paar kleine Schneereste in der Senke. Ein Erdhörnchen lugte unter einem blauen Blechstück hervor. Unten am Ufer des Teiches döste das Pumaweibchen in der Sonne.

»Wir könnten im Sommer zusammen das Geheimnis aller Geheimnisse ergründen«, sagte Brian träumerisch.

Ein Schatten fiel über ihn.

»Welches Geheimnis ist das, Champ?«

Brian richtete sich mit einem Ruck auf. Margo saß nicht mehr neben ihm. Der Schatten war der seines Vaters.

»Pamela hat mir gesagt, dass du dich mit dem Mädchen hier im Park getroffen hast«, sagte Mark Hill.

Brian blickte sich um. Jenseits des Teiches, dort, wo die Tennisplätze waren, sah er zwischen spielenden Kindern Margo davonlaufen. Er sprang auf, aber sie war schon zu weit entfernt, als dass er sie hätte einholen können.

Brian wandte sich seinem Vater zu und ließ die kleine Krötenechse aus Lehm mit einem Lächeln in der Hosentasche verschwinden.